ジョージ・オーウェル

——「人間らしさ」への讃歌

川端康雄
Yasuo Kawabata

Eurus

Notus

Boreas

Zephyrus

岩波新書
1837

はじめに

禁忌としてのオーウェル

いまでは不思議なことに思えるのだが、昭和時代中期の日本の論壇において、ジョージ・オーウェルは政治的左派や進歩的知識人の多くから忌み嫌われていた。

敗戦後、GHQの日本統治時代(一九四五―五二)に東西冷戦が始まった時期に、西側諸国、とりわけ米国が、オーウェルの『動物農場』および『一九八四年』を「冷戦プロパガンダ」の材料に用いたことによって、本人の意図に反してオーウェルは「反ソ・反共のイデオローグ」という色眼鏡で見られるようになった。日本での『動物農場』の初訳は、占領下にあった一九四九年五月にGHQの民間情報局による「第一回翻訳許可書」というお墨付きを得て刊行された(『アニマル・ファーム――動物農場』永島啓輔訳、大阪教育図書)。『一九八四年』の初訳もGHQの「第十回翻訳権の許可書」として、原書刊行後わずか一〇カ月で刊行された(『一九八四年』吉田健一、龍口直太郎訳、文藝春秋新社、一九五〇年)。

受容の文脈がこのようであったために、オーウェルのふたつの作品、とりわけ『一九八四年』は、米国の覇権主義に反撥しソ連(ソヴィエト社会主義共和国連邦)の体制に同調・共感する(反戦平和主義者の多くをふくむ)人びとによって有害図書扱いをされていた。社会派作家の代表格であった石川達三(一九〇五―八五)は、一九五六年にアジア連帯委員会文化使節団の一員としてソ連と中国を訪問して自身の見聞した両国の社会体制に感心し、帰国後に書いた論説文のなかで、「『一九八四年』という小説は悪い作品だ。大変なデマゴーグである」と断じた(「世界は変った②」)。作家小松左京(一九三一―二〇一一)は、京都大学在学中に日本共産党に入党して、山村工作隊にも関わったのだが、幻滅して離党する。一九五一年末から五二年にかけてのある時期、反共小説として「一種の禁書」の扱いを受けていた『一九八四年』を後ろめたい気持ちで(「古本屋だけどカバーをかけてもらって」)購入し、隠し読んだことを後年回想している(「わが青春の『一九八四年』」)。

「オーウェル年」から「ポスト真実」の時代まで

それから三十有余年、一九八四年は「オーウェル年」と呼ばれ、日本でも『一九八四年』が大いに話題となり、活字メディアを中心にオーウェルが広範に言及された。それらを概観してみると、「反ソ・反共作家」としてオーウェルを持ち上げ、返す刀でリベラル・左派を攻撃する右派陣営の発言が目立つ。オーウェル受容の最初期のインパクトがいかに強烈だったかをうかがわせるものだが、この時期までにはオーウェルの他の主要な著作が翻訳刊行されており、またバーナード・クリックによる最初の公的な伝記『ジョージ・オーウェル』が訳出されていたのに、それらをろくに参照しておらず、概《おお》ね狭隘なオーウェル理解にとどまっている。逆に左派からはオーウェル批判の論調は弱まっている。のみならず、彼の社会主義思想を再評価する論考がいくつか出ている。「情報革命」「管理社会」といったキーワードを用いた『一九八四年』論が増えてきたのもこの時期だった。

それからさらに三〇年をへた二〇一〇年代、むろんソ連が崩壊して久しいのだから当然ともいえるが、「反ソ・反共作家」というレッテルはほぼ剝がれ、むしろ言論・表現の自由の擁護者、真実を伝えるジャーナリズム精神の鑑《かがみ》としての面が強調された。日本では第二次安倍政権下(二〇一二年一二月発足)でなされた一連の法改正(マイナンバー法・改正個人情報保護法、特定秘密保護法、安全保障法制、改正組織的犯罪処罰法など)にともない、個人の自由の制限や監視社会化に対する警鐘を鳴らした人物としてのオーウェルが強調されるようになった。また、米国では二〇一六年一一月の大統領選挙で共和党候補のドナルド・トランプが民主党候補のヒラリー・クリントンを僅差で破り、第四五代合衆国大統領に選出された直後、『一九八四年』が書店のベストセラー入りを果たした。これは「フェイク・ニュース」「ポスト真実」あるいは「代替的事実《オルタナティヴ・ファクト》」といった語が流行したのと軌を一にしている。日本でも「オーウェル年」以来の『一九八四年』人気が再燃した。『動物農場』と『一九八四年』は、冷戦期にはソ連など共産圏を批判の標的として逐語的に解する読み方が一般的であったように思えるが——そして二一世紀に入ってからも、海外の「自由度」の低い国々を想起する読者が多くいるのはたしかであるにせよ——、政権の数にまかせた横暴、反民主主義的傾向の増大、新自由主義経済の弊害等、私たちの身近な世界の危機を表現した小説という見方が広がっている。

そして私がこれを書いているいま、新型コロナウイルス感染症の世界的流行により、感染抑制のためのやむをえぬ手段としての、個人の日常的行動の束縛と監視、私権制限、プライバシー侵害、また為政者の権限の強化に対し、オーウェルの名を出して懸念が表明されるのを、国内外のマスメディアやソーシャルメディアで頻繁に目にする。感染症が沈静化したあと、統制のための監視システムの使用が一線を越えて『一九八四年』の世界と見まがう状況にならないかという怖れがつぶやかれている。

オーウェルについてはふたつの代表作がとにかく有名で、とりわけ『一九八四年』はこれを読んだことがない人であっても、どのような世界が描かれているのか、それぞれにイメージを持っているのではないかと思う。その一方で、彼には他の小説作品、ルポルタージュ作品があるし、また生涯にわたって、時事的な批評から身辺雑記までをふくむ、膨大な量のエッセイを書き残している。主だったものは翻訳紹介されているが、それらが『一九八四年』とどうつながるのかという点については、必ずしも明確にはとらえられていない。そして彼自身の生涯の紆余曲折がどのように彼の思想形成に寄与したのか、それも見ておく必要がある。

本書では、以上のように近年新たな関心を喚起しているオーウェルについて、生涯と仕事の軌跡をいくつかのポイントに絞って見ていきたい。私たちがいま生きているこの世界を考えるための思考のヒントとなるように、ここにオーウェルを呼び出してみよう。

目次

第1章

植民地生まれの奨学金少年

1903-1921

イートン校の「国王奨学生」たち，1918-19年．前から二列目右端にエリック．最後列左端に(顎に手をやる)シリル・コナリー．

インド生まれのイギリス人

オーウェルは一九〇三年に生まれ、一九五〇年に亡くなった。五〇年に満たない短い生涯であったが、じつはもっと早く、一九三七年五月に死んでいてもおかしくなかった。スペイン内戦に義勇兵として共和国陣営のために戦っていた彼は、塹壕から顔を出したときにファシスト兵の狙撃を受け、喉を銃弾が貫通する重傷を負った。その詳細は後述するが、もしこのとき命を落としていたら、『動物農場』(一九四五)も『一九八四年』(一九四九)も書かれず、少なくとも現在知られているようには、世界的な名声を得てその著作がいまなお広く読まれていることはなかっただろう。

自分自身の私生活についてはそれほど饒舌ではないオーウェルであったが、自身の経歴をつづった文章を多少は残している。そのひとつが『動物農場』のウクライナ語版のために求められて一九四七年の春に書いた序文にふくまれる略歴である。

私は一九〇三年にインドで生まれた。父親は現地で英国政府の役人をしていた。私の家は、軍人、牧師、官吏、教師、弁護士、医者などからなる、ありきたりの中流階級家庭のひとつだった。教育はイートン校で受けた。これは英国のパブリック・スクールのなかでいちばん金がかかる、お高くとまった学校である。だが、私がそこに入れたのはひとえに奨学金のおかげで、それがなければ、父にはそんな学校に私をやる余裕はなかった。

ジョージ・オーウェル(George Orwell)という名は二〇歳代の終わりに採用したペンネームであり、本名はエリック・アーサー・ブレア(Eric Arthur Blair)という。父親のリチャード・ウォームズリー・ブレア(一八五七―一九三九)はインド植民地の役人を一八七五年から一九一二年まで勤めた。英国南部ドーセット州の出身で、先祖は貴族階級とも血縁関係がある裕福な家柄だったが、一九世紀にしだいに資産が減り、リチャードは一八歳で植民地の下級役人として就職。少なくとも上層中流《アッパー・ミドル》階級の体面(リスペクタビリティ)を保ち、そこそこの収入を確保できる職種ではあった。

右の引用で「英国政府の役人」とだけ述べてぼかしているが、もっといえばリチャードの勤務先は「阿片《あへん》局」であった。イギリス帝国の負の側面を典型的に示す部局であるので、これは息子から見て尊敬できる父親の仕事ではなかっただろう。もとより麻薬取り締まりなどではない。その逆で、主に中国向けに輸出されるベンガル地方の阿片貿易を英国政府が独占し、その権益を守るべく芥子《けし》の栽培業者のもとを巡回して管理する職務がその実態だった。

官吏となって二三年目にあたる一八九七年、リチャードは一八歳年少のアイダ・メイベル・リムーザン(一八七五―一九四三)と結婚した。アイダの父はフランス人、母は英国人で、ロンドン郊外で生ま

図1–1　エリックと母アイダ・ブレア．

れたが、チーク材の輸出と造船業を営む家業の関係で、結婚まで大半をビルマ（ミャンマー）の港町モールメイン（モーラミャイン）で過ごした。結婚後ブレア夫妻はベンガル地方に八年間住み、その間にふたりの子どもをもうけた。一八九八年に長女マージョリー、そしてその五年後、一九〇三年六月二五日に本書の主人公エリックがベンガル地方のモティハリにて誕生。翌一九〇四年夏にリチャードひとりがインドに残り、アイダは幼子ふたりを連れて英国へ、オクスフォード州、テムズ河畔の市場町ヘンリー・オン・テムズに居を構えた。リチャードは一九〇七年の夏に三カ月間の休暇を取って一時帰国するが、つぎに英国にもどるのは一九一二年、定年退職してからのことだった。なお、一九〇八年に次女アヴリルが生まれている。オーウェルは八歳まで、実質上父親不在のまま母と、またそれぞれ五歳離れた姉妹とともに暮らしていたわけである。

ヘンリー・オン・テムズとその周辺での幼少期は、オーウェルがのちに幸福で牧歌的な時代として懐かしく回顧する時期であった。エドワード七世の治世（一九〇一—一〇）であったが、ヴィクトリア朝時代（一八三七—一九〇一）の生活風習はまだ多く残存していて、小さな町の周囲を緑の牧草地が囲み、川では釣りができた。小説『空気をもとめて』（一九三九）で主人公のジョージ・ボウリングが回想するテムズ河畔の田舎町ロウアー・ビンフィールドの景観はこれを反映している。
近所に遊び友だちもいた。五、六歳のころ、配管工の家の子どもが近所にいて、遊び仲間だったのだが、母親からその子ら(女の子をふくむ)と付き合うのを禁止された。それは「階級差」ゆえのことであったと、のちにオーウェルは回想している。

まだ六歳ぐらいのころ、最初に階級差を意識するようになった。その前は私の主たる英雄は概ね労働者階級の人びとだった。漁師だとか鍛冶屋だとか煉瓦積みといったような、つねにおもしろいことをする人たちに思えたからだ。コーンウォールの農場では、下働きの人たちが蕪《かぶら》の種まきをしているときに種まき機のうえに私を乗せてくれ、ときどき雌羊をつかまえて、その乳を搾って飲ませてくれたものだ。そして隣家の新築工事にあたっていた労働者たちは、湿ったモルタルで遊ばせてくれ、彼らから「B……」(bloody「ひでぇ」のたぐいの卑俗な形容詞)を最初に覚えた。そして通りを上ったところの配管工の子どもたちとは、よく小鳥の巣を探しに行ったものだ。だがまもなくして配管工の子どもたちと遊ぶことが禁じられた。あの子たちは「平民《コモン》」なので近づいてはいけないと言われたのだ。これはスノッブ的と言ってもよいが、必要なことでもあった。なにしろ中流階級の連中は自分の子どもを育てるのに卑俗なアクセントを身につけさせるわけにはいかないからだ。かくしてごく早い時期に労働者階級は友好的ですばらしい種族であることをや

め、敵対する種族となった。（『ウィガン波止場への道』第八章）

英国における階級制度についてははっきりとした認識をもつ以前ではあるが、ある種の刷り込みがなされたという点でこれは彼にとって重要な経験だった。

この幼少期の満たされた幸福な日々がもっと長くつづけばよかったのだが、学校教育がそれを阻むことになる。

セント・シプリアン校での学校生活

一九〇八年、五歳のときから地元ヘンリー・オン・テムズにあるイングランド国教会系の学校に通っていたが、エリック少年にとっての本格的な学校教育は八歳の年、一九一一年九月に始まる。英国南部、英仏海峡に面する町イーストボーン（イースト・サセックス）にある寄宿制の私立小学校セント・シプリアン校に入学したのである。そこは小学校のなかでプレパラトリー・スクール（preparatory school）と呼ばれる種類に属する。名門私立中等学校、いわゆるパブリック・スクールへの進学を希望する子弟（当時は概ね男子）のための入学準備を目的とした学校だった（「準備の学校」という名はこれに由来）。セント・シプリアン校は一八九九年にヴォーン・ウィルクスとその妻シスリー・カミンによって創立、エリックが入学したときはまだ創立一三年目という歴史の浅い「プレップ」だった。ここにエリックは特待生として入学し、一九一六年一二月までの五年間、ラテン語、古典ギリシア語、フランス語、歴史、英語(日本の「国語」教科に相当)、算数などを学んだ。

特待生、すなわち学力があり有名校に合格する見込みがあると評価されて授業料を減免された生徒としてエリックは入学したのだった。正規の授業料は年額で一八〇ポンドであったが、それがおよそ半額に減免された。これには母親アイダの情報収集と働きかけがあった。ブレア家の生計の資はインドに単身赴任中の父親リチャードの収入で、これは年収六五〇ポンドを超えることはなかった。しかもエリックが入学して半年もしない一九一二年一月に、五五歳で定年退職を迎えて帰国、以後は四三八ポンド一〇シリングの年金を受ける身となった。当時の熟練労働者の賃金が年収にして約一〇〇ポンドであったことを考えると、暮らしに事欠く低収入とは見えないかもしれないが、上層中流階級の生活様式(と体面)を維持するにはかつかつの額であり、その収入ではエリックを正規の学費で入れる余裕はなかった。エリックのそれと比べれば少額とはいえ、姉と妹の学費も同時期に必要だったので、右の特待生待遇は、ブレア家の一人息子を「見苦しくない」キャリアに導くのに親の見地からすれば願ってもないものだった。じっさい、セント・シプリアン校の最終学年にあたる一九一六年二月にエリックはパブリック・スクールの名門のひとつウェリントン校を受験して首尾よく合格、またイートン校も受験したが一九一六年の秋学期に入学できるのには点数が足らず、一九一七年一月から一学期のみウェリントン校に所属し、一九一七年五月にイートン校に国王奨学生《キングズ・スコラー》として入学を許されることになる。受け容れたウィルクス校長夫妻、そしてエリックの両親ともに目的を果たしたわけである。だがエリック少年自身にとってセント・シプリアン校時代は苦痛に満ちた日々であったことが、オーウェルが後年に書いた手記「あの楽しかりし日々」のなかで赤裸々に明かされている。

「あの楽しかりし日々」

なんとも皮肉なタイトルである。これは英国ロマン派の詩人ウィリアム・ブレイク(一七五七―一八二七)の『無垢の唄』(一七八九)に収録された詩「こだまする緑地」の「あの楽しかりし日々／私たちがみな幼くて／男の子も女の子も／こだまする草地で遊んでいたころ」という詩行から引かれている。もとの文脈では幼子たちが屈託なく遊んでいる様子を見て大人が自身の幸福な子ども時代を懐古する内容であるが、オーウェルの回想する学校生活は、部分的には楽しい思い出も記されているとはいえ、ほとんど悪夢の世界と言ってもよい。

書き出しはこうだ。「セント・シプリアン校に着いてまもなく(直後ではなく、一、二週間して学校の日常生活に慣れてきたころのことだが)、私は寝小便をするようになっていた。もう八歳だったので、少なくとも四年前には脱しているべき習慣にもどってしまっていたのだ」。入寮してまもなく、慣れない環境での過度の緊張によるものだった。校長夫妻(回想では「フィリップ」と「サンボ」というあだ名で呼ばれている)を筆頭としての体罰をふくむ抑圧的な教育方針に加えて、特待生であることの負い目と屈辱的な思いが繰り返し語られる。

こんな心情になるというのは現代の私たちの感覚ではわかりにくいところだろう。授業料を減免されるということは学業優秀な生徒の証しではないか。なにを恥じることがある？

だがエリック少年は恥だと思った。教師も他の生徒もほぼ全員同様の価値観を有していた。授業料減免がなされていることは入学当初は知らずにいた。「フィリップとサンボが私にその事実をあからさまに言うようになったのは、一一歳ぐらいになってからだった」。名門パブリック・スクールの入試に合格してセント・シプリアン校の威信を高めるべく、「奨学生クラス」の生徒として知識を詰め込まれた。「私はかなり早いころから、どこかのパブリック・スクールの奨学金を獲得しないかぎり、まともな将来は望めないことを胸に刻みつけられていた。奨学金を獲得するか、さもなければ一四歳で学校を出て、サンボのお気に入りの言い方でいえば、「年収四〇ポンドの給仕」とならねばならない。私の境遇ではこれを信じ込んでしまうのは当然だった」。

エリックと同様の境遇のわずかな特待生をのぞけば、全校で五〇〇名ほどいる生徒のほとんどがブレア家より裕福な家の出だった。貴族の子弟もふくまれていた。あるロシア人の生徒に「君のお父さんの年収はいくら？」と聞かれて、エリックは自分の理解している父親の年収に数百ポンド加えた額を（つまりさばを読んで）答えた。すると几帳面そうなその生徒は鉛筆と手帳を出して計算を始めた。そして楽しそうに、また蔑《さげす》むように、「ぼくの父の年収は君のお父さんの二〇〇倍以上だな」と言った。

「あの楽しかりし日々」をオーウェルが書いた正確な時期は不明である。一九四七年五月三一日にジュラ島から出版人のフレドリック・ウォーバーグにタイプ原稿を送っているが、四八年六月頃まで手を入れている。ウォーバーグにはこの「自伝風スケッチ」がもともとは文芸批評家のシリル・コナリー(一九〇三―七四)の『期待を裏切るものども』(一九三八)への補遺として書いたものだと告げている。コナリーはセント・シプリアン校(およびイートン校)での同窓生で、同書には学校時代の思い出を綴った部分がある(その記述はオーウェルのように陰鬱ではない)。だがコナリーが一九四〇年代に主宰していた文芸誌『ホライズン』に載せるには長すぎるのと同時に、名誉毀損で訴えられる恐れがあるために出せないだろうと思って彼には送らずにいたのだった。じっさい、その時点でウィルクス夫人が存命であったので、オーウェルの懸念はもっともだった。結局オーウェルの存命中は発表されず、最初に活字になったのは米国の『パーティザン・レヴュー』誌(一九五二年九―一〇月)においてだった。

「あの楽しかりし日々」を読んで、セント・シプリアン校の卒業生のなかには、オーウェルの同校への描き方が偏りすぎていると反論し、校長夫妻を弁護する者が少なからず出た。学校時代をあまりにも陰鬱に見ていると批判する者もいた。ウィルクス夫人もオーウェルが書いたようなひどい仕打ちはしていないと弁明している。だが、寄宿学校という閉鎖的な世界での権力者＝教員によるマイナーな生徒(特待生)への体罰と、言葉の暴力をともなう教育指導を体感していた生徒のリアルな実感とそのトラウマ的経験は、疑うことができない。ハラスメントの加害者が自身の行為を自覚できない一例ともいえる。そしてそこでの学校生活の構造は、『一九八四年』の第三部、愛情省内でのオブライエンによるウィンストン・スミスの洗脳の場面に見られる「教育学的な性格」(関曠野「一九八四年のオーウェル」)を解き明かす糸口になるのかもしれない。

愛国少年エリック

「あの楽しかりし日々」のなかで大半を占める悪い思い出ばかりを取り上げてきたが(その面が基調になっているからだが)、楽しい思い出も部分的には記されている。英国南部の丘陵地帯の散策、蝶の採集や池でのイモリ釣りといった戸外での活動、また早朝に好きな本を読みふけることなどもあった。当時の愛読書はウィリアム・サッカリー(一八一一―六三)、ラドヤード・キプリング(一八六五―一九三六)、H・G・ウェルズ(一八六六―一九四六)などの作品だった。二十数年後にシリル・コナリーに宛てて書いた手紙で彼はこう述懐している。「一九一四年頃、セント・シプリアン校で私たちのどちらかが『盲人国』(一九一一年刊のウェルズの短編集)を手に入れて、おたがいそれにあまりにも夢中になったので始終奪い合いをしたこと、覚えておられるでしょうか。夏の朝四時頃に廊下を忍び足で通って貴兄の寝ている寮に入り、枕元の本を奪ってきたのでした。とてもよく覚えています」(一九三八年一二月八日付)。スポーツではクリケットを愛好した。また「私の子ども時代と、おおよそ二〇歳頃までの楽しい思い出は、なんらかの点で動物とつながっていた」と述べてもいる。

一九一四年秋には自作の詩が初めて活字になった。「目覚めよ、英国の若者よ」と題する三連からなる詩で、『ヘンリー・アンド・サウス・オクスフォードシャー・スタンダード』紙に掲載された。親が同紙に送ったようだ。開戦まもない時期で、好戦的愛国主義《ジンゴイズム》の気分が盛り上がっていた状況を反映している。第一連で「おお、われに与えよ、獅子の力を／狐のレナードの知恵を／さすればわれドイツ兵に兵を放ち／いとも激しき打撃を与えん」と将校になった自分を想像し、第二連で強力な敵に対して命をなげうって戦う英国兵の自己犠牲を称え、最終連で「目覚めよ、おお、英国の若者よ／祖国が必要とするときに／幾千となく入隊せずば／正真正銘の卑怯者なるがゆえに」と戦意高揚をうながしていて勇ましい。ウィルクス校長は喜んで、生徒たちの前でこの詩を朗読してエリックを褒め、しばしのあいだは彼は校長の覚えがめでたかったという。コナリーはこの時期のエリックについて「自分でものを考える子だったので、少年たちのなかで唯一鸚鵡《おうむ》でなく知識人であり、〔G・B・〕ショーとサミュエル・バトラーを読み、セント・ウルフリック校〔セント・シプリアン校の仮名〕のみならず、戦争、帝国、キプリング、〔学校のある英国南部の〕サセックス、そして地位《キャラクター》というものを拒否した」〔『期待を裏切るものども』第一九章〕と述べているが、この詩を見るかぎり、イートン校ではある程度当てはまったとしても、セント・シプリアン校ではそうとは言えないことがわかる。最終年度の一九一六年には陸軍大臣キッチナーの死の直後に書いた追悼詩がおなじ新聞に掲載されている〔七月二一日号〕。

バディコム家の子どもたち

エリックがなによりも安らぐことができたのは長期休暇で実家に帰省していたときだった。ブレア家は一九一二年秋にヘンリー・オン・テムズの家から三キロほど南にあるテムズ河畔のシップレイク村のローズ・ローン館に転居していた。広い庭に囲まれた館はなだらかな丘の頂近くにあり、数分歩けばテムズ川まで行けた。しばらくはひとりでいるか姉妹と遊ぶかして過ごしていたが、一九一四年の夏に当時一一歳だったエリックは近所に住むバディコム家の子どもたちと知り合った。長女のジャシンサ(当時一三歳)、長男プロスパー(一〇歳)、次女グウィネヴァー(七歳)の三人である。ジャシンサの回想によると、彼らが館近くの野原で草クリケットに興じていたとき、ふと隣の敷地を見ると逆立ちをしている男の子がいる。エリックだった。三人が近づいていって「なんで逆立ちしているの」と聞くと、「ただ立っているより逆立ちしているほうが目立つから」との答え。これを機に遊び仲間となり、一九一五年にブレア家がふたたびヘンリーに

図 1-2　ブレア一家.（左から）エリック，母アイダ，妹アヴリル，父リチャード，1916 年.

転居してからも帰省中はシップレイクまでよく会いに出かけた。プロスパーとは一緒に川釣りをしたり、火薬を使った危険な遊びをしたりして過ごしたが、ジャシンサとは本を貸しあって感想を語ったり、それぞれが創作した詩を読み合ったりした。ある時点でエリックはジャシンサに恋心をいだきはじめたようである。彼らの交際は一九二一年夏まで、七年間つづく(バディコム『エリックと私たち』)。

セント・シプリアンでの寮生活は一九一六年のクリスマス前に終了した。まもなく学校を去ろうとするときの彼の気分は、「あの楽しかりし日々」のなかでつぎのように語られている。

帰り支度を調えながら、まるで暗闇から太陽の輝くなかに出てゆくような気分で、私は卒業生用のネクタイを締めた。いまでも私は真新しい絹のネクタイを締めたときの首の感触、それがもたらした解放感を鮮明に覚えている。一人前の男のしるしであると同時に、フィリップの声とサンボの鞭から身を守る護符のように思えたのだ。いよいよ奴隷の身分から解放される。〔中略〕パブリック・スクールではひとりになれる自由がもっと多くあり、もっと構われず、もっとなまけ、好き放題にし、自堕落でいられるだろうと知っていた。何年にもわたって、最初は無意識に、後になって意識的に、ひとたび奨学金をもらうようになったら、「ぐず」になって詰め込みはやめようと決めていた。ちなみにその決意を即刻実行に移し、私は一三歳から二二、三歳まで、避けられる仕事はほとんどひとつたりともしたことがなかった。〔中略〕だが未来が暗いことははっきり自覚していた。失敗、失敗、失敗——過去も失敗だったし、未来も失敗なのだ——それが当時、なによりも固く信じていたことだった。

セント・シプリアン校は彼が卒業してから二三年後の一九三九年三月に火災で校舎がほぼ全焼した。生徒は全員無事だったが、召使いがひとり焼死した。その後、再建がかなわず、廃校に追い込まれた。

イートン校の奨学生

時代背景を少し見ておくなら、セント・シプリアン校の三年次が終わった直後の一九一四年八月四日にイギリスはドイツに宣戦布告、第一次世界大戦が始まった。当初の大方の予想を外れて一九一八年までの長期戦になり、英兵だけでおよそ七〇万人の戦死者を出した(当時のイギリスの総人口は四六〇〇万人)。イートン校に入学した一九一七年にエリックは一四歳、終戦時の一九一八年一一月は一五歳だったので、結局徴兵されることはなかった。ちなみにイギリスでは一九一六年に徴兵法が制定され、「国民兵役」という名で一八歳から四〇歳までの独身男性が徴兵された(一九二〇年まで。後に一九三九—六〇年に再度徴兵制が敷かれる)。もう三年早く生まれていたら青年将校として西部戦線に赴いていてもおかしくなかった。じっさい、大戦に従軍したイートン校出身者は五六八七名(多くは志願兵)、そのうち一一六〇名が戦死し、一四六七名が負傷した(ホリス『イートン』)。戦死者の数は従軍者数に比して非常に多い。イートン校の建物のなかには大戦で命を落とした卒業生を追悼する記念碑が残されている。

戦場に行かずにすんだ世代に生まれたことを幸運に思うべきか——およそ二〇年後に当時をふりかえったオーウェルは、一九一七年までに戦争に関して食物以外にはほとんど心を動かされなくなっていたという。「学校の図書館には西部戦線の大地図がイーゼルに張ってあり、画鋲のあいだを一本の赤い絹糸がジグザグに走っていた。時々糸がどちらかの側に半インチほど動いた。そうして動くたびに死体が山と積まれていたわけだ。私はまったく無関心だった。私が行った学校の生徒は人並み以上の知力を備えた少年たちだったのだが、当時の大事件でその本当の意味合いが私たちにわかったものはなにひとつなかった」(「右であれ左であれ、わが祖国」)。

戦争への忌避心も生徒たちのあいだに広がっていた。「下級生のあいだでは終戦のずっと前から平和主義的な反撥が生じていた。軍事教練でできるだけ手を抜き、戦争にまったく関心を示さないでいることが進歩的であるしるしだとみなされた。恐ろしい経験に鍛えられて帰還した青年将校たちは、彼らの経験をまったく無意味とみなす下の世代の態度にあきれかえり、君たちは軟弱だと説教を垂れたものだった。むろん彼らは私たちに理解できるような理屈をひねり出すことはできなかった」(同)。

この年代で経験による大きなギャップが生じていたことがわかる。それをオーウェルはほぼ二〇年後に思い知ることになる。「しかし結局のところ死者たちは恨みを晴らした。戦争が過去へと遠ざかるにつれ、「若すぎる」と言われた私自身の世代が、もちえなかった経験の非常な重さを自覚するようになった。その経験がなかったために、自分がどこか一人前でないように感じられたのだ」(同)。

さて、一九一七年五月にイートン校に国王奨学生《キングズ・スカラー》の身分で入学したエリックは、「コレッジャー」と呼ばれる七〇名の奨学生のひとりとしてイートン最古の建物の寮で生活した。それに対して、給費は受けず正規の学費を払っている九〇〇名ほどの生徒たちは、コレッジの外の「ハウス(寮)」に居住し、「オピダン」(「町の住人」の意)と呼ばれていた。これも私たちのいまの一般的な感覚からすると、「コレッジャー」のほうが学力優秀であるし、奨学生として優遇されていてより望ましいのではないかと思えるのだが、圧倒的に裕福な家庭出身の「オピダン」が支配勢力であった。二年上のイートン生であったクリストファー・ホリス(一九〇二―七七)の回想によれば、「コレッジャー」は「最初の二年間は上級生からたびたび体罰を受けることを覚悟しなければならなかった」(『オーウェル研究』)。英国のパブリック・スクール特有の鞭打ち《ファギング》がプレパラトリー・スクールの延長上としてあった。

「私は一三歳から二二、三歳まで、避けられる仕事はほとんどひとつたりともしたことがなかった」という言葉を先ほど引いた。これはイートン校時代と後述するインド帝国警察官時代の両方をふくむ期間である。じっさい、イートン校では、ラテン語、古典ギリシア語、フランス語、数学、理科、英語、神学などを履修したが、初年度から全科目で成績はふるわなかった。まもなく「コレッジャー」のなかでは最下位に近く、能力別クラスで「オピダン」たちと一緒のほうが多くなった。もっとも、留年はしなかったので、最低限の勉強はしたようである。イートン校時代で特筆すべき点を挙げるなら、講師陣に作家のオールダス・ハクスリー(一八九四―一九六三)がふくまれていたことである。同窓生のスティーヴン・ランシマン(一九〇三―二〇〇〇。長じて歴史学者となる)の回想によれば、ハクスリー自身は教師仕事を苦にしていたようであるが、彼に興味をもつ生徒もいて、とりわけエリックはそうだったという。「ハクスリーの言葉遣いは私たちにはかなり印象的でしたが、私の記憶では、それを話題にしたのはエリックだけでした」(『思い出のオーウェル』)。のちに『すばらしい新世界』(一九三二)と『一九八四年』という二〇世紀の代表的なディストピア小説を書くふたりの邂逅がこのときあった。

奨学生(コレッジャー)であればオクスフォードかケンブリッジへの大学進学が通常の進路であった。だがエリックはその道に進まなかった。関係者の回想のなかには、ジャシンサ・バディコムのように、エリックはオクスフォード進学を希望していたと言う人もいるが、早い段階で彼は大学に進む意志を放棄したか、あるいは初めからその気がなかったかのどちらかであったようだ。いずれにせよ大学で奨学生になる成績はとっておらず、ブレア家では彼を大学に行かせる経済的余裕はこれ以上なかった。母親より父親のほうが消極的だったようだ。スティーヴン・ランシマンによれば、エリックは「東洋に行きたがっており、一種感傷的な思いをいだいていました。東洋のことをほとんど覚えていないのに、ノスタルジアを感じていたのです」(同)。長い期間事実上の母子家庭で育ったエリックは、八歳のときに定年退職で帰国した父親を特別に敬愛していたようには見えないが、結局父親と似た道に踏み出すことになった。インド帝国警察官として植民地ビルマに赴任したのである。

第2章
イギリス帝国の警察官
1922-1927

ビルマ地方警察訓練学校，マンダレー，1923年．
後列中央にブレア．

採用試験

一九二一年一二月にイートン校を卒業したエリック・ブレアは、サウスウォルドの実家にもどった。サウスウォルドはイングランド東部サフォーク州、北海沿岸の町で、ブレア一家はヘンリー・オン・テムズからそこに転居したばかりだった。一九一二年一月にインド植民地の役人を定年退職して帰国していた父リチャードにとっては、彼と同類のインド帰りの人びとが多く住み、上層中流階級の集う社交クラブもあるということで、余生を送るのには居心地のよい町だった。じっさい、リチャードは町の名士として妻アイダともども人びとから敬意を表され、悠々自適の年金生活をこの地で送ることになる。

この地でブレアは一九二二年一月から、インド帝国警察への就職のために海辺の私塾「クレイグハースト」に通って試験対策をしたうえで、同年六月下旬、一九歳の誕生日を迎えた直後にロンドンで採用試験を受けた。四日間にわたり七科目の筆記試験(一次)を受験、成績は合格者二九名中で七位だった。筆記試験のうちで高得点だった科目は(いずれも二〇〇〇点満点で)ラテン語が一七八二点、古典ギリシア語が一七〇三点、英語が一三七二点、フランス語が一二五六点だった。九月には乗馬の実技試験があった。これは二〇〇点満点で一〇四点という低さで、合格最低点が一〇〇点なのであやうく不合格となるところだった。少なくともこの時点で乗馬は得意でなかったことがわかる。

筆記試験科目に古典語が入っているのは当時のイギリス政府の公務員試験で一般的なもので、時代を感じさせる。イートン校でいかに怠けていたとはいえ、ブレアにはセント・シプリアン校で基本を叩き込まれ、イートン校で必修科目として課せられていた強みがある。そして植民地の警察官の仕事に古典語の素養は直接的には無関係ではあったが、新たな言語の習得に有益な素養ではあった。赴任中に彼はビルマ語とヒンドスターニー語をマスターしているし、カレン語も学んでいる。同期生としてマンダレーの警察訓練学校で一緒に訓練を受けたロジャー・ビードン(一九〇一―七六)の証言によれば、ビルマを離れて帰国するまでには僧侶たちと流暢なビルマ語で会話を交わすことができるようになっていたという(『思い出のオーウェル』)。

合格後、副警視見習いとして研修を積んだうえで、いよいよアジアに赴任となる。希望する任地を問われてブレアはビルマ(現ミャンマー、当時は英領インドの一地方)を第一希望とした。次いでインド北部の連合州、ムンバイ、マドラス、パンジャブの順に挙げた。ビルマは当時インド植民地のなかで犯罪発生率がもっとも高く、また折しもビルマ人のイギリス政府への反感が強まっていたこともあり、赴任地としてはもっとも人気がなかった。そこを希望したブレアは、「同地に親族がいるため」と理由を挙げている。ブレアが赴任したときには祖父は没していたが、祖母のテレーズ・リムーザン(一八四三―一九二五)は健在だったし、伯母のノラ(テレーズの長女、一八六六年生)も林野庁勤務の夫とともにモールメインに住んでいた。

キプリングとともに

インド帝国警察の一員となった時点でブレアはどのような思想をいだいていたか。セント・シプリアン校とイートン校で刷り込まれたイギリス帝国の一員としての誇りと自負心が心中に根を張っていたのではなかったか。イートン校の高学年では仲間たちとともにロシア革命にかぶれて「革命的」になり、愛国歌を嘲笑していたとのちに回想しているが、愛国心の根強さは否定できない。若年期に彼がラドヤード・キプリングやヘンリー・ニューボルト(一八六二―一九三八)といった愛国詩人たちの帝国讃美の詩に大いに鼓舞されていたことは、「右であれ左であれ、わが祖国」(一九四〇)ほかのオーウエルの文章に明らかである。一九三六年にキプリングが没した際に寄せた一文で、英国民にとっていかにこの詩人の影響力が強かったのかを指摘し、「私自身について言えば、一三歳のときにキプリングを崇拝し、一七歳のときに大嫌いになり、二〇歳で愛読し、二五歳で軽蔑し、いまはまたかなり称賛するようになっている。とにかくその作品を読んだことがある人なら、彼を忘れるということだけは絶対に不可能である」(『ニュー・イングリッシュ・ウィークリー』一九三六年一月二三日)と書いている。愛唱した詩のひとつは「マンダレー」(一八九〇)で、その出だしはこうである。

古さびたモールメインの仏塔《パゴダ》のわきで、東の方《かた》の海見つつ、
ビルマ娘が座りおる、思い詰めるは俺のこと。
棕櫚《しゅろ》の木立に風が吹き、寺院の鐘が語るらく、
「帰りたまえよ、英国兵、マンダレーへと、いざ帰れ」

モールメインはビルマ南部サルウィン(タンルウィン)川河口、マルタバン湾を臨む都市である。この詩の語り手は英国兵士(ロンドンの下町訛り《コックニー》の英語表記によって労働者階級出身であることが示唆されている)であり、港から外輪船で帰国の途に就いたところ、当地で知り合って馴染みとなったビルマ人の若い女性が陸《おか》で別れを惜しんでいる姿を兵士が想像しているという設定である。リフレインには「マンダレーへの道」という句があり、またあとのほうには「スエズの東のどこかで」という名高いフレーズも出てくる。タイトルにもなっているマンダレーは、じっさいにはビルマ内陸イラワジ(エーヤワディ)川に臨む都市であり、海岸に面しておらず、モールメインからは北に七〇〇キロ離れているので地理的に無理がある。ビルマに寄港したことがあっても土地勘がないキプリングが誤解して地名を(その響きゆえに)用いたのだろう。そもそもモールメインは東でなく西の海に面している。そのため「東の方の海見つつ」(lookin' eastward to the sea)という詩句は、のちの版では「物憂い風情で海見つつ」(lookin' lazy at the sea)に修正された。それでも、とりわけ発表後四半世紀のあいだ、この詩の人気は絶大だった。一

図2-1　ラドヤード・キプリング，1895年.

九〇七年には米国の作曲家オーリー・スピークスがこれに曲をつけて「マンダレーへの道」を発表、大ヒットし、楽譜シートは一〇〇万枚以上売れた。オーウェルはのちに友人のマルコム・マガリッジ(一九〇三―九〇)にこの「マンダレー」が英語で書かれた最良の詩だと思うと述べたという。T・S・エリオット(一八八八―一九六五)が編纂した『キプリング詩選集』(一九四二)の長文の書評として書かれた一九四二年のエッセイ「ラドヤード・キプリング」では、オーウェルはキプリングを「すぐれた通俗詩人《グッド・バッド・ポエット》」(good bad poet)という独特な表現で評価している。「マンダレー」はエドワード・サイードのいうオリエンタリズム、すなわち「東洋に後進性・官能性・受動性・神秘性といった非ヨーロッパ‐イメージを押しつける、西洋の自己中心的な思考様式」(広辞苑)に満ちた詩であるといえるが、一九歳のこの時点で、ブレアは帝国主義への批判意識はまだ持ちえていなかったように思われる。それには経験が必要だった。希望する赴任先の筆頭に他の合格者たちが避けたビルマを挙げた動機として、「親族がいるため」というのはたしかにあったのかもしれないが、こうしたオリエンタルな異国情緒を多分にもつキプリングの「マンダレー」の詩が少なからず作用していたのではないか。

船旅の思い出

エリック・ブレアをのせたスクリュー汽船ヘレフォードシャー号(英国ビビー・ライン社)は一九二二年一〇月二七日にリヴァプールを出港、途中マルセイユとコロンボに寄港し、四週間後にラングーン(ヤンゴン)に到着した。インド生まれとはいえ、一歳でイギリスに移っているのでその記憶はなく、マルセイユでフランスの地を踏んだのが、物心ついてから初めての海外経験だった。一等船室の乗客であったブレアはこの航海で長く記憶に残る見聞をしている。そのひとつを彼は四半世紀のちに『トリビューン』紙のコラム「気の向くままに」で紹介している。それは船員のひとりが乗客の残飯をこっそりと持ち帰ったのを目撃した話だった。四十がらみの年季の入った白人の操舵手で、豊かなブロンドの口ひげをたくわえ、前腕も金色の毛で覆われている。豪華客船で乗客の命を預かるこの操舵手の働く姿をブレア青年は神のごとく仰ぎ見ていた。ところがある日、甲板上でその操舵手が、半分食べかけのカスタードプリンが入った皿をこそこそと持ち帰っていく姿を目撃する。乗客の食卓で出た食べ残しを給仕長がこっそり与えたものであるのが見てとれた。二〇年以上たっているのにそのときに感じた衝撃を忘れられないと彼は書いている。「この出来事をあらゆる角度から見るにはしばらくの時間が必要だった。だが職務と報酬との落差をこのように突然見せつけられて、つまり高度の特殊技能を備えていて、われわれの生命を文字どおり手中に握っている人間が、われわれの食卓から喜んで残飯をくすねるさまを見せつけられて――五、六冊の社会主義パンフレットから得られる以上のものを私は教えられたのだといったら、大袈裟すぎると思われるだろうか」(『トリビューン』一九四七年一月三日)。

コロンボに寄港した際の思い出も後年書き残している。その土地の苦力《クーリー》のひとりがブリキ製の重いトランクをふらふらした足取りで運んでいる。そばを歩く乗客や船員には危なくてしようがない。それを見て白人の巡査部長が苦力の尻に思い切り蹴りを入れる。白人の乗客たちから、巡査部長の行為を是認するような声がもれる。だがこれがもしイギリス国内でのことだったらどうであったか。鉄道駅の(白人の)ポーターがおなじ仕打ちをされるのを見たら、どんな身勝手な百万長者であっても、少なくとも一瞬は憤慨することだろう。それはイギリス人同士だからである。ところがここでは、ふつうのイギリス人でもこれを見て心を動かされず、むしろ是認してしまう。「自分たちは白人で、苦力は黒人、言い換えるなら、その男は人間以下《サブ・ヒューマン》であって、異なる種類の動物」とみなしてしまえるからだ(「走り書きノート」『タイム・アンド・タイズ』一九四〇年三月三〇日)。

さらにこの航海では日射病と「トーピー」の迷信についてもブレアは耳にする機会があったことだろう。「トーピー」(topee)とはヒンドスターニー語で「帽子」の意味で、植物の芯で編んだ日よけ帽を指す。インドでは白人は日なたではけっしてこの帽子を脱いではいけない、脱いだら赤道に近い太陽の致命的な光線を頭に浴びて日射病になる、だが「原住民」は頭蓋骨が厚いので帽子なしでも日射病にはかからない、という迷信であった。植民地インドでの任官を終えてイギリスに帰る者は、帰国便の船上から(ようやく用済みとなった)トーピーを海に投げ捨てる「儀式」をおこなった。ブレア自身ビルマに赴任してしばらくはこの迷信を信じていたのだが、あるとき、かぶっていたトーピーが風で吹き飛ばされてしまい、一日中無帽で日なたを歩いたのだが、なんら体調は変わらなかった。それで不審をいだくようになったのだという。なぜインド在住のイギリス人はそんな迷信を作り上げたのか。連載コラム「気の向くままに」の別の回で、それは「原住民」と自分たちの生物学上の相違をたえず強調することが帝国主義の維持に必要だからだと指摘している。「白人の身体のつくりはアジア人とちがう、インド在住の白人は無根拠にそう信じていたものだが、その信じ方もじつに多種多様だった。解剖学上の相違がかなりあると思い込んでさえいた。だが白人は日射病にかかりやすく、東洋人はそうではないという、このたわごとほど大事にされた迷信はない。薄い頭蓋は人種的優越のしるしであり、植物の髄を使ったトーピーは帝国主義の一種の象徴《エンブレム》なのだった」(『トリビューン』一九四四年一〇月二〇日)。

こうした「迷信」の誤謬を彼のようには気づかない、あるいは気づきたくない人びとが大半である白人たちの支配機構のなかで、一九歳のブレアは植民地の警察官として働き出すわけである。

植民地統治者の不安

一九二二年一一月下旬、ラングーンに到着後、鉄道でマンダレーに移動した。一六時間の長旅だった。その当時のマンダレーはどういう様子であったか。オーウェルの初期の伝記作者スタンスキーとエイブラハムズの説明によれば、一九二〇年代初頭のマンダレーはいまだ実質的にイギリスの城砦(旧王宮)と現地民の居住地と、ふたつの町からなっていた。「一マイル四方の城壁を広い堀がめぐり、堀には赤白の蓮が密生していた。その周囲をタマリンド、アカシア、シナモンの木々が縁取り、影を落としていた。城砦の広大な領域のなかに、さまざまの連隊の食堂、兵営、上《かみ》ビルマ・クラブ――マンダレーに住むヨーロッパ人の大半がその会員にふくまれていた――内堀に囲まれた旧王宮、連隊将校や上級公務員のバンガロー、ポロ競技場、九ホールのゴルフ場、テニスコート、礼拝堂」があった。その城壁を越えると現地民の住む町がある。たくさんの寺院、パゴダ、そして果物や野菜、魚、肉類、スパイス、また布地や金細工、象牙などがひしめくバザールがあり、現地のさまざまな言語がとびかい、活気を帯びていた(『作家以前のオーウェル』第三部)。

一九二二年一一月二九日から一九二四年一月二五日まで、一年強にわたってマンダレーの警察訓練学校で法律、現地の諸言語(ビルマ語、ヒンドスターニー語)、会計計算、警察の手続きについて学んだ。途中二三年一一月末から一カ月ほど、町の中心部から東に六〇キロほど離れたメイミョーに配属された。そこは標高一一〇〇メートルの高地で、マンダレーのうだるような暑さとほこりっぽい棕櫚の木、バザールの香辛料や魚の匂いにあふれた世界と対照的な、清涼の気に満ちた場所という印象をブレアは受けた。マンダレーでの訓練を終えて、以後ミャウンミャ(二四年一月~五月)、トゥワンテ(二四年五月〜一二月)、シリアム(二四年一二月〜二五年九月)、インセイン(二五年九月〜二六年四月)、モールメイン(二六年四月〜一二月)、カター(二六年一二月〜二七年六月)と赴任地を変えた。

ブレアの五年間のビルマでの暮らしぶりについて、残されている記録は少ないのだが、それでも彼がのちに書いたエッセイや回想文、また関係者の証言などからある程度様子がわかる。ふれておくべきエピソードとして、ビルマの大学生とのトラブルがある。

それは一九二四年一一月、ブレアがトゥワンテ(ヤンゴン市南西)に赴任中のことだった。市内の鉄道駅(パゴダ通り駅)の階段を下っていたとき、ふざけあっている少年たちのひとりと偶然接触して階段を転がり落ちてしまった。ブレアは激怒して手にしていた鞭を振り上げて少年の頭を打とうとしたが、寸前で自制し、代わりに背中を打った。少年たちは抗議し、さらに居合わせたラングーン大学の学生数人がブレアを囲んで抗議した。列車が入線しブレアが一等車に乗ると、学生たちも追いかけてきて客車内で論争がつづいたが、列車がミッション通りに着いてブレアは降車、それで話は終わった。

以上は一九七一年にビルマ大学教授のマウン・ティン・アウン(一九〇九―七八)が「ジョージ・オーウェルとビルマ」で証言しているエピソードである(グロス編『ジョージ・オーウェルの世界』)。アウンはこのときの学生のひとりであったという。ブレア自身のこの事件についての回想はない。ただし、これが起こった一〇年後に刊行されたオーウェルの最初の小説『ビルマの日々』(一九三四)に出てくるエピソードはこのときのことが下敷きになっていると思われる。その第二二章で、地元(ビルマ内陸のチャウタダという架空の町が舞台）で木材会社を経営する白人のエリス氏がビルマ人の高校生の一団に遭遇し、彼らが嘲笑したので、そのひとりの目を鞭で打ち失明させてしまったことからビルマ人の暴動が起こり、白人クラブが包囲される。それを主人公のジョン・フローリーがうまく対応して鎮圧する。

帝国主義を憎む

このジョン・フローリーはビルマの白人社会に溶け込めずにいる。生来左頰に目元から口元まで青黒い痣《あざ》があるのが要因でもともと引っ込み思案であったのだが、そこにイギリス帝国の支配への違和感が加わっている。

いま彼〔フローリー〕の考えの中心を占めていて、すべてを毒しているものは、自分を取り巻く帝国主義の雰囲気へのますます強まる憎悪の念だった。頭脳の発達は止められない。そしてようやく頭脳を発達させたときにはすでにまちがった生き方をしてしまっていて手遅れになっているというのが、中途半端に教育を受けた者の悲劇のひとつである。そのようにして彼の頭脳が発達すると、イギリス人と彼らの帝国の内実がわかってきたのだった。〔英領〕インド帝国は暴政である。おそらく慈悲深いものではあっても、窃盗を最終目標とした専制であるのは変わりない。（第五章）

『ビルマの日々』*Burmese Days*（一九三四年刊）あらすじ

オーウェルの小説第一作。舞台はビルマ北部のチャウタダという架空の町、時は一九二六年。当地でチーク材を商う三五歳の英国人ジョン・フローリーを主人公とする。イギリス帝国主義の抑圧的な人種差別、帝国の辺境での暮らしの孤独、熱帯の生気を奪う酷暑、偏狭な愛国主義者たちの愚かな心性を描く。帝国主義への批判意識を内に秘めたフローリーは、白人クラブのなかで疎外感に苛《さいな》まれている。チャウタダに移り住んだ若い英国人女性エリザベスを彼は見初め、孤独と自己崩壊からの解放を夢見るが、彼女は憲兵隊の副官ヴェラルに惹かれる。英国人のビルマ人少年への暴行が原因で現地人の暴動が起きると、フローリーが英雄的な活躍を見せてそれを鎮圧する。夫選びの本命だったヴェラルが突然町を去ったため、エリザベスはフローリーに向かう。結婚の期待が高まり幸福な気持ちでいたフローリーだったが、白人クラブの一同が会する教会のミサの最中に、ビルマ人有力者ウ・ポ・チンの差し金でフローリーの「現地妻」の存在が暴露され、直後にエリザベスは彼を見限る。絶望したフローリーは銃で自殺を遂げる。

フローリーの年齢は三五歳に設定されていて、また材木商であって警官ではないので、エリック・ブレアと同一ではないものの、イギリス帝国を「窃盗を最終目標」とした暴政、専制ととらえる見方はブレア自身がビルマに赴任してある時点でいだくに至った見解であった。のちに彼はこう振り返っている。

> インド警察に五年いて、その終わりごろには、なんとも言えぬ苦々しい気分で、自分の仕えている帝国主義を憎んでいた。英国の自由な雰囲気のなかにいたらまったくそれに気づけない。帝国主義を憎むにはその一部とならねばならない。外から見ると、インドでのイギリスの支配は慈悲深く、必要なことであるようにさえ見える。じっさい、たしかにそうだ。おそらくフランスのモロッコ支配、オランダのボルネオ支配も同様なのだろう。たいてい外国人を統治したほうが自国民を統治するよりもうまくいくからだ。だがそうした体制の一部になると、それを申し開きようのない圧政として認識せずにはいられない。（『ウィガン波止場への道』第九章。強調は原文）

ブレアが在職中のビルマは反英感情が高まっていた時期であった。一八八六年に英領インドの属州となって以来、第一次世界大戦が終結した一九一八年あたりまではイギリスのビルマ統治は比較的円滑になされていた。悪化したのは一九一九年、インド統治法が制定されたときである。中央政府からインドの各州に部分的に権限委譲がなされ、「両頭制」が施行されたのだが、ビルマはその適用除外とされたために、ビルマ人のナショナリズムが一気に高揚した。一九二〇年（ブレアが赴任する二年前）には大学でストライキが決行され、学生や若い僧侶たちの反英・民族運動が拡大した。二三年にビルマでも「両頭制」が導入されたものの、英領インド中央政府の支配は実質上変わらず、とりわけ農村の貧困が深刻化した。治安も悪化した。一九二〇年代前半のビルマの警察官の数は一万三〇〇〇人強、一九二三年から二四年にかけて四万七〇〇〇件の犯罪事件が発生、一九二五年に八〇〇件の殺人事件が起きている。監獄に収容された囚人の数はビルマ全体で一時期一万六〇〇〇人にのぼった（テイラー『オーウェル』第四章）。

『ウィガン波止場への道』とほぼ同時期に書かれた「象を撃つ」（一九三六）の冒頭はこう書き出される。「下《しも》ビルマのモールメインで私は大勢の人に憎まれていた——そこまで憎まれるほど重要人物だったというのは、生まれてこのかたそのときだけだった」。語り手である「私」は警官であることでとくに現地民の嘲笑と嫌がらせの標的になっている。サッカー試合でビルマ人の相手からトリッピングの反則を受けるとビルマ人の審判が見て見ぬふりをする、それを見て群衆が悪意のこもった笑い声をたてる。「なかでも仏教徒の若い僧侶が最悪だった。彼らは町に数千人といたが、街角に立ってヨーロッパ人を嘲ること以外にすることがないように見えた」。そうしたことが再三起き、神経がまいってしまう。その一方で、「私」は当時すでに「帝国主義は悪であり、さっさと仕事をやめて逃げ出したほうがよい」と思っている。刑務所の悪臭に満ちた監房に押し込まれた囚人たちの痛々しい様子を見ると、「やりきれない罪悪感」に苛まれる。つまり「私」はふたつの矛盾しあう感情の板挟みにあっている。「一方では、イギリスの統治は強大な圧政であり、ひれ伏した諸民族の意志を永遠に踏みにじるものだと思いながら、もう一方では、僧侶どもの腹に銃剣をぶちこめたらどんなに嬉しいだろう、と思っていたのである」。

右で監獄の囚人への言及があった。『ウィガン波止場への道』でもこれは言及されている。植民地の警察官という「現実的な暴政の一機構」を自分は担った。「汚れ仕事に手を染めることと、単に汚れ仕事から利益を得ることとはまったくの別問題である。たいていの人は死刑制度を認めているが、絞首刑執行人の仕事はご免であろう」。そしてこう言う。「人が絞首刑に処されるのを一度見たことがある。それは千回の殺人よりも邪悪なことであるように思えた。牢屋に行くと(牢屋に行く人はたいていおなじ気持ちになるのだが)、自分の居場所は鉄格子のあちら側だと思えてならない」(第九章)。

職務でやむなくのことか、あるいは自ら望んでそうしたのか不明だが、ブレアが絞首刑を目撃した可能性は高い。一九三一年にエリック・ブレア名で『アデルフィ』誌に発表する「絞首刑」は、「象を撃つ」と並んで彼のビルマ時代にまつわる重要なエッセイである(あるいは短編小説と見てもいいかもしれない)。これも一人称の「私」が語り手となっている。「象を撃つ」はモールメインでの出来事であることが示されているのに対して、「絞首刑」は地名が出てこない。それは雨季のビルマのどこかの刑務所、ある朝、看守たちがひとりのインド人の死刑囚を独房から引き出し、絞首台まで連れて行き、処刑をすませてもどってくるまでの話である。数ある死刑執行のひとつとして事務的に事が進められるのだが、同行した「私」は、前を歩く死刑囚が途中の水たまりをひょいと避けたことに衝撃を受ける。

奇妙なことだが、その瞬間まで私は、ひとりの健康な、意識のある人間を殺すということがどういうことなのか、まったくわかっていなかった。ところが、囚人が水たまりを避けようとして脇にのいたのを見たとき、盛りにある生命を突然断ち切ってしまうことの不可解さを、そのなんとも言えない不正を悟った。この男は死にかけているわけではない。われわれとまったく変わらずに生きている。〔中略〕彼もわれわれも一緒に歩いている人間の一行で、おなじ世界を見、聴き、感じ、理解している。それがあと二分もすれば、突然ガタンといって、われわれのうちのひとりが消えてしまう。〔中略〕精神がひとつ欠け、世界がひとつ欠けてしまう。

この囚人の罪状がなんであったのかは記されていない。死刑制度全般の非道さを問う作品と解することも可能かもしれないが、文脈からして、植民地でのイギリス帝国の暴政への批判が込められていると読んで差し支えないだろう。処刑を「無事に」終えた一行（そこには「私」もふくまれる）は、まだ朝なのだが、刑務所長にすすめられてみなでウィスキーを飲む。冗談を言って笑いあったりもする。「絞首刑」はこう結ばれる。「私たちは、原住民もヨーロッパ人も区別なく、みんなで和気あいあいと酒を飲んだ。男の死体は一〇〇ヤード〔約九〇メートル〕離れたところにあった」。

ビルマでの「二重思考」

後年、『二〇世紀作家』の編者に求められて書いた自伝的スケッチで、インド帝国警察を辞職した理由をこう述べている。「ひとつにはその地〔ビルマ〕の環境が私の健康を損なったこと、もうひとつには物書きになろうという漠然とした思いがすでにあったからなのだが、最大の理由は、帝国主義に仕えるのがもう無理になったからだ。全体として見て帝国主義はいかさまだ、私はそうとらえるようになっていたのである」(一九四〇年四月一七日送付)。前節で引いたいくつかの回想と同様に、このようにイギリス帝国主義への批判をはっきりと表明できるようになるのは、後年のことであって、当然想像できるように、在職中はその思いを匂わせることでさえも禁物だった。在職期間のどのあたりから自身の仕事を植民地での強奪行為への加担であると自覚し嫌悪するようになったのか、判然としないが、そうした思いをいだいたとしても、それを表明しないのはもちろんのこと、身振りや表情でもそうした「背信」の思いを周囲に察知されないように気をつける、というのが習慣になっていたようである。この点でのちに『一九八四年』で描く「二重思考《ダブルシンク》」の初歩をすでに実践していたのだといえる。

ビルマでブレアは同僚や知人たちにどう映ったか。ロジャー・ビードンの記憶では、ブレアは「付き合ってみるととても感じのいい男」であったものの、クラブに行って陽気にはしゃぐような「社交家タイプ」ではなく、ひとり自室にこもって読書にふけっていることが多かった。ブレアの印象について、「着ている服がちゃんと身体に合っていたことがなかったみたい」で「どんなに頑張ってみても、彼にぱりっとした服装をさせることは不可能だったでしょう」と言っている。

ビードンはオートバイと虎狩りのエピソードについても語っている。ふたりはそれぞれオートバイを運転してマンダレーのダファリン城塞(旧王宮)のなかに入った。それから外に出ようとした際に進行方向の門が閉まっているのにビードンが気づいて急停車し、米国製の非常に車高の低いバイクを走らせていたブレアにも危険を知らせたが、彼はとっさにブレーキをかけられず、棒立ちになったところ股間からオートバイだけがすり抜けて門に衝突した。虎狩りのほうは、マンダレー郊外に牛車で出かけたのだが、夜の九時をすぎてあたりが真っ暗になっているのに加えて、ビードンはピストル、ブレアはショットガンという軽装備で、幸い虎が現れなかったからよかったものの、出くわしていたら「ブレア氏というか作家のオーウェルは存在しなかっただろうし、私自身もおなじ運命だっただろうと思いますな」とビードンは回想している(『思い出のオーウェル』)。

ビルマに来て三年ほどしてからのこと、クリストファー・ホリスとブレアはラングーンで再会している。イートン校卒業後、オクスフォード大学ベイリオル・コレッジに進学したホリスは、大学の雄弁会（オクスフォード・ユニオン）に所属、会長をつとめ、その活動の一環としておこなった世界周遊ツアーでビルマに立ち寄ったのだった。イートン時代のブレアを反逆的な生徒として記憶していたホリスは、インド帝国警察の副警視となった旧友に「リベラルな見解は跡形もなくなっていた」と思えた。ホリスにブレアはこんなことも言ったそうである――英国のパブリック・スクールで体罰を用いないというのはよい考えだが、ビルマ人相手ではそれでは通用しない。とりわけ仏僧がそうであって、連中は甘くするとつけ上がる、ニタニタ笑って無礼な態度をとっただけでも連中に暴力を加えるのが望ましい。そんなブレアの言葉を聞いて、ホリスは、「まだ現実を知らず責任もなくて生きていた学校生活でリベラルな思考の持ち主だったのが、その後紋切り型の反動にたやすく落ち込んでしまう、よくあるタイプ」であるとそのときは思った（ホリス『オーウェル研究』第三章）。

これは先に引いた「象を撃つ」の矛盾する心情のうちの片面をホリスに語っていたわけであり、それはおそらく嘘ではなかったとしても、帝国主義への嫌悪感というもうひとつの面はおくびにも出していなかったことがわかる。一〇年後に述べたように、英領インドに住むイギリス人は罪悪感に苛まれてもそれを人に知られないように努めねばならない。言論の自由がないからだ。帝国主義批判をしようものなら一生を棒にふりかねない。安全だと判断できた例外的な場合にのみそれを打ち明けられる。あるときブレアはマンダレー行きの夜行寝台列車で乗り合わせた同国人の役人と会話をかわした。三〇分ほどかけて相手が「安全」な人物だと判断してから、イギリス帝国への呪詛の言葉を存分に口にしあう。「理路整然と、また実情をよく知る者として、帝国を内部から罵った。おたがいそれは気持ちのいいことだった。だが私たちは禁断の話をしてしまったのだ。朝のやつれた光のなか、列車がゆっくりとマンダレーに入っていったとき、ふたりは、さながら姦通を犯した男女《カップル》のように、後ろめたさを覚えながら別れていった」(『ウィガン波止場への道』第九章)。『一九八四年』において「ビッグ・ブラザーが監視している」オセアニア国の一地方、エアストリップ一号(「滑走路一号」=旧イギリス)の首都ロンドンで自身の非正統的な思いをひた隠しにしながら、しかし秘めた思いを日記に書き連ねる、あるいは反逆行為としてジュリアと逢引する、そうした禁断の行為をせずにはいられない主人公ウィンストン・スミスの原型が、帝国の警察官エリック・ブレアにあると見てよいのかもしれない。

読書と創作

一九四六年に発表したエッセイ「なぜ書くか」の冒頭でオーウェルは「ごく幼いときから、五、六歳頃からだろうか、大人になったら物書きになるのだと思っていた。一七歳頃から二四歳ぐらいまでのあいだはこの考えを捨てようと努めたのだが、それは自分の本性に背いている、いずれは本腰を入れて本を書くだろうという意識は消えなかった」と述べている。作家志望を断念しようとした期間は、イートン校最終学年からビルマ勤務の五年目まで、インド帝国警察官の身分であった期間にほぼ重なる。断念しようとしてはいたが、それができなかった。じっさい、ビルマ在住のあいだに彼が創作の試みをしていたことは残された草稿によって明らかである。またビードンの回想にあったように、クラブに行くよりもひとり読書にふけるほうを好んだブレアは、同時代の文学の動向もよく押さえていたように見受けられる。

残っている草稿には詩が六篇、シナリオがひとつ、戯曲のダイアローグ、また小説用と思われる五つの断片的スケッチがふくまれる。それらのスケッチには『ビルマの日々』の主人公と同名のジョン・フローリーが出てくる。おなじく登場人物のラッカースティーン夫妻も出てくるし、架空の舞台となる「チャウタダ」の地名も見られるが、『ビルマの日々』とは筋が異なる。ひとつの断片「ジョン・フローリー、私の墓碑銘」は一人称の語り手のフローリーが自身の埋葬を語り、「ジョン・フローリー／一八九〇年生／一九二七年に酒で死去」という墓碑銘に三連の韻文がつづく。その第一連は「ここに眠るは哀れなジョン・フローリーの遺骨／やつの物語は昔ながらの物語／金と女と博打とジン／その四つでここに入りぬ」となっていて、『ビルマの日々』のフローリーの最期とは異なるが、作家になろうという「考えを捨てようと努めた」時期の習作として注目される。詩作について見るなら、「ロマンス」と題された三連からなる詩はこう始まる。

分別つかぬ若きころ
マンダレーの僻地にて

ビルマ娘の虜になりぬ
いとも美しあの娘

これだけ読むとキプリングの「マンダレー」の後日譚ならぬ「前日譚」のような趣であるが、あとの二連で意外な展開になる。「黄金《こがね》の素肌に黒い髪／象牙の歯もつ娘に言った／「二〇枚の銀貨をやろう／これで俺と寝ておくれ」」――これはビルマ人の娼婦を買う話なのだ。最終連はこう結ばれる。「清らで悲しき面持ちで／美《うま》し娘は俺を見て／回らぬ舌と処女《おぼこ》の声で／二五枚につり上げた」。

こういう経験がじっさいにブレア青年にあったのかどうか。一般論として言うなら、在ビルマの英国人男性、とくに未婚者であれば、現地の娼婦を買うとか、あるいは「現地妻」をもつというのは珍しくなかった。ブレアの場合はどうであっただろう。ロジャー・ビードンの回想では、「正直なところ、彼が女性と一緒にいるところなど見たことがないですね。〔中略〕女がいたようにはとても見えません」とのことである。警察学校で始終顔をつきあわせていたが、そのあとはブレアがインセインの警察本部で警視補だったときに一度彼の家を訪ねただけであったが、「山羊、鵞鳥、家鴨、その他いろんなのが階下でうろうろしていたことだけを覚えています」と、これまた動物好きのブレアらしい暮らしぶりを伝えている(『思い出のオーウェル』)。ビードンの証言とは反対に、ラングーンの赤線地帯に出入りしていたという証言(レオ・ロバートソンから聞いたとホリスが書いている)、あるいは一九四五年にパリでハロルド・アクトンに「ビルマ女の味わい」を話したとするエピソードなどもあるが(アクトン『唯美主義者のさらなる回想』)、真偽の程は不明である。ただし、右に紹介した詩の草稿、あるいは『ビルマの日々』での主人公ジョン・フローリーの「現地妻」マ・ラー・メイの描写などからして、まったく無縁であったと見ることは不自然であろう。

イギリスから遥か離れてはいたが、多少のタイムラグがあっても、新しい文学作品にふれることは不可能ではなかった。赴任地のひとつシリアムにいたときは、首都ラングーンに近く、ちょくちょく上京して書店(スマート・アンド・ムッカーダム)でイギリスから送られた新刊本や文芸誌を購うことができた。時代は一九二〇年代、モダニズム文学が盛期を迎えた時期である。ビルマに到着した一九二二年はT・S・エリオットの『荒地』、ジェイムズ・ジョイスの『ユリシーズ』が刊行された年でもあった(『ユリシーズ』を読むのは帰国後だが)。D・H・ロレンスの『恋する女たち』(一九二〇年)は「一九二四年に無削除版で読みました」と友人のブレンダ・ソルケルド(一九〇三―九九)に宛てて書いている(一九三五年五月七日付)。E・M・フォースターの『インドへの道』(一九二四)は、自身のビルマ体験を小説にするようにブレアを促す働きをしたはずである。

また、先に述べたクリストファー・ホリスとの再会も知的な刺激となったのではないか。イートン校の同窓生の多くがオクスフォードやケンブリッジに在学中で、彼らの消息も聞いたことだろう。あるいはホリスは、学友となっていたイーヴリン・ウォー(一九〇三―六六)のことなど話したのだろうか。

シリル・コナリーもホリスと同様オクスフォード大学ベイリオル・コレッジに在籍していた。母国で大学生活を送る旧友たちと、植民地ビルマのうだる暑さのなかで、心にひそかに帝国主義への憎悪の念をいだきつつ、警察官として帝国に奉仕している自分と、彼我の対照がきわだって意識され、自らの来し方行く末を思いめぐらす機会になったのかもしれない。やはり自分は、物書きをめざすべきなのではないか、と。

「スエズの西」へ

ブレアが最後の赴任地のカターに転勤したのは一九二六年の暮れであったが、赴任してまもなく、デング熱に罹患した。これは蚊によって媒介されるウイルス性の熱帯感染症で、死に至ることはほとんどないが、高熱と激しい頭痛、関節痛などを伴う。災難であったのはたしかだが、五年の勤務で長期休暇の資格が生じるのに加えて、これで病気療養の名目も得られた。一九二七年六月に長期休暇を申請し、八カ月の一時帰国を認められた。

一九二七年七月一四日、ラングーンからシュロップシャー号に乗船しビルマを去る。翌月、マルセイユにしばらく滞在、折しも米国でのアナキストのサッコとヴァンゼッティの処刑の直前であり、その抗議デモを見ている。それからパリ経由でイギリスにもどった。二四歳になっていた。

退職を決意した。帰国前からすでに辞めるつもりでいたのか、あるいは帰途の船中でか、もどってから決断したのか――ブレア本人は、「帰国前に職を投げ捨てようと半ば決めていたが、英国の空気をひと嗅ぎしただけで、はっきりと決心がついた」(『ウィガン波止場への道』第九章)と述べている。

生涯ビルマにもどることはなかったが、ビルマへの関心をもちつづけた。『一九八四年』が彼の最後の小説となるが、生きながらえていたら、つぎに書く予定で準備を進めていた小説『喫煙室物語』は、残された草稿や創作メモから見るかぎり、ビルマ(およびビルマへの航路)を舞台にしていたはずである。

第3章

パリとロンドンで落ちぶれる

1927-1934

パリ，ポ・ド・フェール通り．右手手前から２棟目にブレアは投宿(2018年，著者撮影)．

成功の悪徳・失敗の美徳

一九二七年八月にサウスウォルドの実家にもどったとき、両親のほかに五歳下の妹アヴリルが同居していた。五歳上の姉マージョリーは一九二〇年に官吏のハンフリー・デイキン（ヘンリー・オン・テムズでの幼なじみでエリック少年からすると七つ上の兄貴分）と結婚し所帯をもっていた。アヴリルは帰宅した兄を見て容貌がかなり変わっていると思った。口ひげを生やし、ブロンドの髪は前より黒くなっている。父によく似てきたようにも思えた。そしてこう回想している。「兄はインドで大勢の召使いにかしずかれていたので、ひどく無精になっていると私たちには思えました。煙草を吸うたびに吸い殻もマッチも床に投げ捨ててしまいます。ほかの人が片付けてくれるものと思っているのでした」（『思い出のオーウェル』）。帝国主義への見解がどうであれ、四年半にわたる英領ビルマでの「だんなさま《ブッラ・サーヒブ》」の生活様式が染みついてしまっていた。

九月にブレア家が休暇で英国南西部コーンウォールのポルペロに滞在した際に、辞職して「作家になる」意向を親に伝えた。大反対されたのは言うまでもない。だが息子の意志は固かった。一一月、退職願をラングーンのインド帝国警察総監宛に送っている。一一月末にロンドンのインド省から二八年一月一日付での退職を承認する旨の返事があった。じつは病気療養のために八カ月の休暇が認められていたので二八年三月末まで有給で休めたのだったが、あえてそれまで待たず、一四〇ポンドの給与を放棄したのだった。

インド帝国警察官の職を辞すことは当然ながら人生の大きな方向転換であり、よほどの覚悟がなければ決断できなかったはずである。定職を投げ捨てることはそれまで得ていた安定収入を失うことを意味する。そもそも植民地の警察官として彼はどれくらい稼いでいたのだったか。

一九二二年にビルマに赴任して警察学校で学んでいた最初のころは、月給二三ポンド、それにビルマ勤務手当が五ポンド、海外手当が九ポンド、つまり月額三七ポンドで、年収にすると四四四ポンドを得た。そして一九二五年までに月額五八ポンド、年収六九六ポンドに昇給。五年間であわせると三〇〇〇ポンドを得ていた。年平均で(賞与を抜いて)六〇〇ポンドである(デイヴィソン『オーウェル』第二章)。統計を見ると、一九二四年のイギリスの一般公務員の平均年収は二八四ポンド、銀行事務員が二八〇ポンド、労働者階級でいえば炭鉱夫が一八〇ポンド、植字工が二〇九ポンドであった(スティーヴンソン『イギリス史一九一四―四五年』)。ブレアの収入は一九歳から二〇歳代前半で稼ぐ額としてはかなり恵まれていたと言えよう。これをあえて放棄したわけである。当面警察官の給与の蓄えでやっていけたが、それもまもなく尽きる。その後一四年間、彼は定収入がなく、経済的に不安定な状態で過ごすことになる。ようやく第二次世界大戦中の一九四一年に至って、BBC放送局の常勤職を得て、数字上はビルマ時代に匹敵する金額の年収を得られるようになる。BBCも二年勤めて肌が合わず退職することになるのだが。

貧乏になる道をわざわざ選んでいたように見える——いや、たしかに意図してそうしていたということを『ウィガン波止場への道』で明言している。イギリス帝国主義という専制の片棒を担ぐためにビルマにもどるなどもうご免だ、と彼は思った。だがそれだけでは気持ちが済まない。五年間圧政に加担していたことの後ろめたさはそう簡単には消えない。「被告人席の囚人たち、死刑囚監房で処刑を待つ男たち、私がいばり散らした部下たち、鼻であしらった老農夫たち、かっとなって拳骨をくらわせた召使いや苦力たち」——ブレアには無数の顔が思い出される。

彼らの顔が脳裏を去らず、耐えがたいほどだ。罪滅ぼしをしなければならないが、犯した罪の大きさは並大抵ではないと自覚した。大袈裟だと受け取られそうだが、まったく意に染まぬ仕事を五年もやれば、あなたもおなじように感じるだろう。私はあらゆることを、抑圧された側はつねに正しく、抑圧する側はつねに間違っている、という単純な理論に還元していた。誤った理論だが、自分自身が抑圧者のひとりであることの当然の帰結だった。帝国主義にかぎらず、人が人を支配するあらゆる形態から逃れねばならぬと感じた。身をしずめ、抑圧された人びとのなかに潜行していきたい、彼らのひとりとなり、彼らの側に立って圧制者と戦いたいと思った。そしてなによりも私はすべてを独力で考え抜かねばならなかったために、抑圧への憎しみを過剰につのらせてしまった。そのときは失敗が私にとって唯一の美徳と思えた。出世につながることは、年収数百ポンドをかせぐという人生における「成功」でさえも、私にとっては精神的に醜悪で、一種の弱い者いじめのように思えたのである。

まさにこのような経路で、私は英国の労働者階級にむかっていった。労働者階級を本当に意識するようになったのはこれが最初だった。そもそもそれは彼らが類似点を与えてくれたからに尽きる。彼らは不正の象徴的な犠牲者であり、ビルマ人がビルマで果たしていたのとおなじ役割を英国で果たしているのだった。（『ウィガン波止場への道』第九章）

サウスウォルドの実家を離れることにした。最下層の人びとへの沈潜ということが念頭にあったのだろうが、実家で親の厄介になるのが心苦しく、気詰まりがしたためであったろう。父親リチャードの観点からすれば、自分自身が勤め上げた植民地での役人という真っ当な仕事と年収七〇〇ポンド近くを投げ捨てて、先行き不安な物書きになろうというのは、失敗者でしかないと思えただろう。小さな町なので、息子の退職のことがだいぶ噂になっていたようである。

そこで相談したのが詩人のルース・ピター（一八九七―一九九二）であった。彼女はブレアより六歳年長で、製陶所に勤めながらすでに詩集を刊行していた。サフォークでブレア家と親交があり、ビルマに赴任する前、エリックが一七歳のときに知り合っていた。ロンドンの住居の斡旋を依頼されたピターは、自分の勤め先の近く、ノッティング・ヒルのポートベロー通り二二番地の労働者向けのフラットを紹介し、ブレアはそこに転居した。一九二七年の晩秋のことだった。ここで彼は作家修業を始める。短編小説を書き、また詩も書いた。暖房の設備のない安価なフラットであり、書き物をするときに彼はろうそくに手をかざして暖をとっていたとピターは証言している。暑いビルマから帰った身にはたしかに辛い寒さであったろう。

ピターの目から見てこのころブレアが書いた原稿は相当に稚拙なものだった。「彼は書き方を独習で身につけなければなりませんでした。まるでマスケット銃をかついだ牛のようでした。彼にとってはじつに辛い苦行でした」と評している。ピターに見せた彼の文章にはロンドンの下町訛りの卑猥な単語が多くふくまれていたが、それらの綴りがまちがっていたので、彼女はそれを直してあげなければならなかった（「イートン校の出身なら、下品な言葉でもひととおり、いやそれ以上に知っていると思いませんか？」）。またピターが古い石油ストーブを貸してあげると、ブレアは美少女ふたりが作家にストーブを貸す物語を書いてきたので、ピターは同居している友人のキャサリーン・オハラと一緒に彼を笑った。別の物語を書いたのを見てもおなじように笑いものにした――というように、作家修業を始めた二四歳の「不器用」なブレア青年へのピターの回想はかなり辛辣なものである。ただ彼女はこんなエピソードも伝えている。「でもあの人が親切な人だというのはわかっていました。私たちが飼っていた病気の老いぼれ猫の面倒をよく見てくれましたからね」（『思い出のオーウェル』）。

一杯の紅茶の「洗礼」

そしてブレアはいよいよロンドンのイースト・エンドの貧民街に潜入する。労働者に対しても、中流階級特有の偏見を植え付けられていたブレアにとって、浮浪者ほか最下層の人びとのなかに入っていくことへの抵抗感の大きさは並大抵のものでなかった。

ポートベローに移り住んで程なく、ある土曜日の夜、ロンドン東部にある労働者専用の簡易宿泊所を初めて利用することにした。だが彼は幼少期に植え付けられた労働者階級への恐怖が拭い去れない。「彼らと接触したかったし、彼らの一員になりたいとさえ思っていたが、いまだに彼らを異質で危険な連中だと思っていた」。それでも九ペンスの宿賃を払い、意を決してなかに入る。地下のキッチンに下りてゆくと、沖仲仕《おきなかし》や土工や水夫がいて、チェッカーに興じたり、紅茶を飲んだりしている。心配したようには彼らにからまれたり、詮索されたりもしない。それでも、沖仲仕のひとりで、酔っ払っている男がふらふらとおぼつかない足取りで近づいてくる。赤ら顔を前に突き出し、目がどんよりと曇っている。ブレアは危険を感じて身を硬くする。これは一騒動起きそうだ。つぎの瞬間、その沖仲仕はブレアの胸に倒れ込み、両腕を彼の首に巻き付けた。そしてこう言う。「おい、紅茶を一杯飲めや、相棒《チャム》！」

私は紅茶を一杯飲んだ。それは一種の洗礼の儀式だった。そのあと、私の恐怖は消え去った。だれも私のことをとやかく詮索しなかったし、無礼な好奇心を示す者もいなかった。みんな礼儀正しく親切で、ごく自然に私を受け入れてくれたのだ。(『ウィガン波止場への道』第九章)

のちに『パリ・ロンドン放浪記』(一九三三)で描き出すロンドンの最底辺で生きる人びととの接触がこうして始まった。

パリに暮らす

作家修業の新たな展開としてブレアは一九二八年四月、それまでに書いた草稿や浮浪生活の日誌などを携えてパリに行き、セーヌ左岸、パリ五区のポ・ド・フェール通りにある安ホテルに落ち着いた。パリ滞在は翌二九年一二月まで、一年八カ月にわたる。ここで彼は最初の長編小説『ビルマの日々』の初期草稿を書きはじめ、ジャーナリストとして何本かの記事も(主にパリの新聞・雑誌にフランス語で)発表した。そしてなによりも、パリでの生活の経験は『パリ・ロンドン放浪記』のパリ編に生かされることになる。

もっとも、『パリ・ロンドン放浪記』で描かれる極貧生活はブレア自身の経験を事実に即して正確に報告したものではなく、取材した事実の取捨選択と時系列の変更をともなうある種の虚構化がなされていることに注意しておかねばならない。サウスウォルドで知り合った女友だちのブレンダ・ソルケルドに進呈した同書の初版本には欄外に彼の注記が入っており、「これはすべてじっさいに起こったこと」とか、「すべてじっさいに起こった出来事のかなり的確な描写」とあるのに加えて、「つぎの数章は文字どおりの手記ではなく、見聞にもとづく」という注記も見られる(シェルダン『人間ジョージ・オーウェル』第七章)。そもそもブレアはパリに来た当初から極貧生活をしていたわけではなく、それなりの蓄え、つまり警察官時代の収入からの貯金をもってこの地に入っていたのだった。

また伯母(母アイダの姉)のネリー・リムーザン(一八七〇—一九五〇)がフランス人のウジェーヌ・アダン(一八七九—一九四七)とともにロンドンのポートベローからパリに移り住んでいた。ネリーは知的好奇心が強く、革新的な女性で、ブレアとは親族のなかでもっとも相性がよかった。ネリーとアダンの同棲生活(のちに結婚、そして破局)は経済的には豊かなものではなかったが、ブレアは時折食事をふるまってもらえたし、多少は金銭的援助も受けた。またネリーから著作権代理人《リテラリー・エイジェント》のL・I・ベイリーを紹介してもらえた。アダンはエスペラント主義者であった。筆名としてエウゲーノ・ランティというペンネームを用いており、その「ランティ」はフランス語で「反対する(アンチなる)者」を意味した。エスペラントは一八八〇年代にルドヴィコ・ザメンホフらが考案した人工言語であるが、その普及をめざした人たちのなかで、アダンが創立メンバーに名を連ねた「世界無国民性協会」(SAT)は、国家を否定する点でアナキズム運動的な側面をもつエスペラント主義の労働者団体であった。さらに彼はフランス共産党の創立者のひとりでもあった。ロシア革命直後はソヴィエトの同調者であったものの、ソヴィエトに数度訪れたあと、スターリン体制に幻滅し、一九二八年にブレアと会ったときはすでに共産党から離脱していた。アダンの同志のルイ・バニエの回想によると、彼がアダン宅を訪ねたとき、ブレアとアダンは激論の最中だったという。

ブレアは〔ロシア〕革命と共産主義体制を称賛していたのですが、アダンのほうは少なくとも四年前に、あるいは五、六年前にかもしれませんが、その思想を捨てていたのでした。アダンはロシアにもどって、そこが社会主義ではなく未来の牢獄であることを知っていたのですよ。アダンはモスクワの党の幹部連中からあまり歓迎されず、反共産主義者としてもどってきたのです。ですがエリック・ブレアはこうした伯父〔アダン〕の変化を知りませんでした。それでブレアは、ソヴィエト体制が確固たる社会主義であると主張しつづけたのです。それでふたりは摑《つか》みかからんばかりの激しさで言い合っていたのでした。〔ブレアの〕伯母さんが居合わせているのにです。（ウォダムズ編『オーウェルを思い出す』）

ブレアのイートン校入学はロシア革命の起こった一九一七年だった。まわりの生徒の多くがロシア革命とソヴィエト体制に賛同する「ボルシー」（ボリシェヴィキへの同調者を揶揄する語）になっていて、自分もそのひとりだったとのちに回想している（『ウィガン波止場への道』第九章）。一九二八年の時点でまだ、おそらく漠然と、その見解をもちつづけていたことがわかる。自身が「ソヴィエト神話」の幻想を破るのには一九三七年のバルセロナでの経験を俟《ま》たなければならない。またエスペラントについてもアダンと論争し、ブレアは人工言語に否定的な発言をしていたという。

パリの入院生活

一九二九年二月には暖房のないパリの下宿で風邪をひいた。栄養不良状態のためそれがこじれて肺炎になり、三月七日に喀血、四〇度近い高熱も発し、パリ一五区、フォーブール・サン・ジャック街のコシャン病院に二週間ほど入院した。そのときの経験を彼は一九四六年に発表するエッセイ「貧乏人はどう死ぬか」で綴っている。これはさながら強制収容所に入れられて責め苛《さいな》まれるような日々の記録である。治療法は野蛮で、医者も看護師も患者への扱いがひどい。ある朝、病棟の大部屋で同室だった男性患者（「五七号」と数字で呼ばれる）がベッドで身をくねらせて死んでいる。看護師が来ても、その死に驚いた様子は見せず、遺体をシーツに包んで、しばらくそのまま放置する。「私」は横向きになってじっくりと「五七号」を眺める。「奇妙なことに、ヨーロッパ人の死人を見たのはこれが最初だった。死人はその前にも見たことがあるが、いつもアジア人で、たいていが横死を遂げたものだった」。まだ目が閉じられていない、苦悶の表情を浮かべた「五七号」の亡骸を見て、だれにも看取られずにひっそりと死ぬ「自然」死を痛ましいとブレアは思う。最初に彼が病棟に入ったとき、その悪臭（「糞便の匂いがただようが、それでいて何か甘ったるい匂いがこもっている」）にある種の懐かしさを覚えたのだったが、あとから考えるとそれはヴィクトリア朝の詩人テニスン（一八〇九―九二）の詩「小児病棟」（一八八〇）で描かれた旧時代の病院の恐怖や苦痛を呼び覚ますものだったからだとこのエッセイは結んでいる。

作家の手習い、困窮

「物書き」としてのエリック・ブレアの初めてのエッセイはパリ滞在中の一九二八年一〇月に発表された。共産主義者で『地獄』や『砲火』で知られる作家、アンリ・バルビュス（一八七三―一九三五）が主宰する新聞『ル・モンド』（よく知られる同名の夕刊紙は一九四四年創刊で別のもの）に「英国の検閲制度」を寄稿した。当然ながらフランス語の記事である。バルビュスはエスペランティストでもあったので、アダンの紹介があってブレアはこれに書いたのだろう。またイギリス本国でのジャーナリズムの初仕事もこの年の暮れにあった。作家G・K・チェスタトン（一八七四―一九三六）が主宰する週刊新聞『GK週報』に「三文新聞」を発表している。他に週刊紙『ル・プログレ・シヴィーク』にイギリスの失業問題や労働者階級の窮状を扱った記事などを発表、パリ滞在中に総計六本のフランス語の記事が出ている。最初の発表記事が検閲をテーマとしていることは、その後の作家オーウェルの展開を思い合わせると意味深長である。一九二九年五月四日に『ル・プログレ・シヴィーク』紙に寄稿した「人民はどのように搾取されるか——ビルマでのイギリス帝国」は彼のキャリアのなかで帝国主義批判を展開した最初期のエッセイであった。『ビルマの日々』の先駆形は「ジョン・フローリーの物語」というタイトルで進めた。それとは別に夏までに小説を書き上げたようだが（一本か、あるいは二本書いたのかもしれない）、出版の見込みが立たず、これを破棄してしまった。後年、自身そのことを後悔している。

ジャーナリズムの仕事がいくつか新聞・雑誌に掲載されたとはいえ、本を出したいと思ってもスムーズにはいかない。パリ滞在中の一九二九年六月には二六歳になった。同世代の何人かはすでに文壇で注目を浴びる作家となっている。イーヴリン・ウォーはD・G・ロセッティ伝と最初の小説『大転落』を一九二八年に立て続けに刊行していた。シリル・コナリーも文芸批評家として頭角をあらわしていた。パブリック・スクールからオクスフォードやケンブリッジへという進路を辿った者たちと、英領ビルマで埋もれていた自分とのハンディキャップを痛感していたのではあるまいか。『葉蘭をそよがせよ』（一九三六）で主人公のゴードン・コムストックが店員を務める貸本屋兼古書店で、「イートンからケンブリッジへ、ケンブリッジから文芸誌へと、かくも優雅に滑り込んでいった、金のある若い畜生《ビースト》どもがものした無難な画家や無難な詩人についてのお高くとまったお上品な本」が書棚の好位置に並んでいるのをいまいましい思いで眺めている様子（第一章）は、ハンディを負ってなかなか芽が出ないブレア自身の鬱積した感情をよくあらわしているといえるだろう。じっさい、彼が本を出すまではさらに四年の期間を要するのである。

『パリ・ロンドン放浪記』ではパリ暮らしを始めて一年半ほどしたころ、ホテルで同宿のイタリア人の男が空き巣に入り、持ち金のほとんどを盗んでしまい、そのために高級ホテルで皿洗いの仕事をやむなくすることになったと書いている。盗難にあったことは事実であったと思われるが、じっさいには犯人はフランス人の売春婦であったのかもしれない。いずれにせよ、皿洗いの仕事に従事することとなり、その経験は、ホテルの高級レストランの上流階級の客たちの食する高価な料理を作っている厨房でいかに不快かつ不衛生な労働がなされているかを活写した忘れがたい数章に結実する。

『パリ・ロンドン放浪記』の出版へ

一年八カ月パリで暮らしたあと、一九二九年一二月にイギリスにもどり、クリスマスをサウスウォルドの実家で過ごした。一九三〇年から三一年にかけては、ロンドンで「最底辺」の暮らしの探究をさらにつづける。リベラルな文芸誌『アデルフィ』とのコネクションができて、その編集に携わるマックス・プラウマン(一八八三―一九四一)やリチャード・リース(一九〇〇―七〇)との親交が始まった。『アデルフィ』への最初の寄稿は一九三〇年春で、ルイス・マンフォード著『ハーマン・メルヴィル』の書評だった。その後もたびたび同誌に書評の仕事をもらったのに加えて、一九三一年四月には、浮浪生活の一端を綴った「木賃宿《スパイク》」を寄稿した。そして特筆すべきは、同年八月に前章で言及した「絞首刑」を『アデルフィ』に発表していることである。このとき二八歳だった。

『パリ・ロンドン放浪記』は一九三〇年のうちに初期形を書き上げていたが、出版社がなかなか見つからなかった。一九三一年に「皿洗いの日記」という仮題の原稿をジョナサン・ケイプ社に持ち込んだが、分量が少なすぎる(三万五〇〇〇語程度)、また断片的である(日記形式のため)と指摘され、筆削を加えたうえで再度ケイプ社に渡したものの、結局断られた。つぎにフェイバー・アンド・フェイバー社に打診したが、これも一九三二年二月に断られた。フェイバー社には詩人のT・S・エリオットが一九二五年から重役として在職しており、ブレアとエリオットとのやりとりが残っている。エリオットによればその原稿は「非常に興味深い」ものの、企画としては通せそうにない。分量が短すぎるし、フランスのエピソードとイギリスのエピソードがばらばらでつながりに乏しい。むしろイギリスだけの貧乏生活に絞って自分の経験を書いたものをまとめ直したほうがよいのではないか、と助言している(一九三二年二月一八日付)。

救いの手はメイベル・フィアツ(一八九〇—一九九〇)という女性によってもたらされた。ロンドン北西のハムステッド・ガーデン・サバーブに夫フランシスと住んでおり、サウスウォルドに夫妻で訪れていたときにブレアと知り合った。メイベルは『アデルフィ』に書評を何本か寄稿している。同誌の編集者のマックス・プラウマンとは隣人のよしみで、ブレアを彼に紹介したのも彼女だった。自宅で歓待するなどの援助をしたが、メイベルのもっとも貴重な貢献は、いまだ陽の目を見ない『パリ・ロンドン放浪記』(この時点では「ロンドンとパリの日々」という仮題が付けられている)の原稿を著作権代理業のクリスティ・アンド・ムーア社に推薦状を添えて送ったことだった。ここの代表のレナード・ムーアが以後彼の専属のエージェントの役割を果たすことになる。ムーア宛の一九三二年四月二六日付の手紙でブレアはフェイバー社との交渉の経緯を伝えた後、こう述べている。

いまお手元にある原稿は、私が〔メイベル・〕シンクレア・フィアツ夫人に預けたものです。そう出来の良い作品ではないので捨ててくださいと言っておいたのですが、捨てないで貴殿に送られたようですね。貴社で売ってくださるのならむろん嬉しく存じますし、ご尽力いただけるのならありがたく存じます。フェイバー社とケイプ社以外には見せていません。万が一出してもらえるのであれば、匿名での刊行をご検討願います。自慢できるものではないからです。ご送付いただいた書類に記入しましたが、出版社と交渉してもらえる代理人を必要としているだけであるという条項をひとつ追加しました。その理由はこうです。私はいま学校で教えていてとても忙しく、今後数カ月は著作の仕事ができません。せいぜい時々書評や論説文を書くぐらいです。そちらのほうの依頼は自分で受けることにします。しかし数カ月前に書きだした小説〔『ビルマの日々』〕がありますす。これはつぎの休暇に再開し、一年以内に書き終えるとあえて申し上げます。そのときにお送りいたします。

補足しておくと、この手紙を書いた一九三二年四月にブレアは、ミドルセックス州のヘイズ（現在は大ロンドンの一部、ヒースロー空港近郊）にある私立学校ホーソーンズ校の非常勤講師に就き、翌三三年七月まで一〇歳から一六歳までの男子生徒にフランス語などの科目を教えた。特筆すべきこととして、学校劇を上演する計画を主導、戯曲『国王チャールズ二世』を自ら書いて生徒たちが演じた。シェイクスピアばりの無韻詩《ブランク・ヴァース》である。

レナード・ムーアは当該の原稿を出版人のヴィクター・ゴランツ（一八九三―一九六七）に送った。ゴランツはオクスフォード大学卒業後、複数の出版社勤務を経て一九二七年に自身の出版社を設立した。ブレアより一〇歳年長で、このとき三九歳だった。

図 3–1　ヴィクター・ゴランツ，出版社創設の頃.

ケントでホップ摘み

一九三一年夏には放浪という名の実地調査の最終段階として、ロンドン南部、ケント州でホップ摘みの仕事を経験している。ビール醸造に利用されるホップは収穫期の晩夏に短期集中で多くの労働者が臨時で雇用される。このときのことを記録した「ホップ摘み日記」によれば、ブレアは八月二五日に約一四シリングの金をもちチェルシーを出発、ウェストミンスター橋近くのドヤ《キップ》に宿泊、翌二六日、トラファルガー広場で野宿を試みるが、寒いのと警官が見回りに来るのとで一睡もできない。翌日もう一晩ドヤに泊まったあと、知り合った宿無しの青年三人とともにケントへの徒歩旅行に出発。二日間ケント州を放浪し、九月二日からウォーターリングベリーのホーム・ファームに雇われ、一七日まで住み込みでホップ摘みの仕事に従事した。ホップの蔓《つる》は「一〇フィートほどの高さの支柱やワイヤーで巻き上げられ、一、二ヤードの間隔で列をなすように植えてある。摘み手はホップをむしりとってなるべく葉が混じらないように桶に入れねばならない」。すぐに慣れる作業とはいえ、一日一〇時間立ちどおしで、手がホップの汁でどす黒く汚れ、植物についている虫のアリマキで手を痛めた。一八日間働いて二六シリングの賃金を得た。そのあと汽車でロンドンにもどり、さらに二週間安下宿に滞在し貧民の暮らしを観察した。

以上の経験は『パリ・ロンドン放浪記』に盛り込まれることはなかったが、「ホップ摘み」と題するエッセイを一本発表し(『ニュー・ステイツマン・アンド・ネイション』一九三一年一〇月一七日)、さらにトラファルガー広場での野宿、ドヤ泊まり、そしてホップ摘みという一連の経験は『牧師の娘』(一九三五)のエピソードに盛り込まれることになる。

「ジョージ・オーウェル」の命名

先ほど引いたムーア宛の手紙で『パリ・ロンドン放浪記』の「匿名での刊行」を希望する旨が記されていた。じっさい、一九三三年一月にこれがゴランツ社から刊行された際に初めて「ジョージ・オーウェル」の名前を用いることになった。ただし評論や書評についてはしばらく本名のエリック・ブレアを使いつづけている。一九三五年三月に『アデルフィ』に寄稿した書評(ジャック・ヒルトン著『キャリバンは叫ぶ』)以後、定期刊行物への寄稿でもジョージ・オーウェル名を使いだす。おそらく一九三二年一一月一九日に書いたムーア宛の手紙のなかで、ペンネームの候補をいくつか挙げている。浮浪生活をしていたときにはP・S・バートンを使っていた。だがこれがふさわしい名前でないなら、ケネス・マイルズ、ジョージ・オーウェル、H・ルイス・オールウェイズのいずれかでどうかと問い、「このなかではどれかといえばジョージ・オーウェルが気に入っています」と言い添えている。結局これでジョージ・オーウェル名が決まったのだった。

本名を捨てることについてリチャード・リースはオーウェル本人からこんな話を聞いたことを伝えている。すなわち、自分の出版物に本名が印刷されているのを見ると不安な気持ちになる。なぜなら「だれかがその名前を切り取ってそれにある種の黒魔術をかけないともかぎらないではないか」と言ったそうである。そういう迷信的なところがあったので(なにしろこのころ幽霊を見たと信じていた)、リースの回想する「呪術的」理由も部分的にはあったのだろう。リースはまた、ブレアという苗字がもつ「スコットランド的な響き」を嫌っていて、イプスウィッチを流れるオーウェル川が「イースト・アングリア的な連想」をもつことからこれを選択したと推測している(リース『オーウェル』第三章)。ファーストネームのジョージはイングランドの守護聖人セント・ジョージ(聖ゲオルギウス)に由来するというのが定説である。ジョージ・オーウェルの名前じたい、フランシス・フィアツがブレアとサフォークの海岸を散歩中に提案したのだとフィアツの息子エイドリアンが述べているが(ウォダムズ編『オーウェルを思い出す』)、本当のところはわからない。

ともあれ、『パリ・ロンドン放浪記』が「自慢できるものではない」からというのが筆名を用いることにした直接の理由だった。ただでさえ息子のドロップアウトと「奇行」が町の噂となっていたところに、実名でこれを出せば両親の重んじる上層中流階級の体面(リスペクタビリティ)を決定的に損なうことになる——そんな体面など守るに値しないと思っていたにちがいなくても、親子関係をさらに悪化させない現実的な配慮が働いたわけである。「ジョージ・オーウェル」——それはおそらく練りに練った命名というものではなかった。それにもかかわらず、その名は、とりわけ苗字の「オーウェル」は、その後(一九五〇年以降)、形容詞「オーウェル的」(Orwellian)とともに、等身大の、生身の人物の生涯をはるかに超えて、ひとつの文化的アイコンと化し、世界規模でそれが増殖されることになる。本人も、周囲のだれも、そうなるとは予想だにしなかったことであろう。

かくして「ジョージ・オーウェル」の最初の本『パリ・ロンドン放浪記』は一九三二年の暮れに初版一五〇〇部が刷り上がり店頭に並んだ(コピーライトページに示された公式の刊行年月は三三年一月)。コンプトン・マッケンジーやセシル・デイ＝ルイスらによる書評は概ね好評で、『サンデイ・エクスプレス』紙の「週間ベストセラーズ」にも入り、一月のうちに二刷五〇〇部、三刷一〇〇〇部と増刷され、著者に自信と希望を与えるものだった。もっとも、売れたのはそこまでで、本当に広く読まれるようになるのは一九四〇年にペンギン文庫のペーパーバック版として復刊され、五万五〇〇〇部が売れてからのことだった。ゴランツ社の初版のあと米国版も一九三三年六月にハーパー・アンド・ブラザーズ社から一七五〇部出されたが、これはろくに売れなかった。

『ビルマの日々』の刊行

オーウェルは『ビルマの日々』を一九三一年秋に書きだし、ホーソーンズ校で教えていた一九三二年九月にまだ最初の草稿にかかっていた。かなり苦労していたようで、ブレンダ・ソルケルドに宛てて「自分の小説の草稿を読みとおしてみたら、ひどく気が滅入りました」と告白している。一〇月にエレナー・ジェイクスに宛てた手紙では「小説はほんの少し進んでいます。草稿を仕上げたらどう直すか、いまは多少はわかります。ですが長くて複雑で恐ろしいほどです」と書いている。悪戦苦闘の末、小説が仕上がった旨をムーアに知らせることができたのは一九三三年一一月のことだった。なお、オーウェルは三三年九月からロンドン西の郊外にあるアクスブリッジのフレイズ・コレッジの講師となっていた。生徒数は二〇〇人、教員が一六人で、前任校よりも規模が大きな学校で、フランス語を教えた。学務にかなりの時間を取られたが、時間をみつけて執筆にあたった。

ムーアは原稿を読み、ゴランツのところに持ち込んだ。だがゴランツは一読して断ってきた。小説の出来というよりは名誉毀損を怖れたためだった。出版社を立ち上げて五年目にあたる一九三一年に出したロザリンド・ウェイドの小説『子どもたち、しあわせに』がロンドンのある女学校を場面に設定していて、教員や生徒の名前が実在のそれと重複することから名誉毀損で告訴され、販売中止と回収を余儀なくされた。その損害額は大きく、破産の危機に瀕したのだった。ゴランツはこれに懲りて、名誉毀損の怖れが生じないように極力注意を払ったうえでしか本を出さなくなった。ゴランツ自身社会主義者で帝国主義への批判意識をオーウェルと共有してはいても、ビルマ人やインド人のみならず在ビルマのイギリス人の悪しき言動を多くふくむ小説は、そのまますぐに出せるものではなかった。

ゴランツに断られたあと、ハイネマン社とジョナサン・ケイプ社にも断られた。だが一九三四年一月に米国ニューヨークの出版社ハーパー・アンド・ブラザーズの編集者ユージン・サクソンが関心を示し、オーウェルと面談。サクソンは最後の数章を削除するなどの大幅な修正案を出したがこれをオーウェルは拒否、だが結局原稿を微修正しただけでこの企画は受け入れられ、一九三四年一〇月二五日にようやく陽の目を見た。初版二〇〇〇部、同年一二月に約一〇〇〇部増刷された。そういう次第でオーウェルの最初の小説はまず米国の出版社から刊行ということになった。なお、イギリス版は結局ゴランツ社から一九三五年六月二四日に刊行された。米国での反応をある程度見定めてのことだが、名誉毀損の訴えを起こされぬよう、登場人物名や特定の地名など、実在しないことを念入りに確かめたうえで修正をほどこしたもので、冒頭部分に「本書の登場人物は全員完全に架空のものである」で始まる比較的長い「作者注」が附された。ゴランツ社版は初版二五〇〇部、年内に五〇〇部増刷されたが、大した反響はなかった。不本意な語句修正を強いられた版であったため、一九四四年に同書がペンギン版に収録された際には米国版を底本として作者自身が若干の語句修正をした（そのときには六万部刷られ、完売した）。

『ビルマの日々』の「美文調」

自身でこの小説がどのように不満であったのか、およそ一〇年後にふりかえったときに、うまく説明できるようになっている。一六歳のころに彼は「突然、言葉そのもの、つまり言葉の音や連想の楽しみ」を発見した。それで当時自分がどんな本を書きたいか、はっきりしていた。

書きたかったのは、不幸な結末を迎える大長編自然主義小説で、詳細な描写と人目を引く直喩に満ち、また言葉が部分的にはその響きのためだけに使われるような、美文調に満ちた作品である。じっさい、私が最初に完成させた小説『ビルマの日々』――それは三〇歳のときに書いたのだが、もっと早い時期に計画していた小説である――はその手の本なのだった。〔中略〕

私はまず五年間、不向きな職業（インド帝国警察官）に就いて暮らした。それから貧乏と挫折感を味わった。そのために権威に対する私の生来の憎しみの念がいや増し、労働者階級の存在について初めてはっきり意識するようになった。またビルマでの仕事で帝国主義の性質についてある程度理解できていたのだが、そうした経験だけでは政治についての正確な方向付けがまだ得られていなかった。（「なぜ書くか」）

ビルマ時代のもと上司や同僚が『ビルマの日々』を手に取り、作者の正体がエリック・ブレアであることを知り、ビルマの白人社会の暴露的な記述に憤った者がいたことが伝えられている。その点ではこの小説が示す帝国主義・植民地主義批判は一定の効果を有したといえるのかもしれない。とはいえ、フローリー個人の劣等感と辺境の地での孤独感の描写、エリザベスとの不首尾に終わる交際、またビルマの風俗、自然の濃密で「華麗」な叙述にかなり重きを置いたために、上記の「批判」という点ではいささか焦点がぼやけてしまったきらいがある。「なぜ書くか」の末尾で彼は「自分の仕事を振り返ってみてわかることは、自分に政治的な目的が欠けてしまったときにかぎって、いつも生気のない本を書き、美文調、意味のない文、装飾的な形容詞やたわごと全般に迷い込んでしまったのだった」（強調は原文）と述べている。自著への評価がどちらかというと低めであったオーウェルなので、「生気のない本」というのは厳しすぎるように思うが、『ビルマの日々』もおそらくそうしたたぐいにふくめている。脱稿の時点で自身が感じていた不満はこのあたりにあったのではないか。テリー・イーグルトンは「明白な政治的文脈があるにもかかわらず、『ビルマの日々』はオーウェルの他の小説と比べて、直接的な社会との関わりがもっとも希薄な小説ではないか。真に中心を占めているのはフローリーとエリザベスの個人的な関係なのだ」と指摘した(『流浪者と亡命者』)。

そうは言っても、「美文調」(purple passages)を端《はな》から否定するのは早計である。『ビルマの日々』のタイトルページに附されたエピグラフ「この近づきがたい荒地/憂鬱な木陰の下で」(シェイクスピア『お気に召すまま』より)が示唆するように、この小説は風景が重要な意味合いをもつ。別のところでオーウェルはこう書いた。「ひどく不気味なものは、概して、おぞましいと思うときでさえ、結局私を魅了してしまうことがわかる。ビルマのさまざまな風景は、私がそのなかにいたときには、私をぞっとさせ、悪夢の性質を帯びるまでになった。その後も私の頭に取り憑いて離れないものだから、それを取り除くために小説を一本書かざるをえなくなった」(『ウィガン波止場への道』第七章)。これが本音だとしたら、彼は『ビルマの日々』を一種の「厄払い」のために書いたということになる。以下のくだりはその一例である。

薪を燃料とした汽車はマンダレーを出て、時速一二マイルでのろのろと、広大な乾ききった平原を北上していった。平原のはるか彼方には丘陵が青く連なっていた。白鷺《イーグレット》が〔英国の〕青鷺《ヘロン》のように〔片脚で〕停まり、じっと動かずにいる。乾燥中の唐辛子《チリ》の山が陽光を浴びて真っ赤に輝いている。時折、白いパゴダが仰向けに寝た巨人族の女の乳房のごとく、平原にそびえた。熱帯の夜が早くも訪れ、汽車はガタンゴトンと音を立ててゆるやかに進み、いくつもの小さな駅で停車する。駅では暗闇のなかから野蛮な叫び声が響く。長い髪を頭の後ろに結わえた半裸の男たちが動き回っている姿が松明の光に照らし出される。その姿はエリザベスの目には悪鬼のように恐ろしく映った。汽車は森のなかに入り、目に見えない枝が窓をこすった。一行がチャウタダに着いたのは〔夜の〕九時頃だった。（『ビルマの日々』第七章）

マンダレーからカターー（チャウタダのモデルと推測されるビルマ北部ザガイン地方の町）までの鉄路は、荒涼とした平原を進み、ジャングルに深く分け入る。一九二六年暮れにカターに赴いたオーウェルにとっては不気味な風景であったのだろう。だがおぞましく思いながらも彼は魅了されてしまう、そうした心の綾が赤、青、黄の原色をふくむ色彩語を過剰なまでにちりばめて、濃密に描き出される、そのような「美文調」として忘れがたいくだりのひとつである。欠点があることを自覚しつつも、また、校正段階で「活字になったのを見ると嫌になります」とぼやいてはいるものの（ブレンダ・ソルケルド宛一九三四年八月末頃の手紙）、結局『ビルマの日々』にずっと愛着を覚え、他のいくつかの作品と異なり、著者として再版を拒むことが一度もなかったのは、こうした点に由来するのではないか。

第4章

葉蘭とディーセントな暮らし

1934-1936

ロンドン，ハムステッド，「愛書家コーナー」のあった建物(2018年，著者撮影).

『牧師の娘』の刊行

アクスブリッジに住み、フレイズ・コレッジでフランス語教員を務めながら余暇時間に執筆に打ち込んでいたオーウェルは、一九三三年の暮れ、豪雨のなかをオートバイで移動したのがたたって肺炎にかかり入院、一時は重体になり、サウスウォルドから母親と妹のアヴリルが駆けつけるほどだった。なんとか持ち直し、病院からレナード・ムーアに宛てた手紙(おそらく一二月二八日発信)のなかで、サウスウォルドの自宅で療養し、「同時に教師をしないですむなら、つぎの小説を六カ月ぐらいで仕上げられると思います」と述べている。学校を休職し、結局もどることはなかった。

「つぎの小説」とは『牧師の娘』のことだった。年が明けて一九三四年一月八日、ようやく退院し、サウスウォルド、ハイ・ストリート三六番地の両親の家に移った。この家はサウスウォルドでのブレア家の二軒目の家で、母方のリムーザン家の遺産が入ったので購入したのだった。そこで身体を休めつつ、『ビルマの日々』の校正作業、また『アデルフィ』に寄稿する詩「グラモフォン蓄音機工場近くの農場の廃墟にて」(これはトマス・モルト編の『一九三四年優秀詩』のひとつに選ばれた)、そしてなにより『牧師の娘』の執筆に時間を費やした。完成原稿をムーアに送るのが同年一〇月三日なので、仕上がるまで八カ月ほどかかったことになる。

『牧師の娘』はオーウェルの書いた小説のなかでもっとも不首尾に終わった作品だった。少なくとも書いた本人はそう自覚していた。執筆中に書いたブレンダ・ソルケルド宛の手紙では、「いまみじ

『牧師の娘』*A Clergyman's Daughter*（一九三五年刊）あらすじ

オーウェルの二作目の、女性を主人公にした唯一の小説。ドロシー・ヘアは二七歳の敬虔で禁欲的な牧師の娘。父親はサフォーク州のナイプ・ヒルという小さな町の国教会の教区牧師《レクター》。母はすでに没し、ドロシーは気難しい父のために乏しい収入で家を切り盛りし、教区民の世話をする。評判の悪いウォーバートン氏に言い寄られるが拒絶。ドロシーは精神的（性的）抑圧に耐えられず、記憶喪失に陥り失踪。信仰も失う。浮浪者の仲間に入ってケント州に行きホップ摘みの仕事をしたあと、稼いだわずかの金でロンドンで木賃宿生活をし、金が尽きてくるとトラファルガー広場で野宿をし、物乞いまでする。父の手配でドロシーは発見され、「四流」の私立女学校の教師の職に就く。最初は楽しんで教えていたものの、強欲な経営者や生徒の親の方針と合わず仕事がつらくなり、結局解雇される。ウォーバートン氏が車で迎えに来てプロポーズするものの、記憶を取りもどしたドロシーはそれを断り、当初の牧師の娘の陰鬱で単調な仕事にもどる。

めな気分でいます。あのひどい本〔『牧師の娘』〕のはらわたのなかでもがき苦しみ、まったく先に進めず、書いたのを見るのも嫌なのです。幸福でいたいなら決して小説などに手を染めぬことです」〔一九三四年七月一七日付、強調は原文〕と書き、翌八月下旬におなじくブレンダに宛てた手紙では、「いま書き終わる小説は〔『ビルマの日々』よりも〕もっと反吐《へど》が出ます。しかし、なかにはまともなくだり《パッセージ》もあることはあるのです。それなのに、どういうわけかそれをまとめることができないのです」と悩みを打ち明けている。

なんとか書き上げて一九三五年三月に刊行したものの、『牧師の娘』は、結局まとまりに欠けるものとなった。五つの章からなる小説だが、プロットの飛躍が激しく、また第三章のトラファルガー広場での野宿の場面では戯曲形式を採り入れているが、そうした実験的な文体がうまく機能していない。この小説を書く前にオーウェルはジェイムズ・ジョイスの『ユリシーズ』を読んで大いに感銘を受け、それに影響を受けているが、自身の特異な経験〔放浪、ホップ摘み、教員生活〕を投げ込めるだけ投げ込み、そこに手法的な実験も入れるという、相当にアクロバティックな試みをおこなったのだった。貧民の暮らし、信仰の喪失、さらに性的抑圧といった異質のテーマが入り組み、これも盛りだくさんのきらいがある。無意識的にではあれドロップアウトした放浪の主人公が世間〔とくに最下層〕を渡り歩き、社会の諸相を冷笑的に風刺するという点では、ピカレスク小説の型をある程度踏まえているが、ドロシー自身が「悪者《ピカロ》」でなくむしろ抑圧され覇気がない「善人」で、その人物造形は不十分で、読者の共感を得ることが難しい。「政治的な目的が欠けてしまったときにかぎって、いつも生気のない本を書」いてしまった、という前章で引いた「なぜ書くか」での反省はとりわけこの小説を念頭に置いていたのではなかったか。おなじエッセイで彼は「そうした経験（ビルマ体験およびパリやロンドンでの下層社会の観察）だけでは、政治についての正確な方向付け《オリエンテーション》がまだ得られていなかった」とふりかえっている。その「目的」を明確にするのにはもう一年少々の時間を要することになる。

「愛書家コーナー」

ロンドン北部、ハムステッド・ヒース駅を降りてサウスエンド通りを東に少し下り、ポンド街に交わる三叉路の西南角にある建物の一階、いまはカフェレストランになっている場所に、かつて「愛書家《ブック・ラヴァーズ》コーナー」という書店があった。一九三四年の一〇月半ばにオーウェルはここでパートタイムの書店員となり、その上階の部屋に下宿した。主にその場所で彼は長編小説としては三作目にあたる『葉蘭をそよがせよ』（一九三六）を書いた。

この小説の第一部で主人公ゴードン・コムストックが書店員として勤務するマケクニー書店（貸本屋兼古書店）はここをある程度モデルにしている。没落した上層中流階級出身の文学青年ゴードンは、「金の神《マモン》」への反逆を心に決めて、広告会社のコピーライターという実入りのよい仕事を辞め、薄給で書店員勤めをするかたわら詩作に励んでいる。書店の帳場からショウウィンドウをとおして戸外の情景が眺められる。貸本コーナーはおよそ八〇〇冊の小説が部屋の三方の棚にぎっしりと埋まってい て、一冊につき二ペンスで借りられる。置いてある小説が教養人(ハイブラウ)向けから大衆向けまで多種多様であるのは、上層階級から労働者階級の貧困層まで、多様な層の客が利用する店であるからだ。

書店員をしていたころをふりかえってオーウェルは「書店の思い出」というエッセイを書いている(『フォートナイトリー』一九三六年一一月)。「われわれの店はハムステッドとカムデン・タウンのちょうど境目にあり、准男爵からバスの車掌まであらゆるタイプの人びとが出入りしていた。おそらくわれわれの貸出文庫の会員はロンドンの読者層の横断面を見事に示すものであった」と述べている。じっさい、ハムステッドといえば高級住宅街というイメージが強いし、たしかに富裕層が多く住んではいるものの、少し下ると労働者階級の居住地域があり、南東部のケンティッシュ・タウンにはスラム街があった。一九三〇年代当時は作家志望、画家志望を多くふくむ貧乏な若者のための安価な寝室兼居間のワンルームの貸間が多くあった。

『葉蘭をそよがせよ』では主人公ゴードンは書店で週に五日半、長時間働いているという設定であるが、オーウェル自身は八時四五分に階下に降りて店を開けて一時間ほど帳場に座ったあと、一〇時から自由時間となり、午後二時にまた書店にもどって六時半まで勤務した。その自由時間に自室で小説の執筆にあたることができた。

『葉蘭をそよがせよ』についてのオーウェルの自己評価は前作の『牧師の娘』と同様にたいへん低

い。これら二作品は小説刊行の見返りとしての現金収入を当てにした「やっつけ仕事」であると自身でみなし、後年『動物農場』がヒットしてオーウェル選集の企画が生じたときにも、著作権代理人のレナード・ムーアに宛てて、これらふたつの小説の再版を禁ずる旨の手紙を書いている。「その本〔『葉蘭をそよがせよ』〕を、また『牧師の娘』も、復刊することを私が許可できるとは思えません。どち

『葉蘭をそよがせよ』*Keep the Aspidistra Flying*（一九三六年刊）あらすじ

オーウェルの小説第三作。主人公ゴードン・コムストックは文学青年、広告会社の正社員としてコピーライターの仕事に就いていたが「金の神《マモン》」に仕えるのに嫌気がさし、職を辞してロンドン北部の貸本屋兼古書店でアルバイトをしながら、長編詩「ロンドンの喜び」の創作にはげんでいる。だが、金欠で暮らしが不自由なため、文筆活動は行き詰まる。安下宿にある鉢植えの葉蘭を下層中流階級の俗悪な文化の象徴とみて憎悪を覚えている。珍しく原稿料が入ったのだが、それでレストランで飲んだくれて暴れ、一晩留置所に入れられて、書店員の仕事も解雇される。ロンドン南部のさらに貧しい地区に移り、どん底の暮らしになるが、恋人ローズマリーの妊娠を機に詩作を断念し、広告会社にもどり、葉蘭の鉢植えを手に入れて新婚生活を始める。

付)。

らもまったくもってひどい本で、絶版になっていたほうがずっとましなのです」(一九四四年五月二七日

　まあたしかにオーウェルの理想とした水準の出来栄えであったとは言えない。ただし、以下の点は斟酌したほうがよい。すなわち、この二作は版元のヴィクター・ゴランツ社の要求を呑んで不本意な修正をしたかたちで刊行されたものであり、それが自己評価をいっそう下げることになった。とりわけ『葉蘭をそよがせよ』は校了間近に多くの文言を変更しなければならず(活版印刷の制約上、その時点ではページをまたいだ変更は難しい)、しばしばほとんど無意味な語句に置き換えることも強いられ、そのために作品じたいをかなり損なってしまった。

　書店勤めのオーウェルに話をもどす。「愛書家コーナー」ではどの作家の作品がもっともよく借り出されたのだったか、「書店の思い出」でオーウェルは問う。それはJ・B・プリーストリー(一八九四—一九八四)でも、アーネスト・ヘミングウェイ(一八九九—一九六一)でもヒュー・ウォルポール(一八八四—一九四一)でもP・G・ウッドハウス(一八八一—一九七五)でもなく、エセル・M・デル(一八八一—一九三九)が筆頭で、それと僅差で二位に入るのがウォリック・ディーピング(一八七七—一九五〇)であったという。このふたりとも、いま名前を知っている人はあまりいないのではあるまいか。だがいずれも作品が映画化されるなどして、当時はよく売れた小説家だった。これについてのオーウェルの回想はかなりネガティヴなものである。来店者には本好きな人がまれであったこと、初版本をあさるスノッ

ブ、題名も著者名も知らずに「赤い表紙」だという記憶だけで在庫を訊ねる客、予約金を払わずに大量の注文をしながら消えてしまう者など、厄介な客を列挙して、いかに本屋は変人を引きつけるかを例示している。雇い主は親切で店で楽しい経験もあったと断りつつも、本屋にいるあいだに、「本について嘘をつかなければならない」ために、本に対して「嫌悪感」をいだくようになってしまった。だから本屋の商いはもうご免だ、と書いている。

その苦々しい調子が『葉蘭をそよがせよ』の冒頭の書店の場面に描き出されている。貸本コーナーに常連客がふたり同時に入ってくる。「中流階級の中《ミドル・ミドル》」のペン夫人と、「下層階級《ロウアー・クラス》」のウィーヴァー夫人だ。「ハイブラウ」を自認するペン夫人は、ゴールズワージーやプリーストリー、ウォルポールといった「ハイブラウ」向きだと信じる小説を読み（カウンターに座しているゴードンは内心では彼女が「ハイブラウ」だとは思っていない）、他方、ウィーヴァー夫人は前述のデルやディーピングの小説を好んで借り、それをペン夫人が軽蔑してゴードンに目配せするという場面が出てくる。比較的目新しい「ハイブラウ」、「ロウブラウ」という語（アメリカ英語由来）をオーウェルがこの場面で盛んに使っているのが目を引く。

一九世紀後半以後に普通教育が進んだことによるイギリス国民の識字率向上に伴い、読者層は拡大した。大衆的な読み物の量的拡大、また貸本文庫の増加はこれと関わる。高級文化を担う少数派を自負する人たちにとっては文化の質的下落として苦々しく感じられたようで、そうした事態を憂慮する批評も、Q・D・リーヴィス（一九〇六―八一）の『小説と読者大衆』（一九三二）をはじめ、当時いろいろと出されている。高踏派の詩人志望であるゴードンもまた、デルやディーピングの小説に代表される「低級文化」の蔓延を憂慮している。だが「金の神《マモン》」に反逆しているとはいえ、金欠に苦しみ、詩作もおぼつかない。恋人ローズマリーとまともにデートをすることもできず、酒での失敗があってハムステッドの書店を解雇され、ロンドン南部のさらに低級の貸本屋に勤め、どん底へと沈んでゆく。

この小説のタイトルにふくまれる「葉蘭」は一九三〇年代のイギリスにおいて独特な意味合いを帯びていた。中国および日本の原産で日本では庭や街路でよく見られる植物であるが（寿司屋の「ばらん」でもおなじみである）、イギリスではおそらく一九世紀初めに輸入され、当初上層階級の観葉植物だったのが、その強靭な性質――そう手入れが要らない、長期間水をやらなくても枯れない――ゆえに普及し、一九三〇年代には下層中流階級の住宅の窓辺の多くをこの植物の鉢植えが飾るようになっていた。そのころともなると「退屈な中流階級のお上品さ《リスペクタビリティ》」（『オクスフォード英語辞典』の aspidistra の項より）を象徴するアイテムと化していた。

『葉蘭をそよがせよ』でもゴードンの住む下層中流階級の住宅街にはどこもかしこも窓辺に葉蘭の鉢が置かれている。ゴードンの安下宿の部屋にももとから葉蘭が置かれていたのだが、それが象徴する「お上品さ」を耐えがたいと感じるゴードンは葉蘭に憎悪の念をもつ。

しかしながら、半ば自ら選択して底へと沈みこんでいったゴードンは、恋人ローズマリーの介入もあり、庶民の「ディーセント」な生き方を見直し、もとの広告会社に再就職し、妊娠した彼女と結婚し、新居には葉蘭の鉢を置くことになる。

葉蘭を受け入れる

この小説でのゴードンの「金の神《マモン》」への反逆の仕方は相当にエキセントリックである。『牧師の娘』のドロシー・ヘアと同様に、この主人公にも共感するのが難しいと感じる読者もけっこういるのではないか。しかし一九三〇年代半ばのイギリス社会（といってもイングランド南部、ロンドンに住む反逆的な文学青年の住む世界ではあるが）の世相を描きつつ、のちの『一九八四年』を先取りするような「庶民讃歌」を展開しているくだりなど、この小説にはオーウェルならではの独特な光があるように私には感じられる。この小説をとおして頻繁に歩行するゴードンは、物語の終わり近くで「典型的な下層中流階級の通り」を歩いている。どこも葉蘭の鉢が窓辺に見られる。それらの家々に住む人びとのことをゴードンは思い描いてみる——

あのなかの下層中流階級の人びと、レースのカーテンの背後で、子どもをもち、がらくたの家具と葉蘭とともにいる彼らは、金の掟によって生きている、それはまあたしかだ。けれども、おのれのまっとうさ《ディーセンシー》を保つことをしおおせているのだ。彼らが解釈する金の掟とは、単なる冷笑的なものだとか豚のごとく不潔なものではない。彼らには彼らなりの基準がある、侵すべからざる道義心がある。彼らは「品位を保って」いる——葉蘭をそよがせているのだ。それに、彼らは生きている。人生のしがらみにとらわれている。彼らは子どもをもうけるが、それは聖人だとか、魂の救済者だとかが、どうあってもけっして果たさぬことなのだ。

葉蘭は生命の木だ、と彼はふと思った。（第一一章。強調は原文）

この「庶民讃歌」と呼べるようなゴードンの想いは、のちに『一九八四年』で主人公のウィンストン・スミスが「プロール」階級の人びとに対していだく期待の念の表明につながる。『葉蘭をそよがせよ』は「ふつうの《コモン・》人びと《ピープル》」にかけるポジティヴな思いを表明したオーウェルの最初の小説であったと見ることができる。

タイトルについても注記しておいたほうがよいだろう。原文は *Keep the Aspidistra Flying* で、これは“keep the flag flying”という慣用句をもじっている。後者を直訳すると「旗をそよがせた（掲げた）ままにせよ」となり、この場合の「旗」は愛国心の象徴としての国旗を指し、自国のために「（旗を巻くことなく）戦いつづけよ」「降参するな」という勇ましい意味合いをもつ。その「旗」に「葉蘭」を代入することで、一九三〇年代半ばの葉蘭の一般的含意のコミカルな気分というか、なんともずっこけた感じをかもしだす題名となっている。そしてこれが、「凡俗」と言われようが「庶民《コモン・》に備わるまっとうな感覚《ディーセンシー》」を手放さずに「しぶとく生きつづけよ」というメッセージになっている。このタイトルじたいが「庶民讃歌」になっているのである。

アイリーンとの出会い、婚約

ハムステッドに住んでいた時期に、オーウェルの人生にとってひとつの重大な出来事があった。それは妻となる女性との出会いである。本屋勤めをしていた当初は書店の上階に間借りしていたのだったが、しばらくして別のフラットに転居した。それは書店からハムステッド・ヒース方面にパーラメント通りを一〇分ほど上がっていったところ、パーラメント・ヒル七七番地、窓から眼前にハムステッド・ヒースが見晴らせる家であった。一九三五年の春、オーウェルは家主のロザリンド・オーバーマイヤーにある提案をした。彼女は当時ロンドン大学ユニヴァーシティ・コレッジで心理学の講座を受講していた。その学友たちと、オーウェル自身の友人たちとを招待して、パーティーを催そうという提案である。ロザリンドは同意した。おそらく双方の友人あわせて十数人が集った。そのなかにアイリーン・モード・オショーネシーがふくまれていた。

アイリーンは一九〇五年、イングランド北東部海岸町のサウス・シールズに生まれ、オクスフォード大学セント・ヒュー・コレッジで英文学を専攻、H・F・B・ブレット＝スミスやJ・R・R・トールキンらから学んだ。一九二七年に卒業、教員勤め、医者である兄ロレンス・エリック・オショーネシー(一九〇〇―四〇)の秘書役などを経て、ロンドン大学ユニヴァーシティ・コレッジ大学院に入学、教育心理学を専攻し修士論文を準備していた。この初対面のとき二九歳、オーウェルより二歳年下である。当時の住まいはロンドン東部のグリニッジ、医者である兄夫婦の家で暮らしていた。オーウェルは最初の出会いでこの小柄で細身の、褐色の髪の知的な女性にすぐに惹かれ、時をおかず食事に誘った。アイリーンのほうも出会いの直後に『ビルマの日々』を読んでいる姿が友人によって目撃されており、オーウェルに当初から関心をもっていたことがうかがえる。交際を始めてそう時をおかずにオーウェルはプロポーズした。アイリーンはおそらくそう悩むことなく承諾した。

オーウェルがこれまで結婚を考えたことがどれくらいあったか。これについては本書ではあまりふれてこなかったが、交際相手が何人かいたことがわかっている。一〇代では二歳年長のジャシンサ・バディコムがいた。一九一四年の初対面以来文学の趣味が合い、書いた詩を交換し合う間柄だったが、一九二一年に疎遠になり二度と会うことはなかった(一九四九年になって有名な作家オーウェルがエリック・ブレアであることを知った彼女が手紙を書き、文通を再開し、電話で話もしたが、彼の死によって再会はかなわなかった)。同い年のブレンダ・ソルケルドはオーウェルがビルマからもどった翌年の一九二八年にサウスウォルドで出会った。市内のセント・フィーリクス女学校で体育教師をしていた。オーウェルの彼女宛の手紙では、小説執筆の苦労を語ったり、ジョイスの『ユリシーズ』の感想を書いたりしている。オーウェルのほうから求愛をしたようであるが、ブレンダはおそらくそれを突っぱねた。だがその後も彼の死まで友人関係を保った。牧師の娘であり、小説『牧師の娘』の「冷たいヒロイン」のドロシー・ヘアのモデルであったのかもしれない。エレナー・ジェイクスもサウスウォルドで知り合った女性で、彼女とは親密に交際したが、一九三四年、オーウェルの友人でもあるデニス・コリングズと結婚した。作家としてなかなか芽が出ず、将来不安定なオーウェルは生涯の伴侶となるのにはふさわしくないと思われたのかもしれない。さらにハムステッドに移り住んでからは、三四年秋にサリー・ジェロームと短期間交際した。二歳年少で、イラストレイターとして広告代理店に勤務している女性だった（『葉蘭をそよがせよ』のローズマリーも広告代理店勤めの設定なので、部分的にはそのモデルであったのかもしれない）。彼女はのちにイギリス共産党員となり、オーウェルについての回想では彼の著作を酷評している（マイヤーズ『オーウェル――ひとつの世代の冬の良心』第六章）。また、ほぼ同時期に「愛書家コーナー」の顧客であったことから知り合ったケイ・ウェルトン（結婚後エイクヴァルと改姓）は当時二三歳、秘書派遣業を営んでいて、文学好き、労働運動に共鳴する急進的な女性だった。九カ月ほどオーウェルと恋人関係にあったが、アイリーンと出会ってその関係は解消された。

図 4–1　アイリーン・ブレア，1930 年代．

ハムステッドでのアイリーンとの出会いはオーウェルにとって幸運だったと言えよう。その初対面のときにアイリーンと同伴した（おなじくユニヴァーシティ・コレッジ院生の）リディア・ジャクソン（一八九九―一九九三）から見て、オーウェルは身なりがみすぼらしく、魅力に欠け、才能あふれる親友にふさわしくないと感じたのだという（エリザベータ・フェン〔ジャクソンの筆名〕『ロシア人の英国』第四一章。このリディア自身、その後オーウェルとは長い付き合いとなる）。一〇年後にアイリーンの急死によって死に別れることになるが、彼の作家としての仕事を深く理解できる知性と共感力を備えている女性だった。彼の経済力のなさも気にしていなかったように見える。彼女が三〇歳の誕生日を迎える前日の九月二四日に、オーウェルは年少の友人で作家のレイナー・ヘプンストール（一九一一―八一）に宛ててこう書いた。「アイリーンについてはあなたのおっしゃるとおりです。長い年月に私が会ったなかでいちばんすてきな人です。だがいまは、悲しいかな、指輪ひとつ買う余裕もありません。ウルワースで買える指輪ならべつかもしれませんが」。

ウルワースというのは、アメリカの実業家が一八七九年に始めた廉価販売の雑貨店チェーンで、一九〇九年以降イギリスにも進出、かつてはどの町のハイストリートにも支店があった。たしかにその店でなら、質を問わなければ安価で指輪が買えた。こんな貧乏作家と生活を共にすることを決意したアイリーン・オショーネシーは、いまだ海のものとも山のものともつかない彼のなかに、宝石の原石のようなものを見出したということなのかもしれない。

第5章

北イングランドへの旅

1936

2 SOUTH WALES

MINERS OF THE FERNHILL COLLIERY COME TO THE SURFACE AFTER A STAY-IN STRIKE OF NEARLY TWO WEEKS UNDERGROUND

「南ウェールズ，ファーンヒル炭鉱の鉱夫たち，地下でのほぼ２週間の座り込みストから地上にもどる」レフト・ブック・クラブ版『ウィガン波止場への道』(1937年)に挿入された写真図版の一枚．

ゴランツからの依頼

一九三六年の年が明けて、オーウェルは小説『葉蘭をそよがせよ』を完成させ、一月一五日にゴランツ社を訪れてタイプ原稿を提出した。その数日後、オーウェルはゴランツからひとつの依頼を受けた。不況下で失業問題が深刻化しているイングランド北部を実地調査して、その報告を本にしないかという依頼である。彼はそれを引き受けた。

その前年の秋に『ニューズ・クロニクル』紙から失業問題について原稿を依頼されたときには、「いま執筆中の小説(『葉蘭をそよがせよ』)で忙しいのに加えて、その主題にはうんざりしているので」という理由で断っていた(オーウェルのレナード・ムーア宛書簡、一九三五年一一月八日付)。そう時間がたっていない時期で、小説を書き終えて時間の余裕ができたとはいえ、どういう事情で気が変わったのだろう。友人のジェフリー・ゴーラー(一九〇五―八五)の証言によれば、ゴランツが五〇〇ポンドという当時としては破格の前払い金(当時のオーウェルが「一年生き延びる額のおよそ二倍」の額)を提供したのがいちばんの理由だとされていて、バーナード・クリックの伝記などはこの説を受け入れていたが、しかし近年の研究ではその説は否定されている。ゴランツがそのような多額の前払い金を著者に支払う習慣はなく、じっさいにオーウェルにその額を支払った形跡は見当たらないというのである(前金を払っていたとしてもせいぜい五〇ポンド程度ではなかったか)。そうすると、オーウェルのなかでその「うんざり」する主題に取り組もうという内発的な動機が、『葉蘭』を脱稿した直後に生じていたと見ることができる。

その企画に乗り、オーウェルは一月のうちにハムステッドの「愛書家コーナー」の仕事を辞め、前年夏から住んでいたケンティッシュ・タウンのフラットも引き払った。そして一月三一日に北部に向けてロンドンを発った。作家としてのオーウェルのキャリアのひとつの画期となるルポルタージュ作品『ウィガン波止場への道』の調査旅行がこうして始まったのだが、当初はどのような調査をするのか、それをどのように本にするのかについて、はっきりとイメージをつかめてはいなかったように見受けられる。

イギリスの一九三〇年代は失業と貧困に苛《さいな》まれた暗い時代として一般に記憶されている。とりわけ一八世紀末の産業革命以来発展し一九世紀半ばに盛期を迎えた基幹産業(石炭業、製鉄業、造船業、綿工業、毛織物工業など、伝統的に海外輸出で利益を上げてきた重工業)を担ったイングランド北部、ウェールズ南部、またスコットランドの工業都市がそのあおりを喰らった。炭鉱業の被保険者の失業率は一九二四年に五・八パーセントだったのが一九三二年には三四・五パーセントとほぼ六倍に跳ね上がっている(ミッチェル『イギリス歴史統計』)。失業率はこの期間をとおして一〇パーセントを超えていた。

もっとも、地域の格差が大きくて、イングランドに関していえば、北部が不況の大打撃を被っていたのに対して、南部は様相が異なっていた。イングランド南部では自動車、電気製品、飛行機、エンジンといったいわゆる新産業《ニュー・インダストリー》が活況を呈した（見市雅俊「二つのイギリス」）。『葉蘭をそよがせよ』の最後にロンドンの広告会社に再就職し、新居の郊外住宅の窓辺に葉蘭を飾ったゴードン・コムストック一家にとっては——戦争が迫る足音を忘れていられるかぎりは——かなり快適な生活環境であったといえよう。概して南部に住む人びとにとっては北部の窮状は実感しにくい。インド警察の職を投げ捨ててパリとロンドンで貧窮生活を送り、その経験をもとに『パリ・ロンドン放浪記』を書き、また直前には「金の神《マモン》」に反逆する主人公を描いた『葉蘭をそよがせよ』を書きおえたばかりのオーウェルでさえ、じっさいに現地を訪ねるまでは失業者の実相をとらえることができずにいたのである。

出発日から調査をほぼ終えた三月二五日までの期間にオーウェルは克明に日記をつけており、覚え書きもかなり残されている。その日記がのちに『ウィガン波止場への道』第一部執筆の主要な材料となる。彼は一月三一日にロンドンから鉄道でコヴェントリーまで行き一泊、二月一日にバスと徒歩でバーミンガムへ移動、道中ユースホステルや簡易宿泊所など安価な宿を使ったり、あるいはリチャード・リースとジョン・ミドルトン・マリーが紹介してくれた『アデルフィ』の関係者の家に滞在したりしながら、マンチェスターに四泊したあと、二月一〇日にイングランド北西部の炭鉱町ウィガンに到着、翌日から労働者階級の住環境の調査を数日間にわたって実施した。

『ウィガン波止場への道』というタイトルを念頭に置くと、主要な調査地域が当初からウィガンであったように思われるかもしれないが、じっさいはそうではなく、マンチェスターで泊めてもらったミード夫妻（夫のフランク・ミードは『アデルフィ』の印刷責任者で労組役員であった）からウィガン行きを勧められた。木綿工場の労働者と炭鉱労働者の双方でとくに失業率が高い地域であるという理由だった。

炭鉱の地下にもぐる

二月二三日にはウィガンのクリッペン炭鉱にもぐった。都合三度にわたる石炭採掘場の実地検分のこれが最初だった。失業中の炭鉱夫で独立労働党の活動家のジョー・ケナンらに案内され、エレベーターに乗って三〇〇メートルほど地下に下り、坑道を約三キロ歩き切羽《きりは》にむかった。行く前は「地下鉄のトンネルのような場所を歩きまわるのだと漠然と思っていた」のだったが、それは誤解で、坑道は天井の高さが四フィート（約一二〇センチ）前後で、まっすぐに立てる場所はほとんどなかった。オーウェルの身長は六フィート三インチ（約一九〇センチ）。坑内では「人並み外れて背が高いというハンディキャップを負う」（『ウィガン波止場への道』第二章）ことになる。切羽までの往復は彼にはたいへん過酷な経験だった。案内したケナンの回想によると、オーウェルはヘルメット着用にもかかわらず天井に三度も頭をぶつけて「のびて」しまい、宿でしばらく寝込んでしまった（『思い出のオーウェル』）。

切羽までの長時間の行程と採炭作業の実地検分は日記に克明に記録され、それが『ウィガン波止場への道』の第二章で利用された。採炭の様子を記述したあとでオーウェルはつぎのように述べている。

炭鉱夫の作業を見るとほかの人たちがなんとちがう世界に住んでいるかがすぐに実感される。石炭が掘られている地中深くは一種の別世界であり、ふつうの人はそれについてなにも目にすることなくやり過ごせる。たいていの人はそれについて聞きたくもないことだろう。〔中略〕北部イングランドで車を走らせていて、自分が進んでいる道路の何百フィートも下で炭鉱夫が石炭を掘りくずしていることにまったく考えがおよばない、ということはざらにある。だがある意味でその車を前進させているのは鉱夫たちなのである。ランプに照らされた彼らの地下世界は、日の照った地上世界に欠かせぬものなのだ。花に根が欠かせないように。(『ウィガン波止場への道』第二章)

さきほど述べたイングランドの南北格差の問題がここでも語りの枠組として用いられており、ここでオーウェルが想定する主たる読者層は、オーウェル自身が属するイングランド南部の中流層であることが見てとれる。

ファシストとコミュニストの演説

二月二五日にはリヴァプールに赴き、労働者の住宅事情を調査、一泊してウィガンにもどり、三月に入ると、サウス・ヨークシャーのシェフィールドやバーンズリーでの調査に多くの時間を費やした。三月五日にはウェスト・ヨークシャーのリーズに行き、姉夫婦(マージョリーとハンフリー・デイキン)の家に一週間滞在した。三月六日にはハワースのブロンテ姉妹の生家を見学、シャーロットの靴が小さいという印象を日記に記している。ちなみにオーウェルの靴のサイズは三〇センチと特大だった。

三月八日、ドイツ軍はヴェルサイユ条約(一九一九年締結)で非武装地帯と決められていた(また一九二五年のロカルノ条約でそのように保障されていた)ラインラントに進駐、同地を武装化した。戦争に確実に近づきつつあることを示すこの事件に対して、この地域の人びとが無関心であることをオーウェルは書き留めている。「ヒトラーがラインラントを再占領したときに私はたまたまヨークシャーにいた。ヒトラー、ロカルノ条約、ファシズム、戦争の脅威といったものは、この地域ではほとんど話題にものぼらなかった。ところがサッカー協会が試合予定日の公表を中止すると決めたとき(これはサッカー賭博を抑止する試みだった)、ヨークシャー中が憤激の嵐となったのだった」(『ウィガン波止場への道』第五章)。

バーンズリー滞在中の三月一五日にはイギリス・ファシスト同盟の代表オズワルド・モーズリー(一八九六―一九八〇)の演説会を聴いた。会場となった公会堂はほぼ満員で、七〇〇人はいただろうとオーウェルは日記に記している。一時間半におよぶモーズリーの演説は、イギリス帝国の自由貿易の推奨、ユダヤ人と外国人の排斥、賃上げと労働時間短縮の主張といった話題だった。このファシストに言わせれば諸悪の根源は「ユダヤ人の謎の国際的一団」に帰せられ、労働党とソ連はその組織から財政支援を受けているというのである。会場内にはモーズリーに忠誠を誓う一〇〇人ほどの党員(ユニフォームから「黒シャツ党員」と呼ばれた)が配置され、野次を飛ばしたり異議を唱えたりする者に襲いかかって会場から追い出した。そしてオーウェルが落胆したことには、主に労働者からなる聴衆は、社会主義を装うモーズリーの話に「簡単に丸め込まれて」しまった。「最初はブーイングを浴びていたのに、最後は盛大な拍手喝采を受けた」というのである。「都合の悪い質問をかわすための一連の巧妙な答えを事前に用意しておけば、無学な聴衆をだますのはいかに簡単かということに驚かされた」(「ウィガン日記」三月一六日付)。この集会は公的集会条例によって保護されており、集会後に仲間たちが暴力的に排除されたことに抗議して集まった群衆のほうを警察はむしろ取り締まり、投石騒ぎで二名が逮捕された。オーウェルにとってはこれがイギリスでのファシスト勢力を直に見る初めての機会だった。プロレタリア作家で『アデルフィ』のスタッフを務めていたジャック・コモン(一九〇三—六八)に宛てた手紙で彼はこのときの模様を伝えている。「モーズリーが日曜日にここで演説するのを聞きました。ああした手合いが労働者階級の聴衆を手玉に取って味方に引き入れるのを見ると吐き気がします。例によって黒シャツ党員が暴力沙汰を起こしました。それについて『タイムズ』に投書しようと思っているのですが、それが掲載される見込みはないでしょう」(一九三六年三月一七日付)。

その一週間後にオーウェルはおなじくバーンズリーのマーケット・プレイスで開かれたコミュニストの集会にも出ている。ファシストの集会が「盛況」だったのと対照的に聴衆は一五〇人だった。弁士たちはふつうの言葉で話せずに長たらしい文章を使い、聴衆も反応が鈍いのでオーウェルは「がっかりした」と記している(「ウィガン日記」三月二二日付)。

三月一九日にバーンズリーのウェントワース炭鉱、二一日にグライムソープ炭鉱にもぐり、さらなる採炭現場の検分をおこない、二三日にはマプルウェルにて「私の見たなかで最悪に近い家屋」(「ウィガン日記」三月二三日付)のいくつかを見学。三月二六日にリーズに赴き、ふたたび姉夫婦宅に滞在、それから三月三〇日にロンドンにもどった。こうしてイングランド北部への調査の旅を終えた。

図5–1　ハーフォード州，ウォリントン村，「ザ・ストアズ」(2019年，著者撮影).

田舎暮らしを始める

帰京して日を置かず、一九三六年四月二日にオーウェルはハーフォード州のウォリントン村にある「ザ・ストアズ」(The Stores)という名のコテージに移り住んだ。ロンドンから北におよそ五三キロメートル、キングズクロス駅から鉄道で五〇分ほど、ボールドック駅で下車し、そこから東に五キロほど行ったところにウォリントン村はある。この「ザ・ストアズ」を賃借する話はウィガンに滞在中の二月にすでに進められていた。敬愛する伯母のネリーが最近まで住んでいて、彼女から薦められた物件だった。

一六世紀建造の古い田舎家で、二階建て、それぞれの階に二部屋あり、一階の一室が店舗に使える部屋だった。当時は屋内に便所はなく、排水設備もなく、電気も通っていない。照明は石油ランプを使うしかない。しかも天井が低く、長身のオーウェルにとっては(さすがに坑道内ほどではないにせよ)室内の移動に不自由する。だが都会から離れた小村の近代的設備に欠けているこういう不便な家こそが彼の望んでいたタイプの住まいだった。家主の許可を得て、五月一一日には食料雑貨店を開いた。隣接する荒れ果てた庭を整備して野菜を育て、鶏と山羊を飼った。山羊(雌)にはミュリエルという名を付けた。のちに『動物農場』に登場する山羊にこの名前が冠せられることになる。ちなみに、この村で「ザ・ストアズ」のすぐ近くにある農場の名前が「荘園農場《マナー・ファーム》」であり、その農場の入り口に大納屋《グレイト・バーン》がある。いずれも『動物農場』のモデルであった可能性が高い。

四月下旬には小説『葉蘭をそよがせよ』がようやく陽の目を見た。ただしこの小説についても、名誉毀損を極度に怖れたゴランツと編集者の要求でぎりぎりまで修正要求があり、オーウェルの不本意なかたちで語句を変更しなくてはならず、その点では不満の残る作品となった。

田舎の結婚式

この年、世界情勢としては悪化の一途をたどっていたものの、オーウェル個人としてのウォリントンでの暮らしは彼の生涯のなかでは比較的平穏で、充実し、またかなり幸福なものであった。一番の幸福の種は結婚であった。一九三六年六月九日（火曜日）、オーウェルとアイリーン・オショーネシーは、ウォリントン村のセント・メアリー教区教会でイングランド国教会の典礼に従って式をあげた。その二週間前にジェフリー・ゴーラーに宛てた手紙のなかでオーウェルはまもなく結婚することを告げているが、「それは言ってみれば秘密です。式が済むまでなるべく少数の人にしか言わないようにしているので。私たちの親戚が寄ってたかって結婚に反対して妨害するのを避けるためです」（一九三六年五月二三日付）と述べている。これはどういう心配であったのだろうか。オーウェル自身が経済的安定を得ていない身であることを懸念してのことかもしれないが、それは杞憂だった。結婚式にはオーウェルの両親と妹のアヴリルがサウスウォルドから駆けつけ、アイリーンのほうは母親と兄夫婦（ロレンス・オショーネシーとその妻グウェン）がグリニッジから参列した。式のあと、新郎の母アイダは新婦に面と向かって、「これからどんなにたいへんな目にあうかご存知なら、あなたは勇敢な娘さんだわ」と言い、それにアヴリルが「知ってたらここにいないわよね」と付け加えたそうである。アイリーンは友人にこれを伝えて、「私とエリックが似たもの同士なのをみんなわかっていないのだと思います」と書いている（ノーラ・マイルズ宛、一九三六年一一月三日か一〇日の手紙）。

アイリーンはロンドン大学ユニヴァーシティ・コレッジの教育学修士課程をほぼ終えていて、あとは修士論文執筆だけが残っていたのだったが、結局論文未提出で終わった。自身のキャリアをなげうって貧しい作家オーウェルとの結婚をあえて選択したことになるが、そこには新妻の悲壮感のようなものは感じられない。つましい暮らしは最初から織り込み済みで、一風変わったところのある夫オーウェルとの生活に驚きつつも、それなりに楽しんでいたように見受けられる。

「象を撃つ」の執筆

このころにオーウェルは彼の代表的な短編「象を撃つ」を書いている。脱稿して原稿を『ニュー・ライティング』の編集長ジョン・レイマン(一九〇七―八七)に送付したのは結婚式の三日後の六月一二日のことであった。『ニュー・ライティング』はレイマンがこの年に創刊した文芸誌で、反ファシズムの立場を鮮明に打ち出し、寄稿者の多くは「オーデン世代」と呼ばれる、W・H・オーデン(一九〇七―七三)を中心とする左派の詩人、作家で、この誌名では一九四〇年まで概ね年に二号発行された。オーウェルはレイマンからその第二号への寄稿を依頼された。それに対して彼はこう返答していた。

私はいま本(『ウィガン波止場への道』)を一冊書いており、それ以外で考えているのは象を撃つ場面を描いたスケッチぐらいのものです(これは二〇〇〇語から三〇〇〇語ぐらいになるでしょう)。先日その場面の全体が非常に鮮明によみがえってきたので書いてみたいと思います。ですがこれは貴兄の方針にまったく合わないものかもしれません。つまり、貴兄の雑誌にしては低俗すぎるかもしれないということです。だいたい、象を撃つことに反ファシズム的なものがあるのかどうか、疑問で

す。（一九三六年五月二七日付）

ビルマでの記憶がおよそ一〇年を経てよみがえってきたというのである。この「スケッチ」は、自身の体験談をつづったドキュメンタリーとも、あるいは短編小説とも見ることができる。舞台は英領下《しも》ビルマのモールメイン、イギリス人の警察官が一頭の雄象を射殺する顚末が一人称で語られている（冒頭部分についてはすでに第二章でふれた）。「私」はある日、市場《バザール》で象があばれているとの連絡を受け、ライフルをもって現場にむかう。象は労役用で、さかりがついて鎖を切ってあばれ、ひとりのインド人労働者を踏み殺してしまった。だが「私」が現場に着いたときには象はすでにおとなしくなっていた。それを見て「私」は、貴重な労役用の象を射殺する必要はないと判断する。ところがふと後ろをふりかえると、二〇〇〇人をこえる群衆が集まっていて、象が射殺されるのを期待しているのに気づく。「私」は、支配者としてのイギリス人の体面を保つために、不承不承象を撃つはめになる。

まさしくこの瞬間に、こうしてライフルを両手にして立っていたときに、私は東洋での白人支配のむなしさ、不毛さを初めて理解したのだった。私という白人が銃を手に、武器をもたぬ原住民の群衆の前に立っている。一見、劇の主役のようだ。だがじっさいには、背後にいる黄色い顔の意のままにあちらへ、こちらへと動かされている愚かなあやつり人形にすぎないのだった。この瞬間に私は悟った。白人が暴君と化すとき、白人が台無しにしてしまうのは自分自身の自由にほかならないのだということを。〔中略〕支配することの条件として、白人は「原住民」を感心させるために一生を費やさねばならず、重大な局面が生じたらいつでも「原住民」の期待どおりのことをしなければならないのだ。彼は仮面をかぶっているのだが、顔のほうがその仮面に合ってくる。私はその象を撃たないわけにはいかなかった。

こうして「私」は象を射殺する。この直後の、象に狙いを定め、引き金を引いた際の記述も忘れがたい。弾丸が当たったという感触がなかったのに、象に「奇妙で恐ろしい変化」が起こる。立ったまままで倒れずにいるのに、「体の線がことごとく変わって」しまい、弾丸の衝撃で「麻痺でもしたかのように、突然打ちひしがれ、しなび、ひどく年老いてしまったように」見え、かなり時間がたった気がしたころに象はがっくりと膝をつく。「口からよだれが流れていた。ひどく老衰したように見えた。何千歳もの老象ではないかとさえ感じられた」。とどめを刺そうとさらに至近距離から何発も撃ち込むが、象は死にきれない。「私」は耐えきれなくなってその場を立ち去る。あとで聞くと結局象は絶命するまでに三〇分かかったという。「私がそんなこと〔象の射殺〕をしたのは、ひとえに馬鹿に見られるのを避けるためであったのだが、それを察知した者がだれかいただろうかと、私は何度も思ったのである」という言葉でこの「スケッチ」は結ばれている。

『ニュー・ライティング』の「反ファシズム」路線に合わないのではないかとオーウェルは懸念したのであったが、植民地支配の愚かしさと不毛さ、また支配者の尊大さの裏に潜む不安を「象を撃つ」エピソードによって鮮やかに描き出している。これをオーウェルはウォリントン村の陋屋で『ウィガン波止場への道』執筆の合間を縫って短期間に一気呵成に書き上げた。北イングランドの旅を経て、独自の(「正統」でない)社会主義者としての立場を明確にしつつあった時期の珠玉の一篇であり、『ウィガン波止場への道』の第二部第九章での植民地主義批判のくだりと重ねて見ることができる。

『ウィガン波止場への道』、レフト・ブック・クラブ選書に

ヴィクター・ゴランツはこの年の五月に「レフト・ブック・クラブ(左翼読書クラブ)」を発足させている。ファシズムに対抗すべく人民戦線の結集に寄与するための知の提供を目的とし、機関紙『レフト・ブック・ニューズ』を発刊、また毎月選書として単行本(レフト・ブック叢書)を刊行し、会員に頒布した。ゴランツは左翼知識人のジョン・ストレイチー(一九〇一―六三)、ハロルド・ラスキ(一八九三―一九五〇)を迎え入れ、ゴランツ自身をふくめて三人が選書委員の任についた。「世界平和のため、よりよき社会と経済の秩序のため、そしてファシズムに対抗するための闘いにおいて知的な役割を果たしたいと欲する人びとに奉仕する」(『ニュー・ステイツマン・アンド・ネイション』一九三六年二月二九日号にゴランツが出した広告より)ことを目的として結成されたレフト・ブック・クラブは、最初の二冊の推薦

書（モーリス・トレーズ著『今日のフランスと人民戦線』とH・J・マラー著『夜を出でて――生物学者の未来観』）が五月一八日に刊行された時点で会員数は九〇〇〇人だった。それが二週間後には一万二〇〇〇人となり、一〇月までに二万八〇〇〇人に急増した（シーラ・ホッジズ『ゴランツ書店』第六章）。本の長さを問わず毎月の選書（オレンジ色の紙表紙の本）が一冊二シリング六ペンスの低価格で会員に頒布されるというのが売りだった。ゴランツの予想を超えてこの読書クラブは大成功を収めたのである。

一九三六年一一月、オーウェルは『ウィガン波止場への道』の完成を急いだ。スペインに行くことを決めたからである。人民戦線政府（共和国）に対してこの年の七月一七日にスペイン領モロッコでフランコ派が蜂起、内戦はスペイン全土に拡大していた。反ファシズム陣営を支援すべく、国外から多くの市民が義勇兵として参加した。人民戦線政府をソ連が支援し、フランコ派（ファシズム陣営）をドイツとイタリアが支援する構図だった。イギリス政府じたいは直接の介入を避けた。

オーウェルは一二月一五日にレナード・ムーアに『ウィガン波止場への道』の完成稿を送付した。クリスマスの前に出国する意向をムーアに伝えている。原稿を受け取ったゴランツは二日間でそれに目を通し、オーウェルに緊急の会談を申し入れた。それでオーウェルは一二月二一日にロンドンに出てゴランツと会った。その打ち合わせでは『ウィガン』をレフト・ブック・クラブの月間選書にする可能性も話されたと思われるが、このときには確定していなかった。ムーア宛の手紙でオーウェルは「ゴランツがあの本をレフト・ブック・クラブの選書にする可能性は薄いものです。断片的な本ですし、しかも表面上はあまり左翼的ではないからです」(一二月一五日付)と書いた。

たしかに『ウィガン』の第二部の自伝的記述をまじえた既存左翼への歯に衣着せない批判は、ゴランツおよび他の委員(ストレイチーとラスキ)には承服しがたいもので、これが選書にするのに二の足を踏ませるものであったのは想像に難くない。だが第一部の北イングランドのルポルタージュはゴランツには捨てがたいものだった。結局オーウェルがスペインに滞在中の一九三七年二月に選書に決定、通常なら二〇〇〇部から三〇〇〇部の部数であるところが、これによって四万数千部という部数が刷られることになった。ただし、同選書としてはきわめて例外的なことに、ゴランツ自身が序文を寄せ、あらかじめ第二部での既存左翼への批判に対して反批判をおこなうという措置が執られたのである。

社会主義者による社会主義批判

「既存左翼への批判」は『ウィガン』の第二部、とくに第一一、一二章で展開されている。そこでオーウェルは自身を社会主義者であると明言している。だが知識層の大半が信奉する観念的な正統左翼を激しく批判する。「社会主義者、とくに正統マルクス主義者たちが、人を見下すような微笑みを浮かべて、社会主義は「歴史的必然」と呼ばれる謎めいた成り行きによって自ずと到来することになる、と私に語っていたのは、ほんの少し前のことであったように思える」(第一一章)。だが中流階級の左翼知識人が「歴史的必然」という名で説く社会主義理論は労働者階級には不人気で、浸透していない。明らかに階級間の溝がある。そこで「逆説的ではあるが、社会主義を弁護するために、まず社会主義を攻撃することから出発することが必要である」として、問題点を挙げてゆく。

その主張によると、裕福な中流階級の生活習慣が身について離れない社会主義者は、労働者階級との連帯の必要と意義を頭では理解していても、日常的な所作のレベルで別世界にいるので、本当は連帯などできない。階級的な溝はたやすくは埋まらない。第八章でオーウェルは「イギリス共産党員で『幼児のためのマルクス主義』の著者である同志X」というイートン校出身の架空の人物を戯画化して設定してみせる。「とにかく理屈のうえでは彼はバリケードで死ぬ覚悟でいるが、チョッキのいちばん下のボタンをいまもはずしたままでいる」(チョッキの下のボタンをはずすというのが上層階級の作法)。彼はプロレタリアートを理想化しているのだが、両者の生活習慣は驚くほどかけ離れている。

一度ぐらいは、虚勢を張って、紙帯《バンド》をつけたままで葉巻をふかしたことがあるかもしれないが、ナイフの刃先にチーズを突き刺して口に運んだり、帽子をかぶったまま室内に腰掛けたり、また紅茶を受皿に入れて飲むことでさえも、彼の体が受けつけず、まずできないだろう。テーブルマナーは、人の言動が本物か偽物かを見分けるための、悪くはない試金石なのではあるまいか。私は多くのブルジョワ社会主義者と知り合い、彼ら自身の階級を攻撃する長広舌を何時間も聴いたが、それでもけっして、一度たりとも、プロレタリアのテーブルマナーを身につけた人に出会っ

たことがない。(第八章)

労働者階級を称えつつ、労働者階級の「マナー」を蔑むことの偽善を語っているくだりである。紅茶を受皿で飲むという、中・上流階級からすると「下品」とされていた(だが労働者階級には「伝統」であった)行為をオーウェル自身は人前でおこなったことが記録されている(これについては小野二郎のエッセイ「紅茶を受皿で」での考察を参照されたい)。プロレタリアにあらゆる徳あり、と考えている人間が、いったいどうしてスープを飲むのに音を立てないように努めようとするのだろう、と彼は問い、すぐにつづけてこう答える。「その理由はただひとつ、本心では、プロレタリアのマナーに嫌悪感をいだいているからでしかない。だから彼は子ども時代に植え付けられた、労働者階級を嫌いなさい、怖れなさい、蔑みなさい、という教えをいまなお守りつづけているのである」。

この「同志X」は、オーウェルのもうひとりの自己《オルター・エゴ》と解することもできるだろう。すなわち、このイートン校出身者は、もしオーウェルがそれまでにあのような経歴を積んでこなかったら、なりえた人格と見ることができる。だがビルマでの五年のあと、ロンドンとパリでの最下層の人びととの暮らしを経験し、さらに北イングランドでの実地調査も加わり、「正統」左翼知識人の建前と本音の欺瞞をはっきり批判できる立脚点を見出した。そういう立場から、「下層階級は臭い」という刷り込みの(この本でもいちばんの悪評がたった)トピックは語られている。

それがわれわれの教わったことだ——下層階級は臭い。そして明らかにここに越えがたい障壁がある。好悪の感情のなかで身体に関わる感情にもまして根源的なものは他にないからである。人種上の憎悪、宗教上の憎悪、教育や気質や知性の相違、あるいは道徳律の相違でさえも、克服しうる。だが身体にしみこんだ嫌悪感はそうはいかない。〔中略〕平均的な中流階級の人間が、労働者階級は無知で、怠惰で、飲んだくれで、粗野で、信用ならない、と信じ込まされて育てられたとしても、たいして問題にはならないだろう。だが、労働者階級は汚らしいと信じるように育てられたとしたら、それはきわめて由々しき事態なのだ。そして私の子ども時代には、われわれは労働者階級が汚らしいと信じるように育てられたのであった。ごく小さい時分に、労働者階級の身体はどこか微妙にいやなものだ、という観念に取り憑かれた。そうすると極力彼らに近づかないようにしたのである。(第八章。強調は原文)

「悪評がたった」のは、「下層階級は臭い」という言葉を、オーウェルがいまなお偏見をかかえつつ述べているかのように誤解した読み手がいたからで、そういう誤解に基づいて本書を批判する者もいた。オーウェル自身は、幼少年期に植え付けられた労働者階級へのそうした偏見から脱却する努力をし、完全にではないにせよ、かなりそこから自由になった。その顚末も同書には詳細に書かれている。

議論を効果的に進めようという意図からであろうが、誇張表現が至るところにある。その強烈さが同書の魅力の一端をなしていると見てよい。ゴランツが序文で「この第二部は、総論のみならず、細部という細部においてきわめて挑発的である」と書いているのもまあ無理はない。たしかにオーウェルは読者を挑発している。「正統」左翼知識人が聴いていやがるだろうと思える発言をまったく遠慮せずに述べている。階級的偏見の超克を強調していながら、菜食主義者や産児制限論者、また平和主義者《パシフィスト》、フェミニストらを十把一絡げにして、それと結びついた左翼知識人を「変人」として誹《そし》るところは、そちらのほうの偏見はそのままでよいのですかと、突っ込みを入れたくなるところではある。

「ウィガン波止場」という冗談

前作『葉蘭をそよがせよ』のタイトルが「旗をそよがせよ（掲げたままにせよ）」のもじりでコミカルな、ずっこけた気分をもつ命名であることを述べたが、『ウィガン波止場への道』のタイトルにも同様に冗談がふくまれている。この点を説明しておきたい。一九四三年一二月二日に放送されたBBCのラジオ番組「あなたのご質問にお答えします」のなかで、「ウィガン波止場はどれくらいの長さで、どういうものですか」という質問に対してオーウェルはこう答えた。「ウィガンはいつでも工業地帯の醜さの象徴としてとがめられてきました。一時期、町の周囲を流れる濁った小運河に、壊れかけた

図 5-2　ウィガンの運河(2009 年，著者撮影)．

木製の桟橋がありました。冗談のつもりで、だれかがこれにウィガン波止場とあだ名を付けました。その冗談が地元で受け、それからミュージック・ホールのコメディアンたちがこの冗談を採り入れたのです。この連中こそが、その場所そのものが取り壊されて長い時間がたってからも、ひとつの通り言葉として、ウィガン波止場を生き長らえさせたのです」。

冗談のツボが私にはいまひとつ飲み込めないところがあるが、通常「波止場《ピアー》」といえば、ブラックプールのような海辺のリゾート地の行楽用の波止場《プレジャー・ピアー》を連想するのに対して、ウィガンという内陸の殺風景な工業都市の地名に「波止場」の語が付く、そのミスマッチが滑稽だということのようである。

さらに『ウィガン波止場への道』の第二部は「マンダレーからウィガンへの道は長い道であり、その道を採った理由は即座にははっきりしない」(第八章)という一文から書き出される。このタイトルには明らかにキプリングの詩「マンダレー」のリフレイン中の「マンダレーへの道」の反響があるのがわかる。前作『葉蘭をそよがせよ』のタイトルと同様に、それが書かれた時代の社会風俗を押さえたうえでないと、そこに込められた独特で重層的な含意をつかみそこねてしまうので要注意である。

第6章

スペインの経験

1936-1937

ウェスカ前線で同志たちと．後列長身がオーウェル，その下にアイリーン，1937年3月．

革命下のバルセロナへ

『カタロニア讃歌』(一九三八)はオーウェルがスペイン内戦に参加した記録を綴った作品である。いまではルポルタージュ(記録文学)の名作として知られるが、著者の生前は多くの読者を得られなかった。一九三八年四月二五日にセッカー・アンド・ウォーバーグ社より初版一五〇〇部が刊行されたが、著者の存命中は増刷もされず新版も出されず、彼が没した一九五〇年の時点で在庫が残っていた。いまでは古書市場で法外な高値がついているこの初版の黒と緑のジャケットは、廃墟と化した建物を背景に、突き出された握りこぶしが大きくあしらわれている。

スペイン内戦は共和国(人民戦線)政府とフランコ将軍派とのあいだに起こった。一九三六年七月にスペイン領モロッコで勃発し、スペイン全土に拡大、一九三九年四月にフランコ側の勝利をもって終結した。ドイツとイタリアというファシズム体制に支援されたフランコに対して、共和国側には反ファシズムの戦いとして、国外から多くの人的支援がなされた。イギリスからも左派知識人や労働組合員、社会主義運動家、コミュニストの多くがスペインに赴き、共和国側の義勇兵として参加するなどの活動をした。ケン・ローチの映画『大地と自由』(一九九五)はそうしたイギリス人を主人公にしたスペイン経験を描いている。

オーウェルがスペインに入ったのは一九三六年の暮れも押し迫ったころだった。『ウィガン波止場への道』を脱稿し、版元のゴランツ社との出版交渉を終えると直ちに出発した。『ウィガン波止場への道』でおこなったように、現場で取材にあたり、それをもとに本を書く、そういう思惑でスペインに赴いたのであったが、バルセロナに入るやいなや、その「革命的」雰囲気に打たれ、客観的な記者とは別の立場を取ることに決める。「新聞記事でも書こうかと思って私はスペインへやって来たのだが、到着するとほとんどただちに民兵組織に入隊した。当時のあの雰囲気では、そうするしか考えられないように思えたからだ」(『カタロニア讃歌』第一章。なお、以下で示す『カタロニア讃歌』の章番号はデイヴィソン編のオーウェル全集版に依る)。それはどんな雰囲気だったか。彼はこう述べている。

図 6–1　『カタロニア讃歌』初版(1938 年)ジャケット.

> 労働者階級が権力を握っている町に入り込んだのはこれが最初だった。大小を問わず、ほとんどすべての建物が労働者によって占拠され、赤旗やアナキストの赤と黒の旗が翻っていた。どの壁を見ても、鎚と鎌のしるしや、革命諸政党の頭文字が書きつけられてあった。〔中略〕どの商店やカフェにも、そこが集産化された旨の看板が掲げられてあった。靴磨きさえも集産化され、

箱には赤と黒の色が塗られていた。給仕や店員も客の顔を臆せず見て、対等に扱った。卑屈な言葉づかいや、儀式的な言葉づかいさえも、この一時期には消えていた。誰も「セニョール」とか「ドン」〔いずれも男性への敬称〕などと言わなかった。「ウステ〔あなた〕」とさえ言わなかった。みんながみんな、相手を「同志」とか「君」と呼んだのだ。「ブエノス・ディアス〔こんにちは〕」と言わずに、「サルー〔やあ〕」と言ったのだ。私がほぼ最初に経験したのは、エレベーターボーイにチップをやろうとして支配人に叱られたことだった。〔中略〕外見上は、そこは富裕階級が事実上存在しなくなった町だった。少数の女性と外国人をのぞいて、「身なりのよい」人はいなかった。ほとんどすべての人が、粗末な労働者階級の服か、青い仕事着《オーバーオール》か、民兵服のようなものを着ていた。これらすべてのことが、奇妙であり、感動的であった。そのなかには私に理解できないものも多くあった。けれども、この事態がそのために戦うに値するものであることは、即座に理解できた。（第一章）

ウィガンでの過酷な炭鉱労働、また失業者たちの窮状を見聞し、そのルポルタージュを仕上げたあとで、バルセロナに来てこのような革命的雰囲気を味わって圧倒された様子がここに生き生きと伝えられている。

共和国側の民兵組織は複数存在したが、そのなかでオーウェルが加わったのはＰＯＵＭ（「ポウム」＝

図6–2　バルセロナ，レーニン兵舎での POUM のパレード，1937年1月．前列左から3人目の長身はオーウェルと思われる．

マルクス主義統一労働者党）という組織だった。彼がスペインに行くに際して、イギリスの独立労働党（ＩＬＰ）の関係者に推薦状をもらったことで、そこと縁がある組織がＰＯＵＭなのだった。取材ができれば共産党系の民兵組織でも構わないと思っていたようだが、ＰＯＵＭへの加入はスペインでの彼の運命を大きく左右する選択であったことがその後明らかになる。

ＰＯＵＭに入隊したあと、バルセロナでの訓練を経てアラゴン戦線にむかう。そこは両軍が対峙している最前線であったとはいえ、彼が期待したような激戦地ではなく、両軍が相当に距離のある塹壕戦で、めったに命中しない砲弾が間欠的に飛び交い、ごくたまに小競り合いが生じるような戦場だった。むしろ高地の冬の寒さとシラミ、ネズミと戦うほうが主となる、概ね退屈な日々を送ることになった。「塹壕戦では五つのものが大事だ。薪と食糧とタバコとロウソク、それに敵である」と前線での初期の日々について彼は記している(『カタロニア讃歌』第三章)。

それでも戦闘はあり、マドリードなどと比べれば小さいとはいえ、双方に戦死者も出た。一九三七年三月末、ウエスカ近郊の塹壕の衛生状態の劣悪ななかでオーウェルは手の切り傷が感染症で悪化したために前線に程近いモンフロリテの病院に一〇日間入院、それから四月初めにウエスカの前線にもどったときに、オーウェルの所属する部隊は一〇〇ヤード(約九〇メートル)前進して敵軍の陣地により接近していた。そこで夜襲作戦が立てられ、オーウェルら六〇名が志願した(内訳はイギリス人とスペイン人が半々)。同志のホルヘ・ロカ、ベンジャミン・レヴィンスキーらと三〇人の部隊を引き連れて長い時間をかけて暗がりを匍匐《ほふく》前進して敵陣の二重の鉄条網を破った直後に、ファシスト軍に気づかれて銃撃を浴び、乱戦となる。敵軍の胸壁からの銃撃をかいくぐり、銃と手榴弾で前進、一度は敵を敗走させ、敵陣を占領する。しかしまもなく山の上方から再度の反撃を受けて結局はその場所を撤退せざるをえなくなる。

『カタロニア讃歌』でオーウェルはこの夜襲作戦の模様をかなり細かく記述している。「敵の銃眼のすべてが火柱を噴き出しているように見えた。暗闇で撃たれるのはいつだっていやなものだ。なにしろライフルの閃光がことごとく自分にまっすぐむかっているように見える。だが最悪なのは手榴弾だ。それがどんなに恐ろしいかは、間近で、しかも暗闇で炸裂するのをこの目で見るまではわからないだろう」(第六章)。銃撃や手榴弾攻撃を受ける際の恐怖を率直に書いているくだりのひとつだが、このとき一緒だったパディ・ドノヴァンの回想では、オーウェルは手榴弾がまわりで炸裂するさなかに大胆にも立ち上がって長身の目立つ体軀を敵にさらし、仲間たちに「みんな、ここまで上がって来い」と言ったので、ドノヴァンから「エリック、頼むから伏せてくれ」と言われたのだという(マイクル・シェルダン『人間ジョージ・オーウェル』第一四章)。『カタロニア讃歌』には戦場での場面でも間抜けな言動、ずっこけた、スラップスティック的ともいえるような描写が頻繁に出てくるのだが、同志たちによる回想はむしろオーウェルの果敢な、時にはかなり無謀な行動を伝えているのが興味深い。

不発弾とバター付きトースト

じっさい、このルポルタージュでは笑いを取る表現は枚挙にいとまがない。二、三例を挙げておこう。ひとつはあだ名のついた不発弾のエピソードである。ウェスカの前線では夜間の奇襲作戦を起こした四月初めまで、三カ月ほどは両軍一二〇〇メートルほどの距離を置いて対峙しながら、本格的な戦闘はまったく起こらず、英国人民兵が「これは戦争じゃない、ひでえパントマイムだ」というのが口癖になっていた。ファシストの銃火にさらされることはなく、たまに死傷者が出るのは流れ弾に当たってのことだった。

この時期にファシストが発射した砲弾はひどい代物だった。一五〇ミリの砲弾なのに、幅六フィート〔約一八〇センチ〕、深さ四フィート〔約一二〇センチ〕のくぼみを作ったにすぎず、少なくとも四発に一発は不発弾だった。〔中略〕真鍮の信管を拾った者がいて、そこには一九一七年製と刻印されていた。ファシスト軍の大砲は型も口径もわが軍とおなじだったので、しばしば、不発弾を修繕して撃ちかえした。伝えられるところでは、特別にあだ名の付けられた古い砲弾があって、けっして炸裂することなく、敵味方のあいだを行き来していたそうである。(第五章)

両軍の宣伝合戦の話もある。銃器の代わりにメガホンを使って敵の塹壕に向けて叫び合いをした。政府軍側からファシスト軍に向けて、「ファシストの弱虫野郎め」とやると、逆の側からは「スペイン万歳！　フランコ万歳！」などと返ってきたりする。英兵がいるとわかると「英国人は帰れ！　外国人はいらない」と言ってくる。政府側では、敵の士気をくじくための宣伝文句をいろいろと開発し、兵士にメガホンを支給して宣伝文句を叫ぶ任務を与えた。使われる宣伝文句は、「国際資本主義の単なる傭兵になるな」とか、「君とおなじ階級を相手に戦うな」といったたぐいの「革命精神」にあふれたものだった。オーウェルはこれを聞いて、「英国的な戦争観」とかけ離れているので当初はあっけにとられたのだが、敵を討つのでなく「改宗」させようとするやり方を見直すようになる。じっさい、それはある程度効果があり、ファシスト軍から脱走者がぽつぽつと出てきたという。そうした敵軍への宣伝文句のなかには、革命的スローガンなど交えずに、こちらの食糧がいかにすばらしいかと説く誇大宣伝もあった。

政府軍の食糧についての宣伝係の説明は、やや想像的なものになりがちだった。「バター付きのトーストだぞう!」彼の声がさびしい谷間にこだまするのが聞こえる。「われわれは、いま、こっちに座っていて、バター付きのトーストを食っているんだぞう! おーいしい、バター付きのトーストだぞう!」彼だって、われわれと同様に、もう何週間も、何カ月も、バターなんぞにお目にかかったことがないに決まっている。けれども、凍てつく夜に、バター付きトーストの知らせを聞けば、たいていのファシスト兵たちがよだれを流したことだろう。なにしろその話が嘘だとわかっている私でさえ、よだれを流していたのだから。(第四章)

図 6–3 アラゴン戦線で食事中の民兵たち,1937 年 3 月.左から 2 人目の煙草を手にしている人物はオーウェルと思われる.

『カタロニア讃歌』にはこうしたエピソードが随所に

出てきて、それがなんともいえずおかしい。オーウェルをふくめ、スペイン共和国政府を守るために志願して入隊した民兵たちは、大義をいだき、利他的な英雄精神を有していたといえるのだが、オーウェルの回想はむしろ兵士たちの英雄ならざる部分を多く取り上げている。こんなくだりもある。

砲弾が唸りをたてて飛んでくる。一五歳の少年たち（民兵）がうつぶせに突っぷす。料理番は大鍋の後ろに身を隠す。砲弾が一〇〇ヤードも離れた地点に落ちて轟音を発すると、みんな、羊のように恥ずかしそうな顔で、起き上がる。（第七章）

後年エッセイ「ドナルド・マッギルの芸術」（一九四一）で示したドン・キホーテとサンチョ・パンサの対比を用いるならば、サンチョ・パンサ的側面を強調しているのである（本書第8章参照）。「スペイン戦争回顧」（一九四二）で彼が紹介している話をこれと重ね合わせてみたくなる。それはウェスカ前線でのこと、塹壕から飛びだしてきた敵兵が服を着終わらず、ずりおちるズボンを両手で押さえながら、あわてふためいて逃げてゆく。近距離なので十分に狙えるのだがオーウェルは撃たなかった。「私は「ファシスト」を撃ちに来ていた。だがズボンを押さえている男は「ファシスト」ではない。それは明らかに私とおなじような一個の人間であって、どうしても撃つ気にはなれないのだ」。

バルセロナの変貌

そんな状態で四カ月を過ごし、オーウェルは一九三七年四月末に休暇を得てバルセロナにもどる。するとそこでは「異常な変化」が生じていた。バルセロナから革命的な雰囲気が失われていたのだった。「いまや流れがもとにもどってしまった。ふたたびそこはありきたりの町になってしまった。戦争によって少々痛めつけられてはいるが、労働者階級が支配している徴候が見られなくなってしまったのだ」(第八章)。

見たところ、一般市民はすでに内戦に対する関心をなくしてしまっており、さらに、金持ちと貧者、上層階級と下層階級という通常の社会格差がふたたびあらわれていた。高級レストランやホテルは高価な料理をむさぼる金持ちであふれんばかりであり、他方、労働者の賃金はすえおきのままで、物価がうなぎ昇りに上がっていた。

「革命的」な話し方は、もうされなくなっていた。このころには、相手にむかって「君《トゥ》」や「同志《カマラーダ》」と呼ぶことはほぼなくなっていた。たいてい、「セニョール」か「あなた《ウステ》」だった。「ブエノス・ディアス」が「サルー」に取って代わりはじめた。給仕は糊のついたシャツにもどり、店員はおなじみの仕方でぺこぺこしていた。妻と一緒にランブラス通りの洋品店に靴下を買いに入ったのだが、そこの店員は、お辞儀をし、もみ手をしていた。二、三十年前ならともかく、い

まは英国でさえそんな姿は見られない。チップの習慣も、かげでこっそりと始まっていた。(第八章)

『カタロニア讃歌』は、このようにバルセロナの空気の変化にふれてから、その数日後に市内で生じる共和国側の内部抗争――五月三日にアナキスト系のCNT(全国労働連盟)の一拠点であった電話局をアサルトス(突撃警備隊)が襲撃したことに端を発する市街戦――について語ってゆく。オーウェルのこのときのバルセロナ再訪の目的は、マドリードなど内戦の主要な戦闘地に赴くことを望んで、POUMから(共産党系の)国際旅団への移籍の可能性を探るためだった。四カ月を過ぎても、オーウェルは共和国政府側での対立に無頓着だったということになるが、この滞在中にPOUMが「トロツキスト」の「第五列」として国際旅団らの共産党主流派から排斥されつつあることをようやく思い知る。ファシスト軍を相手にしている以上、そうしたセクト争いなど無意味で不毛でしかないと感じていたオーウェルにとって、自分の所属する民兵部隊が前線からはるか遠くの都市部で断罪されているという事実は、たいへんな衝撃だった。

五月三日から五日間にわたる市街戦において、オーウェルはPOUM本部の防御のために映画館(ポリオラーマ座)の屋上で歩哨任務についていた。それから五月一〇日にPOUMの少尉として前線に復帰。その一〇日後に彼はファシストの狙撃手に銃撃されて瀕死の重傷を負う。

喉を撃ち抜かれる

狙撃されたのは五月二〇日の早朝のことだった。『カタロニア讃歌』でオーウェルは、「弾丸が当たるという経験の全体がたいへん興味深いもので、詳細に述べておくのに値すると思う」(第一〇章)と書き、そのとおりに細かく回想している。朝の五時、彼は胸壁の角にいて、見張りの交代の準備をするので歩哨と話をしていた。一九〇センチの長身の彼は胸壁のうえに頭を出してしまっている。この時間、敵の狙撃手からすると夜明けの空を背景にして標的の輪郭が浮かび上がるので狙いやすい。「なにかを言っているさなかに突然私は感じた。きわめて鮮明に覚えてはいるものの、その感じを描写するのはとても難しい」と断って、オーウェルはつぎのように説明する。ここは前章で引いた「象を撃つ」での「私」が象を撃った直後の描写と比べてみてもよいかもしれない。

大まかに言うなら、爆発の中心にいるような感覚だった。バーンという大音声がして、まわり中で目がくらむほどの閃光が走ったように思え、ものすごい衝撃を感じた。痛みはなく、電極にふれて感電したときのような、激しい衝撃だけだった。それとともに、完全に萎えてしまう感じ、打ちのめされて、しぼんで自分が無になってしまうような感じもあった。目の前の砂嚢がはるか彼方にしりぞいていった。雷に打たれたらそんな感じになるのだろうと思う。〔中略〕つぎの瞬間、両膝がくずれて倒れた。頭が地面にぶつかって大きな音をたてたが、痛めなかったのでほっとした。体が萎え、呆然となった。ひどい怪我をしたという意識はあったが、ふつうの意味での痛みはなかった。（第一〇章。強調は原文）

仲間が担架で彼を運び応急処置をほどこす。ごぼごぼと口から大量の血を吐いた。弾丸は首を貫通した――スペイン兵がそう話しているのを聞いて、オーウェルはもう駄目だと観念する。動物だろうが人だろうが首の真ん中を撃ち抜かれて生きながらえた例など聞いたことがない。動脈をやられた、自分は殺された、もう死ぬのだとしばし思う。

殺されたと思ったのは二分間ぐらいのことにちがいない。これがまたおもしろかった。もう死ぬと思ったときになにを考えるか、それを知るのはおもしろい、ということだ。最初に考えたのは、ありきたりだが、妻のことだった。つぎに考えたのは、この世を去らなければならないことへの激しい憤慨の念だった。なんだかんだ言ってもかなりよくなじんだこの世界なのだ。

このあと担架に載せられて移動野戦病院まで塹壕沿いの長い悪路を運ばれる。その道のところどころに並ぶ白楊《はくよう》（シルバーポプラ）の葉が瀕死のオーウェルの顔をなでる。このポプラの葉はやわらかい綿毛で覆われている。そのときに「白楊が生えている世界に生きていられるというのはなんとすばらしいことか」と彼は思う。

こんな重傷を負いながらもオーウェルは死を免れた。ある医者からは弾丸が「一ミリばかり」動脈を外れたと言われる。声帯をやられたので声はもうもどらないだろうとも言われる(のちに回復するが)。「医者も看護婦も実習生も仲間の患者も、このとき会ったみんながみんな、首を撃ち抜かれて生きながらえるとは、なんと幸運な人なんだ、と私にかならず言うのだった。そもそも初めから弾丸《たま》に当たらないほうがずっと幸運だろうと私は思わずにはいられなかった」とオーウェルは独特の笑いを取る調子で負傷の顚末を語る章を結んでいる。

スペイン脱出

五月二九日から二週間、バルセロナ近郊のサナトリウムで二週間療養したあと、六月半ばにオーウェルは一度前線にもどって除隊証明書を受けとり、それからバルセロナに入る。そこでは共和国側の政治情勢が急速に悪化していた。内部抗争がいや増した。六月一六日に共和国政府はPOUMを非合法化する。その前からPOUMの指導者たちの捕縛、投獄が始まっていた。これは共和国政府への国外からの最大の援助者(武器および物資の供給者)であるソ連の人民内務委員会の意向を反映したものだった。ソ連の絶対的指導者スターリン(一八七九—一九五三)の政敵で亡命中のトロツキー(一八七九—一九四〇)に共鳴するPOUMはソ連にとってファシスト軍に劣らず、あるいはむしろファシスト軍以上に危険で、「粛清」に値する対象とみなされたのである。POUMの党首であるアンドレウ・ニン(一八九二—一九三七)は捕縛され拷問を受けた末に惨殺された。戦友ボブ・スマイリー(一九一七?—三七。スコットランド炭鉱労働者組合委員長ロバート・スマイリーの孫)も国境で逮捕され、六月一二日に獄死する。虫垂炎で死んだと知らされたが、二二歳の強靭な若者で、政治犯が入れられる監獄のひどい環境に死因があるとオーウェルは見た。「スマイリーの死は私には簡単に許せることではない。ここに勇敢で才能ある青年がいた。ここに来てファシズムと戦うためにグラスゴー大学での学業を投げ捨て、私がこの目で見たとおり、申し分のない勇気と意志をもって前線での任務をまっとうした。そんな彼に連中がやれたことといったら、牢屋に投げ込んで、捨てられた動物のように死なせてしまうことだけだった」(『カタロニア讃歌』第一二章)。憤懣やるかたない口調である。

オーウェル夫妻の身も危なかった。アイリーンはオーウェルより遅れて一九三七年二月半ばにバルセロナ入りし、独立労働党(ILP)のオフィスで代表のジョン・マクネア(一八八七—一九六八)の秘書となっていた。三月半ばには、POUM参謀のジョルジュ・コップ(一九〇二—五一)に連れられて夫のいるウエスカ前線を訪ねてもいる。『カタロニア讃歌』でオーウェルが述べているよりも、じつはもっと彼らの生命が危機に瀕していたことが後年に明らかになった。一九八九年にマドリードの国立歴史公文書館で明かされた文書には、「エリック・ブレアとその妻アイリーン・ブレア」の活動が記述され、両者とも「狂信的なトロツキスト」であり、「ILPとPOUMをとりもつ諜報員《エージェント》」だとされている。ふたりが捕縛されれば、スマイリーと同様にバルセロナで獄死したか処刑されていた可能性はかなり高かったのである。

だからふたりがスペインを脱出できたことは相当に幸運だった。皮肉にも、上層中流階級という出自が彼らの身を助けた。六月二〇日から三日間バルセロナに身を潜めていたときには富裕層らしい服装と上層階級の英語発音が役にたった。オーウェルが最初にスペインに入ったときには、国境でアナキストの衛兵が優美な服装をしたフランス人夫妻を「あまりにもブルジョワに見えた」という理由で追い返したのに、いまや「ブルジョワに見えるというのが唯一の救い」(第一二章)となっていた。六月二三日にオーウェル夫妻は国境を越える鉄道に乗る。ジョン・マクネア、戦友のスタフォード・コットマン(一九一八―九九)が一緒だった。先日までカタルーニャの列車には等級がなかったのに、一等車と食堂車が連結されている。外国人の「不審者」を調べるためにふたりの刑事が乗り込んできたとき、食堂車にいた彼らは、ことさらにブルジョワらしい態度を示していたので、簡単に見逃された。

弾圧への怒り

まったく、命からがらスペインを脱出したわけである。繰り返すが、オーウェルたちを捕えようとしたのは、内戦で敵対したファシスト軍ではない。大量の武器供与をふくむ物資と人員の両面でソ連の援助を受けた共和国政府の主流派によってだったのである。まさに「裏切られた革命」を身をもって経験したのであり、同志の多くが捕縛され、虐待され、殺されたことに憤りを感じないはずがなかった。だからオーウェルが『カタロニア讃歌』を書いた直接の動機は、トロツキスト＝ファシストの「第五列」として断罪されたPOUMあるいはFAI（イベリア・アナキスト連盟）の同志たちを弁護し、彼らを弾圧したコミュニスト側と、その公式見解を鵜呑みにすることで弾圧に加担したジャーナリズムに反論し抗議をおこなうことだった。

『カタロニア讃歌』の本文は、初版以降、一九九七年に全集版で章構成が組み替えられるまでは一四章構成となっていて、そのうち第五章と第一一章はスペイン内戦の経験の語りを中断するかたちで一種の注釈の章となっていた。一九九七年刊行のデイヴィソン編の全集版でそのふたつの章はそれぞれ（オーウェル本人の改訂版の「意向」だったとして）「補遺一」「補遺二」として巻末に回され、本文は一二章構成にされた。ペンギン版等の現行の版はこれを踏襲している。だから初版の第五章と第一一章は他の章とは異質な語り口になっている。「なぜ書くか」のなかでオーウェルは、『カタロニア讃歌』の執筆では、一定の距離を保ち、形式も考慮して、「自分の文学的本能を傷つけることなく真実の全体を語ろうと一生懸命に努力した」のだが、弾圧された側の弁護のために新聞を多量に引用した長い一章（つまり旧版の第一一章）に関しては大変苦心したと述懐している。

こんな章は、一年か二年もすれば一般の読者には興味がなくなってしまうだろうし、それがこの本をぶちこわしてしまうことも目に見えている。尊敬するある批評家からは、「どうしてあんな代物を入れたんだね。いい本になったはずなのに、ジャーナリズムにしてしまったじゃないか」と説教されてしまった。たしかにそのとおり。だが、そうする以外にはなかったのである。私は、罪のない人びとが不当に告発されているという、英国ではほんの一握りの人にしか知らされていない事実を、たまたま知ってしまったのだ。そもそもその事実に怒りを覚えていなかったならば、最初からあの本を書くことなどしなかった。

スターリンの独裁体制下のソ連共産党が、敵対するファシズム勢力と、装いは異なるが同質性を有する全体主義体制であることを、オーウェルは、共産党による非スターリン主義系組織の弾圧、粛清の現場に立ち会うことで察知した。そこで客観的な事実が隠蔽、歪曲、あるいは改竄されるありさまをまざまざと見た。のちに彼が「ソヴィエト神話」と称するソヴィエト体制への期待というか思い込みが、スペインの地でいち早く崩れ去ったのである。一〇年後に述べているように、この経験はすべて「貴重な実地教育」だった。「全体主義のプロパガンダが、民主主義の国々の進歩的な人びとの考え方をいかにやすやすと支配してしまえるか、それを私は思い知った」(「『動物農場』ウクライナ語版への序文」)。その抑圧的な雰囲気をオーウェルはこう伝える。「当時バルセロナにいた人なら、あるいは数カ月後にバルセロナにいた人でも、だれであれ、恐怖、猜疑心、憎悪、検閲された新聞、囚人であふれる監獄、食料を求めての長い行列、徘徊する武装兵の一団――こういったものから生み出されたあのひどい雰囲気を忘れないだろう」(第九章)。

人間らしさ《ディーセンシー》への信念

それゆえ、『カタロニア讃歌』は、同志たちがゆえなく迫害され、さらにジャーナリズムによって虚偽が増幅されていることに憤り、彼らを弁護した本なのであった。とはいえ、もしそれだけであったら、怒りと幻滅が基調となり、わざわざタイトルで「カタロニア(への)讃歌《ホミッジ》」とはしなかっただろう。この標題は字義どおりに解するべきであって、カタロニア、つまりバルセロナを中心とした、オーウェルがスペインでの拠点としたカタルーニャ地方の人びと、その土地で生まれた人、のみならず、そこでオーウェルが同志として苦楽をともにした人びとへのオマージュ――これが本書で肝心な部分なのである。だからこそ、この本には独特な明るいトーンがある。

それは、前に引いたバルセロナの革命的雰囲気を記述した部分に如実に表れている。スペインで「裏切られた革命」を目撃したのであっても、オーウェルは、彼の理想に近い社会主義のありようもその地で見たのだった。『カタロニア讃歌』の終わり近くで彼は「奇妙なことだが、スペインでの経験のすべてによって、人間のもつ人間らしさ《ディーセンシー》への私の信念は弱まるどころか、ますます強まった」(第一二章)と述べた。また、バルセロナからシリル・コナリーに宛てた手紙では、「私はここでいろいろすばらしいものを見て、以前には決して信じることがなかった社会主義をとうとう本当に信じるようになりました」(一九三七年六月八日付)と書いている。一九三七年五月から六月のバルセロナでの内部抗争(と共産党によるPOUMらへの弾圧)の現場に居合わせ、「真昼の暗黒」(ケストラー)を目撃したオーウェルが、幻滅や絶望やシニシズムとは正反対のものを得てイギリスに帰ったというのは、意外に思われるかもしれない。だがこれも(前章で見た)「同志X」とは異質の経歴を積んできたオーウェルだからこそといえるだろう。

「なぜ書くか」で彼は、政治的局面が決定的になった一九三六年以降、自分の真面目《シリアス》な作品は、すべて「直接間接に全体主義に反対し、私が理解するところの民主的社会主義を擁護するために書いた」と述べた。『カタロニア讃歌』でいうならば、社会主義を偽装した専制への反対と、自身が確信する民主的社会主義の擁護というふたつの目的を併せてこれを書き上げたということである。コナリーに宛てて、スペインでの経験をとおして「社会主義をとうとう本当に信じるように」なったと書いた、その経験は、まず革命進行中のバルセロナで、つぎに前線でのPOUMの共同生活において得られた。彼がたまたま入り込んだのは「政治的意識をもつこと、資本主義に反対することが、それに賛成する立場よりも正常とされている、西欧でも唯一の、かなり大きな共同社会《コミュニティ》」(第七章)なのだった。そこでしていたのは「社会主義の味だめし」だった。

われわれは希望が無気力やシニシズムよりもふつうである社会にいた。「同志」という言葉が、たいていの国でのようにまやかしの言葉でなく、本当の同志的連帯を意味するコミュニティにいたのだ。そこでは平等の空気が吸われていた。今日、社会主義と平等の結びつきを否定するのが流行《はや》っているのを私はよく知っている。世界各国で、政党御用評論家や口先達者のろくでもない学者先生たちが、寄ってたかって、社会主義とは独占欲を手つかずで残しておいたままの計画的な国家資本主義であることを「証明」するのにやっきとなっている。けれども、幸いなことに、そんなものとはまったく異なる社会主義のヴィジョンも存在するのだ。ふつうの人びとを社会主義に引きつけるものは、そして、彼らをしてそのために進んで体を張るようにしむけるものは、つまり社会主義の「神秘《ミスティク》」とは、平等の理念である。大多数の人びとにとって、社会主義とは、階級のない社会を意味する。そうでなかったらなにも意味しない。民兵隊での数カ月が私にとって価値があったのは、まさしくこの点においてである。スペインの民兵隊こそ、それが存続していたあいだは、階級なき社会の小宇宙とでもいうべきものだったのだから。(第七章)

『カタロニア讃歌』の明るいトーンの所以がここに示されている。それはモラル・ヴィジョンによって照らし出された明るさだといえる。「希望が無気力やシニシズムよりもふつうである社会」、人間の「人間らしさ《ディーセンシー》」が損なわれずにある社会が現実にありうるのだという発見が、スペインで得たかけがえのない収穫であった。バルセロナに到着してまもなくイタリア人の民兵とかわした握手（つかのまの出会いなのに深い友愛の情を覚える）、待避壕の焚火のなかに「冗談」で手榴弾を投げ込んだ部下の少年、あだ名が付いた不発弾、「バター付きトースト」のプロパガンダ、夜明けに歌いだすアンダルシア人の歩哨――これらのエピソードを積み重ね、オーウェルは、まだ一年もたっていないことなのに、遠い昔のように憧憬の念を感じつつ回想している。「冬の寒さや、ぼろぼろの民兵服や、スペイン人の卵形の顔や、モールス信号のような機関銃の銃声や、汚い皿でがつがつかきこんだビーン・シチュー――などを想起しつつ、彼はこう書く。「〔戦場でのさまざまな労苦が〕起こっているときは堪えがたいものだった。けれども、そこはいまや、私の心が草を食《は》む良き牧草地となっている。〔中略〕私は、記憶のなかで、思い出すにも値しないと思えるほど些細な出来事を、ふたたび生きなおす」（第七章）。「スペインでは、友だちになるのがなんとたやすいことか」（第一章）。

『カタロニア讃歌』の最終段落は、スペイン内戦で辛酸をなめたオーウェルが、英国ののどかな（のどかすぎる）田園風景と都市ロンドンを換喩的な表現で記述してから、「英国はすべてが深い、深い眠りについている。その眠りから私たちがようやく覚めることになるのは、爆弾の轟音によって跳び起きるときなのではないかと、私は時々心配になる」（第一二章）と結んでいる。

イギリスを巻き込む二つ目の大戦争の予感を語るところでオーウェルは筆を擱《お》いている。この爆弾のイメージはすでに前作の『葉蘭をそよがせよ』でも登場していた。それは第二次世界大戦が勃発する直前に書かれるオーウェルのつぎの小説『空気をもとめて』(一九三九)のなかでさらに頻出することになる。「スペイン戦争回顧」では、右に言及した若いイタリア人民兵を想起し、おそらく戦死したと思われる彼を追想して書いた詩を最後に引用している。最終連はこう書かれている。

だが私が君の顔に見たものは、
いかなる権力も奪い去ることはできない。
いかなる爆弾も打ち砕くことはできない、
その水晶の精神を。

第7章
ファシズムに抗って
1937-1939

ウォリントン村の教会墓地にて，1939年.

スペイン経験を書く

一九三七年七月にオーウェルはアイリーンとともにウォリントン村の「お店《ザ・ストアズ》」にもどった。野菜を育て、家畜(鶏、家鴨、山羊)を飼う、彼の好む田舎暮らしを再開したわけだが、なによりも優先すべきことがあった。スペインでの経験について書くことである。

捕縛の危機をからくも逃れて六月二三日にスペイン国境を抜けた日、オーウェル夫妻はマクネアやコットマンらと別れてフランス東南の海岸の町バニュルス・シュル・メールに途中下車し、休息のためそこに三日間滞在していた(六月二五日、三四歳の誕生日をそこで迎えた)。そこからオーウェルは『ニュー・ステイツマン』の編集者に電報を打ち、まもなく帰国する予定を伝え、スペイン内戦の内情についての原稿が要るかどうか聞いていた。『ニュー・ステイツマン』は左派の政治文芸週刊誌だが、共産党系以外の見解も載せる「バランスのよく取れた」(一九三七年六月八日付コナリー宛手紙より)雑誌だとオーウェルは評価していた。それで同誌に打診したのだった。すると原稿が欲しい旨の返電が来た。

ところがオーウェルのエッセイがバルセロナで彼自身が巻き込まれた共和国政府内部での抗争とPOUMへの弾圧についてだと知ると、編集長キングズリー・マーティン(一八九七—一九六七)の判断で掲載を断ってきた。オーウェルの主張は「フランコ陣営に資する」という理由だった。このエッセイ

「バルセロナの目撃証人」は結局『論争——社会主義フォーラム』誌(一九三七年八月)に掲載された。レイナー・ヘプンストール宛の手紙での説明によれば、さらに『ニュー・ステイツマン』はその「埋め合わせ」にフランツ・ボルケナウ著『スペインの戦場』(一九三七)の書評を依頼してきた。ところがその書評を書き上げて出すと、またもや「編集方針に合わない」という理由で没にされた。掲載されないのに原稿料は出してきたので、これは「口止め料」だとオーウェルは思った(一九三七年七月三一日付)。

これらの件でのオーウェルの怒りは強く、友人のマルコム・マガリッジと外食をした折にたまたま店内にマーティンの姿が見えたので、マガリッジに「あの腐った奴の顔を見たくない」と言ってオーウェルは席を替わってもらったほどだった(グロス編『ジョージ・オーウェルの世界』)。右のヘプンストールへの手紙のなかで彼はゴランツにもふれている。「ゴランツはもちろんコミュニスト連中の一員で、私がPOUMやアナキストたちと関わっていたこと、またバルセロナでの五月暴動の内情を見たことを聞くと、私の本を出すのは無理だろうとさっそく言ってきたのです。まだ一語も書いていないのですが。ゴランツは鋭敏にもそうしたことが起こるのを予見していたにちがいありません。スペインに私が出かけるときに、〔ゴランツ社では〕小説は出すが他の本は出さないという契約書を作っていたからです」。

それでオーウェルはスペイン体験の本を引き受ける出版社を探さねばならなくなった。そのタイミ

図7–1　フレドリック・ウォーバーグ.

ングでオーウェルに接近してきたのがフレドリック・ウォーバーグ（一八九八―一九八一）である。

ウォーバーグは出版編集者としてのキャリアを一九二二年にラウトリッジ社から始め、一九三六年にマーティン・セッカー社に参入、専務取締役となり社名もセッカー・アンド・ウォーバーグ社となった。左翼系でありながらゴランツ社よりも共産党系以外の著作を積極的に刊行しており、それで共産党系の論者から「トロツキスト出版社」と非難されることにもなった（『タイム・アンド・タイド』へのオーウェルの投書より、一九三八年二月五日）。一九三七年七月八日にオーウェルはロンドンでウォーバーグに初めて会った。この出版人に好印象をもったようである。結局彼の会社が『カタロニア讃歌』の出版を引き受けることになった。スペインからの帰国後、三七年の下半期は『カタロニア讃歌』の執筆、またスペイン内戦関連の他の著述が主だった。共和国政府の主流派（共産党系組織）によるPOUMの不当な弾圧および虚偽の報道をする新聞・雑誌《プレス》への反論に力を注いだ。そのひとつとして、「スペインの内幕をあばく」と題するエッセイを『ニュー・イングリッシュ・ウィークリー』誌に寄稿している（七月二九日号と九月二日号に分載）。『カタロニア讃歌』は一九三七年一二月初めに第一草稿を書き上げ、翌一九三八年一月に最終稿を完成させ、セッカー・アンド・ウォーバーグ社に渡した。

療養生活

スペイン前線での敵兵による狙撃で喉を撃たれたあと、声がしばらく出なかったが、徐々に回復してきた。全快ではないにせよ、日常生活で支障はなくなった。だがほかのところで体調が悪化してきた。一九三三年暮れにアクスブリッジで肺炎になって入院して四年がたっていたが、スペインでの負傷のみならず前線での過酷な日々のあと、帰国後も十分に休めなかったということもある。一九三八年三月にかなり深刻な吐血をした。結核の症状を示していたが、この時点ではっきりとした診断結果が出ていない。義兄のロレンス・オショーネシーが医者なので診察してもらった。しばらく療養が必要と診断され、サナトリウム入所の手配がなされた。

三月一五日に英国南東部、ケント州エイルズフォード近郊にあるプレストン・ホール・サナトリウムに入れられた。プレストン・ホールは一九世紀半ばに富豪が建てたジャコビアン様式のお屋敷で、第一次世界大戦時に兵士の結核療養所として使われていた。一九三八年当時も軍隊関係者のための施設であったが、義兄のロレンスが軍の顧問医師であったことから特別に入院が許された。ストレプトマイシンの開発以前で、結核には転地療養と食餌療法しかない時代だった。オーウェルは長時間の執筆を医者に禁じられたので、手紙と短い書評を書くぐらいしかできなかった。

入院して一カ月後の四月下旬に『カタロニア讃歌』がセッカー・アンド・ウォーバーグ社から刊行された。スペインで日記類が没収され、記録やメモをほとんど欠き、ほぼ記憶を頼りにして、体調の悪化するなかで執筆した成果であった。

サナトリウムには五カ月半滞在した。ここの食餌療法には夕食時に牛乳を飲めるだけ飲むこと、また食事を極力多く食べることがふくまれていた。入院当初は絶対安静だったが、暖かさが増すにつれて徐々に復調してきた。後年結核を病みそれが死因となるわけなので、この時点ですでに結核が発症していた可能性は十分にある。だがこのときの診断は気管支拡張症だった。これは肺に空気を運ぶ気管支がなんらかの原因で広がってもとにもどらない病気で、頸部貫通銃創を受けた際にウイルスに感染してこの病気になったという見立てであった。六月一日からは一日一時間、その一週間後には一日三時間起き上がることが許された。やがて周辺の散策を楽しむようにもなった。一〇分も歩けば田舎町エイルズフォードに至り、町の北側を流れるメドウェイ川には中世の石橋、また古い石造りの家並みが見られる。自ら枝を削ってこしらえたサムスティック(長杖)を手にのどかな風景のなかを歩きながら、戦争の足音が近づいている情勢を思いつつ、新たな小説の構想が発酵していった。

前年の一二月、『カタロニア讃歌』の仕上げにかかっていた時期にその小説をすでに彼は着想していた。ムーアに宛ててオーウェルはこう書いていた。

ゴランツがすでに私のつぎの本〔小説〕にそのような気遣いを示してくださっているとは嬉しいことです。ですがご想像のとおり、まだ漠然としたアイデアだけしかなく、考えているのは以下のことぐらいです。それは小説で、政治についてではなく、ひとりの男が出てきて、休暇を得て、公私ともどもも自分の責任から一時的に逃れようとするという話です。考えているタイトルは「空気をもとめて」です。あいにくまだごく漠然としかお示しできませんが、なんでしたら〔ゴランツ社で〕カタログに使ってもらってもかまいません。少なくともタイトルを発表してもらってけっこうです。私が書きたいことの大まかな考えがそこに示されていますので。〔一九三七年一二月六日付〕

症状が改善し、七月半ばにはタイプライターの使用も許されるようになったが、サナトリウムで小説を書き出すまでには至らなかった。『空気をもとめて』といち早く名付けた小説は、退院後にモロッコの地で書かれることになる。

マラケシュへ

スペインでPOUMに参加したのは独立労働党〔ＩＬＰ〕の紹介によってだったのだが、この組織じたいにはそれまで加わっていなかった。それが一九三八年初夏に正式に入党した。同党の機関紙『ニュー・リーダー』に彼は「なぜ私は独立労働党に加入したか」を寄稿している(六月二四日号)。同年の三月にドイツ軍がオーストリアに侵攻し、同国を併合、欧州は確実に戦争にむかって進んでいたが、ILPの方針は反戦であり、オーウェルもこの時点で反戦主義の立場に立っていた。

何冊か本を出してきたものの相変わらずオーウェルの収入は少ない。『カタロニア讃歌』を出したばかりであったが、セッカー・アンド・ウォーバーグ社からの印税の支払いも滞っていたようで、アイリーンが代理人をとおして未払いの金を出版社に催促している。そんなオーウェルが一九三八年九月一日にサナトリウムを退院したあと、妻とともに北アフリカにむかい、およそ七カ月モロッコで過ごすことができたのは、作家のレオ・マイヤーズ(一八八一―一九四四)が匿名で三〇〇ポンドを提供してくれたからだった。マイヤーズは、オーウェルのサナトリウムに年長の友人のマックス・プラウマン夫妻が見舞いに来た際に、連れてきて引き合わせた人物である。オーウェルよりも二二歳年長、イートン校、ケンブリッジ大学出身で、一九二九年から三五年にかけて『花の根』と題するインドを舞台とした小説三部作を書いていた。オーウェルの著作を高く評価しており、医者がオーウェルに退院後冬に温暖の地での療養を勧めたのを聞き知って、プラウマン夫妻を介して匿名の愛読者からの贈与として三〇〇ポンドを差し出した。オーウェルはいずれ返済する借金というかたちでならとそれを受け取った。それをなかなか返せずにいたことを彼は心苦しく思っていたようである。ようやく返済が可能になったのは『動物農場』が売れて多額の印税が入ってからのことだった。オーウェルは最後まで貸主の名を知らなかったようである。

九月二日、オーウェル夫妻はモロッコ(当時フランス領)に向けての長旅に出発した。スペイン内を鉄道で通るのには身の危険があったため、主に船旅にした。途中ジブラルタル、タンジェに滞在し、マラケシュに着いたのは九月一四日だった。到着早々はホテル住まい、それから一月ほどマダム・ヴェラなる女性のヴィラに住み、一〇月半ばにマラケシュ郊外のヴィラ・シモンに移った。アイリーンがジェフリー・ゴーラー宛の手紙で説明したように、「さわやかな空気が流れてくるアトラス山脈の麓の、棕櫚の木が生えている地方のオレンジ園の真ん中」に位置していた(一九三八年一〇月四日付)。モスクや宮殿、また迷路のような街路のなかのバザールなど、マラケシュは観光客を惹きつける古都であるが、オーウェルには底辺に住む人びとの窮状が目に入った。エッセイ「マラケシュ」(『ニュー・ライティング』一九三九年クリスマス号)で指摘するように、「ジブラルタルより南、あるいはスエズより東」の風景のなかでは、「乾ききった土やウチワサボテ

図 7-2　モロッコ，マラケシュ，山羊の乳搾りをする現地民とオーウェル，1938–39 年.

ンや椰子の木や彼方の山は見えるが、狭い土地に鍬を入れる農夫の姿はいつも見逃して」しまう。

アジアとアフリカの飢えた国々が観光地として受け容れられているのは、まさにこのためだ。自国の窮乏地区を格安旅行しようと思う人はいないだろう。だが人の肌が褐色である場所では、彼らの貧しさにまったく気づかずにすむ。モロッコはフランス人にとってなにを意味するか。オレンジ畑か政府行政の仕事だ。では英国人にとってはどうか。ラクダと城、椰子の木、外人部隊、真鍮製のトレイ、それに盗賊である。九割方の住民にとっての暮らしの実態は、浸食された土壌からわずかな食物を絞り出す際限のない骨折り仕事なのだが、〔白人は〕ここに長年住んだとしてもおそらくそのことに気づかずにいられるだろう。

植民地の貧しい褐色の肌の人びとに「気づかず」に北アフリカの異国情緒を楽しめる観光客ではないオーウェルにとって、マラケシュは心楽しく過ごせる場所ではなかった。滞在中、国際情勢も悪化の一途をたどっている。九月末のミュンヘン会談でチェンバレン英首相は、ドイツのズデーテン併合を認めることと引き替えに戦争を回避したということで、帰国時に国民の多くから称賛されたが、翌年三月にドイツは協定を破ってチェコスロヴァキアに侵攻する。こうした情勢を北アフリカの地から見渡しながら、オーウェルは小説を書き進めた。

『空気をもとめて』

『空気をもとめて』で主人公のジョージ・ボウリングが再訪する故郷ロウアー・ビンフィールドはテムズ川沿いの町で、おそらくオーウェルの育ったヘンリー・オン・テムズをモデルにしている。第一次世界大戦以前の時代への郷愁の情と、「モダン」な産物(缶詰食品など)への嫌悪は、オーウェルと共通する。それで作者自身の嗜好を主人公の口から語らせているだけだとする批評もあるのだが、主人公と作者とではいくつか重要な相違点がある。まず年齢がちがう。ジョージ・ボウリングは一八九三年生まれ(作者よりも一〇歳年長)で、階級は下層中流《ロウアー・ミドル》階級(作者は上層中流《アッパー・ミドル》階級出身)、また体格もそう背が高くはなく九〇キロの体重がある(作者は一九〇センチで細身)。これだけでも両者の違いは大きい。

一八九三年生まれであればその世代特有の、作者が得られなかった経験ができる。すなわち第一次世界大戦への従軍である。陸軍に入隊してフランス戦線で負傷したという経歴が書き込まれる。また作者にとっての「黄金時代」である大戦前の十数年間に主人公は少年期から多感な思春期を送る設定にできる。下層中流階級の男を主人公に設定するのはH・G・ウェルズがSF小説とは別個に切り開いた一ジャンルであり(たとえば『キップス』や『ポリー氏の人生』がそうである)、おそらくその影響がある。オーウェルの小説の文脈でいえば、前作『葉蘭をそよがせよ』の結び近くでゴードン・コムストックが、「ディーセンシー」を備えているとして称賛したロウアー・ミドル層の平凡なひとりを選び出して、その半生と一九三八年現在を語らせた小説というおもむきがある。一人称の語り手であるジョージ・ボウリングはあたかもパブでビールジョッキを片手に相棒に語りかけるように、くだけた口調で自分語りをする。タイトルに込めた意味合いについては、彼自身が故郷再訪のために車で出発するくだりでこう説明している。

おれはアクセルを思い切り踏みこんだ。ロウアー・ビンフィールドに帰ると考えただけでもう元気百倍ってもんだ。おれの気持ち、おまえさんならわかるよな？　空気をもとめて！　たとえて言えば、でっかいウミガメが、海面に浮かんで、はなづらをつきだし、めいっぱい胸に息を吸い込んで、それからまた海草とタコがいる海底に沈んでいくようなもんだ。おれたちはみんなゴミ溜めの底にいて息をつまらせてる。だけどおれは海面に浮かぶ道を見つけたんだ。ロウアー・ビンフィールドにもどるんだ！（第三部第二章）

四部構成のこの小説の第二部の大半はロウアー・ビンフィールドでの少年期の回想で占められている。田舎町のゆったりとした暮らし、テムズ川や秘密の池での釣りなどの少年期のわくわくする楽しみの回想は、このうえなく甘美であり、中年になったジョージとともに二〇年ぶりの再訪に期待感をいやます仕掛けにしておきながら、最後の第四部で故郷の思い出の場所のひとつひとつの無残な変貌

『空気をもとめて』 *Coming Up for Air*（一九三九年刊）あらすじ

一人称で語られる小説。主人公ジョージ・ボウリングは下層中流階級の中年の保険外交員。ロンドン郊外の新興住宅地にローンで購入した家に、恐妻とふたりの小さな子どもと住む。時は一九三八年。戦争が始まる予感に怖れをいだいている。六月下旬、競馬でもうけた一七ポンドのへそくりを使って、妻には数泊の出張と偽り、車で生まれ故郷のテムズ河畔の町ロウアー・ビンフィールドへの再訪の旅に出かける。第一次世界大戦前の自然豊かな田舎町での少年時代の甘美な思い出が語られる。かつて人知れぬ池で大魚を釣り損ねた。そこに行ってもう一度釣りをしたいと願い、釣り竿も車に積んでいた。ところが二〇年ぶりに訪れてみると町は俗悪に「発展」し、昔の面影は失われている。大魚がいた池は水が抜かれ、ゴミ捨て場と化していた。その失望に追い打ちをかけるように、英空軍の演習中の誤爆によって町中に爆弾が落ちて、三人の死者が出る。ラジオのＳＯＳ（近親者特別呼出）放送で「妻が重体」という知らせを聞き、旅を切り上げて急いで帰宅したところ、妻は無事だが、浮気を確信して怖い顔で夫を迎えるのだった。

ぶりを示して落胆させ呆れさせる。粗筋だけを見ると、救いがない小説であるかのように思われるかもしれない。たしかに戦争が迫る気配に不安を覚え、また甘美な思い出が幻滅へと変わるさまは無残このうえない。とはいえ、幻滅にもかかわらずジョージの語り口は明るい。じつは彼は依然として過去への郷愁の情を心に秘めており、それを力として、危機の時代を生き抜こうとする気概がこの小説の語り口に感じられる。その気概はこの小説の冒頭の引用(エピグラフ)に掲げられた「彼は死んでる、けれどダウンしない」(He's dead, but he won't lie down.)という言葉に示されている。そこでは「ポピュラー・ソング」としか説明されていないが、刊行当時のイギリス人の読者であればだれもが知る国民的人気歌手グレイシー・フィールズ(一八九八―一九七九)の持ち歌のタイトルであり、またそのリフレインの歌詞なのだった。

『空気をもとめて』は書評も比較的多く出て、概ね好評だった。これまでのオーウェルの著作のなかでもっとも高い評価を得たと言ってよい。『タイムズ文芸附録』(一九三九年六月一七日)は「今週の推薦書」として特筆し、俗語を多用するくだけた語り口によって読みやすい小説となっていて、その文体が語りの推進力となっているのみならず、世界情勢についての「警告の物語」になっている点を評価した。『タイムズ』紙の書評子(JS)は、偉人ならぬ「小人《リトル・マン》」(名もなき市井の庶民)のひとりを小説の主人公にして、その半生を共感を込めて描きだした点を称えている(一九三九年六月二三日)。

父を看取る

『空気をもとめて』の刊行から二週間後、病気療養中の父リチャード・ブレアの容態が悪化したため、オーウェルはサウスウォルドの実家に帰った。六月二八日に自宅で家族に看取られてリチャードは息を引き取った。八二年の生涯だった。一八歳で植民地インドにイギリス帝国の役人（阿片局）として赴任、三七年間勤務し、一九一二年に退職して帰国、第一次世界大戦では志願して英国陸軍の少尉としてマルセイユに配属された。その後二〇年あまり、イングランド東部の海岸町サウスウォルドで悠々自適の隠居生活を送った。悩みの種があったとすれば、豊かではない家計から多額の教育費を捻出して「紳士」の教育を受けさせた一人息子が、イギリス帝国の警察官という（父から見れば）「堅実」な職を投げ捨てて不安定な文士に転じたことであっただろう。父の死から数日後、ウォリントンのコテージにもどったオーウェルはレナード・ムーア宛の手紙でつぎのように書いている。

哀れな老人の生涯の最後の一週間を私はともに過ごしました。それから葬式やらなにやらがありました。すべて気持ちを乱し滅入らせるようなものでした。しかし父は八二歳で、八〇歳を過ぎるまで活発に動いていたので、よい生涯を送ったわけです。そして最近の父は、以前ほど私に失望していなかったことを私はたいへん嬉しく思っているのです。じつに奇妙なことに、意識があった最後のときに父は私の本（『空気をもとめて』）の書評が『サンデイ・タイムズ』に載ったのを耳にしたのですよ。それを聞いて父は〔その書評を〕見たがりました。それで妹が持って行って父に読んで聞かせたのです。その少しあとに意識を失ってもうもどりませんでした。

その書評は『サンデイ・タイムズ』六月二五日号、たまたまオーウェルの三六歳の誕生日に掲載された。ラルフ・ストラウス（一八八二―一九五〇）の執筆で、「ジョージ・オーウェル氏の成功」と題し、「冒頭から最後まで、ジョージ・ボウリングの語りは巻を措く能わずというほどおもしろい。〔中略〕まことに快著と呼ぶべきこの小説から私が引き起こされた興奮をほとんどの読者が共有されるであろう」と絶賛の評であった。そして父リチャードは、息子の書く本の中身に興味を持ったというよりは、保守的な高級紙（タイムズ社の日曜新聞）の書評欄で取り上げられ、しかも好評を得たということで、ひとかどの作家となったと考え、一定の安心を得たということなのではないか。

リチャード・リースの回想によると、オーウェルは父親が亡くなる前に和解していたのだと満足げに語っていた。リースには、葬儀の様子も伝えていて、故人の両瞼に銅貨をのせる伝統的な作法で父の目を閉じたことを語っている。こういう古い慣習を律義に守るところはオーウェルらしい。葬儀のあと用済みになった一ペニー銅貨二枚の処置に困ったが、結局、海岸まで歩いていって海に投げ捨てた。「ポケットにしまい込むやつがいると思いますか？」とオーウェルはリースに言った（リース『オーウェル』第一〇章）。

第二次世界大戦勃発と『鯨の腹のなかで』

評論集『鯨の腹のなかで』は「チャールズ・ディケンズ」、「少年週刊誌」、そして表題作の「鯨の腹のなかで」の三篇からなる。ゴランツ社から一九四〇年三月に刊行した。

これら三篇をオーウェルは一九三九年五月から一二月までのあいだにウォリントンのコテージで執筆した。二〇年あまりの大戦間期を経て、第二次世界大戦に至る危機の時代であった。世界情勢を振り返っておくと、前年の一九三八年九月にミュンヘン会談でネヴィル・チェンバレン首相がダラディエ仏首相とともにヒトラー、ムソリーニと会い、ドイツの要求に譲歩した。この宥和政策に乗じて、一九三九年三月にドイツはチェコスロヴァキアの西半分を併合し、東半分を保護領に、さらにポーランドにダンツィヒ(現グダニスク)の返還とポーランドを横断する陸上交通路を要求。イタリアも三九年四月にアルバニアを併合。東西の二正面作戦を避けたいドイツは、ミュンヘン会談での英・仏の態度に不信感をもったソヴィエトに接近し、三九年八月に独ソ不可侵条約を締結。そしてドイツ軍は三九年九月一日にポーランドに侵攻。宥和政策の失敗を悟った英・仏は、九月三日にドイツに宣戦布告、ここに第二次世界大戦が勃発した。

標題作の「鯨の腹のなかで」はアメリカの作家ヘンリー・ミラー(一八九一—一九八〇)の評価を主眼としながら、同時に両大戦間期の英文学を総括している。図式的にまとめると、一九二〇年代に注目を浴びたジェイムズ・ジョイス、T・S・エリオット、オールダス・ハクスリーといった作家たちは、それぞれ差異はあるものの、「生の悲劇的感覚」を有する点で共通する。それに対して一九三〇年代は、詩人W・H・オーデンのグループに代表される、政治的で「真剣な目的」意識を強くもつ作家たちが主流とされる。ところが一九三〇年代に頭角を現したミラーの文学世界は上記の図式に当てはまらない。そこにオーウェルは注意をうながす。一九三四年刊行の小説『北回帰線』は、ミラー自身のパリでのボヘミアン的な暮らしに基づき、一貫したプロットはもたず、主人公や周囲の奔放な私生活を描いている。露骨な性描写が特徴のひとつで、ミラーの本国のアメリカでも、またイギリスでも当時は猥褻文書とみなされて禁書とされた。

「鯨の腹」というのは旧約聖書「ヨナの書」に出てくるヨナの挿話を踏まえている(ただし、「ヨナの書」では神の命でヨナを飲み込むのは「大きな魚」と記されているだけで、民間伝承で「鯨」との連想が強まった)。「歴史上」のヨナは魚に飲まれて逃げ出したいと思っただろうが、多くの人びとは鯨の腹のなかでぬくぬくしていられるヨナの境遇をうらやんできた、とオーウェルは書く。もっともミラーらしい、彼の白眉といえる文章は「自発的なヨナの角度」から書かれている。三〇年代のきな臭い国際政治情勢にミラーは無関心で、「悪を受動的に受け入れる」静観主義の姿勢をとっている。受身のまま、おのが運命を受け入れつつ、自らも飲み込まれるにまかせるという、本質的にヨナのごとき役割を演じているミラーを、オーウェルは、自身の姿勢とは根本的に異なるにもかかわらず、むしろ左翼作家たちよりも高く評価している。結論部で彼は「『北回帰線』はひたすら徴候として重要である」と断じる。「私見では、ここ数年のあいだに英語圏にあらわれた、ほんの少しでも価値のある、唯一の、想像力のある作家がここにいる。〔中略〕結局、ミラーは完全に消極的で、非建設的で、非道徳的な作家であり、ただのヨナ、悪を受動的に受け入れる、屍に囲まれたホイットマンのような人物なのだ。徴候としてこれは英国で毎年五〇〇〇冊の小説が刊行されてそのうち四九〇〇冊が駄作であるという単なる事実よりも意義深い。それは世界がわが身を振り払って新しいかたちになるまでは、いかなる大文学も出現しえないということを証明するものなのである」（強調は原文）。

このエッセイのなかでオーウェルはミラーと対面したときのエピソードを記している。一九三六年暮れに内戦下のスペインにむかう直前に、オーウェルはパリでミラーに会った。スペインの政治情勢にミラーがまったく関心がないことを知って、オーウェルは驚く。好奇心のような利己的な動機で行くならわかるが、義務感で行くなど愚か者のすることだとミラーは述べたという。オーウェルはミラーからコーデュロイのジャケットをプレゼントされた。そのあとバルセロナに入り、POUMに入隊した顚末はすでに記した。

ディケンズの「顔」

評論集『鯨の腹のなかで』の巻頭に収められた「チャールズ・ディケンズ」は、この作家の大衆的人気の秘密に迫った論考である。ディケンズの社会批判はもっぱら「庶民の品位《コモン・ディーセンシー》」に基づく道義的な批判であり、それが作家として成功した所以であるとオーウェルはいう。社会批判をおこなったディケンズの急進主義的な姿勢は漠然としているものの、それが確固として存在することが見てとれる。その社会のどこが問題なのか、ディケンズは的確な分析ができているわけではないのだが、問題があるということを感情的に把握できている。結局彼の主張は「品位をもって振る舞え《ビヘイヴ・ディーセントリー》」ということに尽きるのだが、それは見かけほど浅薄なものではない。そう言ってオーウェルはディケンズを擁護する。すでに見たように、「品位をもって《ディーセントリー》」という副詞が、名詞「ディーセンシー」、形容詞「ディーセント」とともに、オーウェルが非常に積極的な価値を込めて使った語であることに注意したい。作家としてのディケンズの「顔」について述べることでオーウェルはこの論考を結んでいる。

「それは四〇歳ほどの小さなあごひげのある高いカラーをつけた男の顔だ。彼はやや怒りながら笑っているが、勝ち誇ったところや悪意は見られない。それはつねになにかと戦っているが、堂々と、怯えることなく戦っている人の顔であり、寛大さをもって怒っている人の顔である。言い換えるなら、一九世紀の自由主義者、自由な知性の持ち主の顔なのであって、目下私たちの魂を奪おうと競い合っているうさんくさくちっぽけな正統的教義《オーソドクシー》のすべてから等しく憎まれているタイプの顔なのである」（強調は原文）。

ディケンズの「顔」を描いていながら、これはどこかオーウェル自身の「顔」を描いているようにも思われないだろうか。

「少年週刊誌」

もう一篇「少年週刊誌」は、大半がヴィクトリア朝の時代に創刊されて一九三〇年代にまで存続していた少年向けの廉価な週刊誌を扱っている。いまでは文芸批評でこうした通俗的なトピックを扱うのは当たり前のようになっているが、当時は(チェスタトンの評論など少数の例外をのぞけば)まだ珍しかった。これを論じる意義について、「私個人の確信するところでは、大多数の人びとは、自分が認める以上に小説本や連載読み物、映画などに影響されている。この観点からするなら、最低の本がいちばん重要な本であるということがよくある。生涯のうちで最初期に読むのがその手の本だからである」と述べているのはそのことと関わる。『ジェム(宝石)』や『マグネット(磁石)』といった少年週刊誌は、高踏的な文学趣味からすればきわめて通俗的な週刊誌ということになるが、少年期に多くの男子児童が読みふけってきた読み物であるがゆえに、高級とされる作品群に比べて格段に広範な影響力を及ぼしてきた。一連の物の見方(イデオロギー)が少年たちに「刷り込み」をおこない、彼らの精神形成に基層部分で作用する。だからこそ、そこに埋め込まれたスノビズム、物欲、暴力性、保守主義、人種観、階級観、あるいは愛国心といったイデオロギーは検討する価値がある。なお、このエッセイは、単行本収録とほぼ同時期に短縮版を『ホライズン』誌(一九四〇年三月号)に発表した。文芸批評家シリル・

コナリーが一九三九年暮れに発刊した文芸月刊誌である（創刊号は一九四〇年一月号）。オーウェルはコナリーとはセント・シプリアン校、イートン校で同窓生であり、一九三五年に再会して以来たびたび会い、また文通もしていた。『ホライズン』にはウェルズ論や探偵小説論など、他にも多くの重要なエッセイや書評を寄稿している。

「少年週刊誌」は、その後晩年までオーウェルが小説とはべつに書き進める一連の民衆文化論の嚆矢となったエッセイという点で特筆に値する。これを中間に置いて、ディケンズ論とヘンリー・ミラー論という三つのエッセイを組み合わせて最初の評論集としたオーウェルの狙いはなんであったか。ディケンズ論が「コモン・ディーセンシー」を備えて道徳律を捨てないふつうの人びと《コモン・ピープル》への希望の表出であり、「寛大さをもって怒って」いる一九世紀のポピュラー作家の自由な知性に連なろうとする意思表明であるとすれば、文化研究の先駆的な試みである「少年週刊誌」につづくミラー論は、全体主義体制に飲み込まれようとする情勢のなかでの小説の意義を追究した文学批評といえる。積極的な意味での自由がかつてないほど奪われていく危機的な状況のなかで、邪悪なものに蹂躙された未来を悲観しつつも、これら三篇のエッセイは、その配列の相互作用によって、全体主義のイデオロギーに対抗する「ユートピア的モメント」とでも呼ぶべきものを孕んでおり、その点でその後に彼が書くふたつの物語『動物農場』と『一九八四年』に連なる性格をもつ評論集であると私には思われる。

第 8 章

空襲《ブリッツ》下のロンドンで生きのびる

1939-1945

BBC のスタジオにて．ラジオ版文芸誌『ヴォイス』収録の光景．（後列左から）ジョージ・ウドコック，ムルク・ラジ・アナンド，オーウェル，ウィリアム・エンプソン．（前列左から）ハーバート・リード，エドマンド・ブランデン．1942 年 9 月．

大戦初期

一九三九年九月一日のドイツ軍によるポーランド侵攻を受けてイギリス政府はドイツに宣戦布告し、第二次世界大戦が勃発した。イギリスでは都市部で灯火管制がなされ、三〇〇万人の疎開がおこなわれたが、西部戦線ではしばらく本格的な戦闘には至らず、いわゆる「まやかしの戦争《フォニー・ウォー》」状態が半年あまりつづく。

戦争が始まってすぐ、アイリーンは活動の場をロンドンに移した。知り合いのつてを頼って情報省の非常勤職を得たのだった。住まいはグリニッジのクルームズ・ヒルにある兄のロレンス・オショーネシーと妻グウェンの家に間借りした。医師であるロレンスは戦争が始まって陸軍衛生隊に入り、フランドルに赴任していたので、その妻グウェン(彼女も医師)との同居だった。アイリーンは平日はロンドンのホワイトホール(官庁街)で勤務し、週末に夫の待つウォリントンにもどるというパターンがしばらくつづく。

オーウェルは戦時に国に奉仕したいと望み、入隊を志願したが、それはかなわなかった。三六歳という年齢もあったが、同い年の作家イーヴリン・ウォーなどは英国海兵隊に志願して受け入れられている。肺疾患があったために兵役は問題外なのだった。他の戦争関連の仕事も見つからない。それでウォリントンに居残り、『鯨のなかで』などの執筆のかたわら、野菜を育て、鶏を飼う暮らしを送った。この時期に彼が書いた「家事日記」を見ると、むしろ野良仕事のかたわらに執筆したといったほうがよいのかもしれない。日記は日々の天気と畑仕事の内容が克明に記されている。たとえば「朝は曇り、午後は晴れ間が見え、それから少し霧雨。ジャガイモ畑の片付けを完了。トマトの隣の小区画を掘りはじめた。雄鶏が数羽、だいぶ大きくなって市場に出せるくらい」(一九三九年九月一三日)という具合である。『ライオンと一角獣』もしくは『生者と死者』という仮題の三部作の長編小説を構想したが、おそらく書き出すには至らなかった。

戦時下のロンドンへ、義兄の死

ドイツ軍がノルウェイとデンマークに侵攻し、オランダ、ベルギーにむかう準備をしていた一九四〇年五月初めに、オーウェルはウォリントン村を離れて上京、リージェント・パークに程近いチャグフォード街のフラットに移り住んだ。週刊誌『タイム・アンド・タイド』の劇評と映画評を定期的に書く仕事を引き受けた。あまり気が進む仕事ではなかったようだが、劇評は四〇年五月一八日号から四一年八月九日号まで二五回、映画評は四〇年一〇月五日号から四一年八月二三日号まで二七回書いている。時間がなく、下書きもせずにタイプライターで直接原稿を書くようになっていて、粗めの文章が目立つが(「戦争に直接影響されての堕落」だと自身日記で告白している)、オーウェルならではの視点もしばしば見られる。ウェルズの小説で下層中流階級の主人公を扱った『キップス』の映画化作品の評など味わい深いし、とりわけチャップリンの『独裁者』にオーウェルは深く感銘を受けたようで、チャップリンの独特な才能を「いわば庶民を凝縮したかたちのために――少なくとも西洋では、ふつうの人びとの心に存在する人間らしさ《ディーセンシー》への抜きがたい信念のために――戦う力」であると評している。

五月一〇日、ウィンストン・チャーチル(一八七四―一九六五)が挙国一致内閣の首相に就任した。イギリスは大戦勃発直後から二二万強の兵を援軍としてフランスに派遣したが、ドイツ軍の装甲部隊の進撃に圧倒され、海岸地域まで追い詰められたところで、五月二九日からフランスのダンケルクで八日間にわたる撤退作戦を実行、民間船の助けを借りてフランス兵とベルギー兵一一万余りをふくむ三三万八〇〇〇の兵をイギリスに撤退させた。

このとき、一連の戦闘で逃げられず命を落としたひとりに義兄のロレンスがいた。陸軍衛生隊の一員としてフランドルで負傷者の治療中に戦死したのだった。しばらくは生死が不明で、五月末になってもオーウェルは彼の消息を知るためにウォータールー駅とヴィクトリア駅に赴いたが、兵士たちは戦地について口止めされているために情報を得ることは難しかった。その数日後に訃報が届いた。まだ四〇歳前の若さで、胸部と心臓を専門とする外科医として将来が嘱望されている人物だった。

最愛の兄ロレンスを失ったアイリーンの悲嘆は大きかった。アイリーンは兄の死で「生きる意欲をかなりなくしてしまったように思う」とは、オーウェル夫妻の友人のリディア・ジャクソンの証言である(トップ『アイリーン』)。

ドイツ軍のイギリス侵攻が迫っていると思われたこの時期に、オーウェルは地域防衛義勇軍(のちの国防市民軍《ホーム・ガード》)に入隊した。ロンドン大隊第五郡域C中隊の軍曹に任命され、ロンドン北西部の訓練所で六〇人の市民兵の軍事教練を指揮した。そのなかには出版人ウォーバーグもふくまれていた。これに飽き足らず、オーウェルは正式な軍務に就けるように関係機関に働きかけたが採用されなかった。スペイン内戦で「トロツキスト」の民兵隊に属していたことで当局から危険視されていたのではないかと自身では疑っていたようである。

『ライオンと一角獣』と「愛国心」の力

劇評、映画評に加え、『ホライズン』への寄稿、また米国の反共産党系の左翼誌『パーティザン・レヴュー』からの依頼で戦時下のロンドンの様子を伝える「ロンドン通信」の連載(一九四一年一月号が初回で一九四六年まで一五回つづく)など、評論、エッセイの執筆をつづける。そのなかで特筆すべきはセッカー・アンド・ウォーバーグ社の「探照灯叢書《サーチライト・ブックス》」の一冊としてオーウェルが執筆、刊行した『ライオンと一角獣』である。この叢書はウォーバーグ、オーウェル、ジャーナリストのトスコ・ファイヴェル(一九〇七—八五)、反ナチスのドイツ人ジャーナリストであるセバスティアン・ハフナー(一九〇七—九九)の四人が結成した「戦争の目的」委員会から出た企画で、オーウェルとファイヴェルが共同編集者となった。おそらくオーウェル自身の手が入っている趣意書によれば、この叢書の目的は「西洋文明の腐った部分を批判し除去することに全力を尽くし、われわれの前途にある困難な期間のための建設的な思想を供給すること」にある。「この叢書は、従来の判で押したような紋切り型の政治用語は用いずに、平明な言葉で書かれる。戦場や工場でこの戦争を戦っている新しい世代に、またわれわれの前に開かれつつある新たな世界展望の精神を認めることができるすべての人びとにこの叢書は訴えかける」。

『ライオンと一角獣』をオーウェルは一九四〇年八月に書き始め、同年一〇月には脱稿している。長編小説の仮題のひとつに考えていた『ライオンと一角獣』をタイトルにし、「社会主義とイギリス精神」という副題を添えて、一九四一年二月にセッカー・アンド・ウォーバーグ社より刊行、初版の七五〇〇部は年内に売り切れ、五〇〇〇部増刷した。戦時で出版点数が減り、話題書は回し読みされていたので、おそらく五万人がこれを読んでいただろうとウォーバーグは推測している(ウォーバーグ『作者はみな平等』第一章)。

『ライオンと一角獣』は「一、イギリス、君のイギリス」、「二、戦う商人国民」、「三、イギリス革命」の三部構成となっている。書き出しは「私がこれを書いているいま、高度の文明人たちが私を殺そうとして頭上を飛んでいる」という印象深い一文となっている。本書の執筆中にドイツ軍によるイギリス上陸を狙ってのロンドンほか主要都市への空襲《ブリッツ》が始まっていた。一九四〇年九月七日からのロンドンへの夜間空襲はおよそ一月半つづき、四一年五月末までには、ロンドンだけで二万人を超える市民が死亡、地下鉄駅の構内が避難所となった。英空軍が迎撃しての「ブリテンの戦い」によってドイツ軍のイギリス侵入を食い止めたものの、直前の「まやかしの戦争」と打って変わり、英国民にはリアルな恐怖と苦難の日々となった。

書き出しで「私を殺そうとして」と、「私たち」でなく単数一人称を用いていることに注意しておこう。その「高度の文明人」（つまり敵国のドイツ人）は「義務を遂行」しているにすぎず、「私」に「個人的」な恨みがあってそうしているわけではないし、「私」のほうも彼らに恨みはない、とオーウェルはつづける。彼らのほとんどが私生活では人殺しをしようなどと夢にも思わないような善良な市民なのだろう。だがいまは首尾よく爆弾を命中させて「私」を粉々にしたとしても、自分の国に尽くしているということで、良心の呵責を感じない。「人は愛国心、国への忠誠心のもつ圧倒的な力を認めないかぎり、現代社会の実相をとらえることはできない」。

冒頭部分で、さっそくこの著作の鍵語となる「愛国心《パトリオティズム》」が出ている。第三部の題名が示唆するように、本書の狙いは、「ブリッツ」のさなかで民

図 8-1　『ライオンと一角獣』初版（1941 年）ジャケット（著者撮影）.

主的社会主義者として「イギリス革命」を説き、イギリスの将来について、基幹産業の国有化、所得制限(富裕層への規制)、貴族院の廃止、教育制度改革(階級的差別のない教育制度の確立)、インド植民地の解放など、社会主義体制の樹立に向けた提言をおこなうことであった。その革命を導く重要な力としてオーウェルは「愛国心」を持ち出している。「革命」と「愛国心」は一見ミスマッチで、いまの日本語の一般的な語感からすると「愛国心」は極右、あるいは歴史修正主義者の振りかざす用語であるように思えるので、「パトリオティズム」を「愛国心」と訳すのはいささか危うい気がする(「母国愛」という訳語もありうるが、patriotismの語幹が「父」(pater)なので「母」にするのは別の意味で違和感がある)。だがオーウェルはそうした否定的な意味合いは「ナショナリズム」という語に負わせて、両者を対照的に使い分けている。「ナショナリズム覚書」(一九四五年)で説明しているように、「パトリオティズム」が「特定の場所と特定の生活様式への献身」を意味する防御的な概念であるのに対して、「ナショナリズム」はつねに権力欲と結びついた攻撃的な概念としてとらえる。「すべてのナショナリストの不変の目標は、より大きな権力、より大きな威信を獲得すること、それもけっして自分自身のためではなく、彼が自分自身の個性を没入させることを選んだ国なりなんなりの単位のために獲得すること」なのである。『ライオンと一角獣』の第三部でオーウェルはこう述べる。「愛国心は保守主義とは無関係で、むしろ保守主義とは反対のものである。なぜならそれは、つねに変化しながらも、なんとなくおなじものだと感じられているものへの献身なのだから。それは過去と未来をつなぐ橋である。真の革命家が国際主義者であったためしはない」。

同時期に執筆したエッセイ「右であれ左であれ、わが祖国」(一九四〇)でも「愛国心」について同趣旨の主張がなされている。「愛国心」によって、「ブリンプの骨格のうえに社会主義者を作る」ことが不可能ではないというのである(「ブリンプ」とは風刺漫画家デイヴィッド・ロウが一九三五年に生み出して人口に膾炙したキャラクターで、「こちこちの保守反動の徒」を意味する)。鶴見俊輔が解説するように、「パトリオティズム」とは「時の政府にたいする服従」を意味するものではなく、日本語ではむしろ「郷土愛」という言葉のほうが近い。「おさない時からおなじ土地にそだち、そこでおなじ言葉をつかって一緒にくらしてきたものの間にうまれる親しみが、人間を底の方から支えるという思想」(オーウェル『右であれ左であれ、わが祖国』編者あとがき)にほかならないからだ。

「特定の場所と特定の生活様式への献身」としての「パトリオティズム」を重視しているからこそ、オーウェルはイギリスの民衆文化に持続的な関心をもち、折にふれて論じたのだった。その端緒となったのが前述の「少年週刊誌」である。さらにこの方面の代表的なエッセイが「ドナルド・マッギルの芸術」で、『ホライズン』の一九四一年九月号に掲載された。これまた「ハイブラウ」向きの文芸誌としては異質の寄稿であった。題名の「〜の芸術(The Art of)」というのも人を食っている。なにしろドナルド・マッギルというのは、海岸などの行楽地で土産用に売られている艶笑小話を描いた「俗悪」な漫画絵葉書(その性質上成人男性向き)の作者名だからである。そのような絵葉書を「アート」として考察する発想が当時としては奇抜であり、いささか大げさな言い方をすると、文芸誌へのこのエッセイの寄稿じたいが、「アート」なるものの価値転換を図る仕掛けであったともいえる。

マッギルの絵葉書の特徴を具体的に紹介したあとで、オーウェルは「自分自身の心のなかをのぞき込んで見るならば、あなたはドン・キホーテだろうか、それともサンチョ・パンサだろうか」と読者に問いかけてみせる。彼の答えはこうだ。「ほぼまちがいなく、その両方である。英雄や聖人になりたいと思う部分が一方であっても、別の部分では無傷で生きながらえるのがなによりだとはっきり見てとっている、背の低い太っちょがいる。この太っちょはあなたの非公式の自己であり、精神に異議申し立てをするお腹の声である」。概して為政者は体制の維持のために「完璧な規律と自己犠牲」をその構成員に要求する。勤勉かつ従順で、男が国家のために戦場で死ぬのは最高の栄誉であるという前提であらゆる公式文書はできあがっている。そうした公式見解の背後にそれを嘲笑する庶民のコーラスが聞き取れるような気もするが、通常それは「低級な欲求」として押さえ込まれている。だがだれもが内面にもつサンチョ・パンサ的な側面にときには耳を傾けてやる必要がある。空の高みにいる高邁なドン・キホーテ的精神とは対照的な「地を這う虫から見た人生の眺め」もまた人間には必要である。このサンチョ・パンサ的側面をオーウェルがもちだすのは、ナショナリズムにつきものの権力崇拝を批判する仕掛けということもあるが、平等や自由といった価値意識がそうした視点からはっきりと見えてくるものでもあるからだろう。両面を兼ね備えることが全体主義のイデオロギーにからめとられない「ディーセント」な暮らしにつながる。

人間のドン・キホーテ的側面は英雄崇拝、指導者崇拝に悪用されうるが、同様にサンチョ・パンサ的側面も体制への順応、刹那的な安楽さへの逃避というかたちでネガティヴに使われうる。だがこのサンチョ・パンサ的側面は、本来的には全体主義の精神構造とは相容れない。それは根源的な自由の感覚をとどめることによって、全体主義イデオロギーを脱臼させる力を秘めている。そこにオーウェルはひとつの希望を見ていたように思う。

BBC勤務

「ドナルド・マッギルの芸術」を発表する少し前の一九四一年八月一八日に、オーウェルはBBC（英国放送協会）の海外放送局東洋部インド課への勤務を始めた。五年前にスペインに赴いてすぐ民兵組織に入隊したように、ファシズムとの戦いで戦場に赴くのが本望だったのだが、健康上の理由で軍務は拒まれ、次善の選択肢として「電波戦争」への関与を選んだことになる。ドイツは開戦後まもなく英植民地下のインドに向けて反英主義のインド人指導者らを利用してラジオによる宣伝放送を仕掛けていた。そこでは英領インドの統治を批判的に描いたE・M・フォースターの小説『インドへの道』までもがドイツに有利なように巧妙に引用され朗読された。英政府はそれに対抗してBBC東洋部にインド課を新設、インド（および東南アジア）の知識人をターゲットとして英語と現地語（ヒンドスターニー語など)での放送を始めた。開戦後にBBCは情報省の統制下に置かれていた。オーウェルの役割は「トーク・アシスタント」(のちにトーク・プロデューサーに昇格)で、自らマイクを前に語ることもあった。四三年一一月にその職を辞するまで、二年あまりにわたる放送局勤務の日々だった。

BBCへの関与じたいは初めてではなかった。一九四〇年一二月六日、作家でラジオパーソナリティのデズモンド・ホーキンズ(一九〇八—九九)の番組「証人台に立つ作家」に呼ばれて「プロレタリア文学」について語ったのを皮切りに、数度トーク番組に出演した。トークのいくつかはBBC発行の週刊誌『リスナー』にも採録された。そうした前歴もオーウェルのBBC採用に際して有利に働いたのであろう。また、スペイン内戦での喉の負傷で声がか細く平板になっていたといわれているが、ラジオで語るのにはそう支障はなかったようである(彼の声の録音はあいにく残っていない)。初任給は年収六四〇ポンド、年四〇ポンドの昇給が約束された。また筆名のジョージ・オーウェルでなく本名のエリック・アーサー・ブレアとして契約し、オーウェルの名でBBC以外の媒体に執筆する自由も確保した。直前までフリーランスでしかも戦時体制下での出版物の削減のためあいかわらず貧していたので、その給与はありがたかった。

二年間のBBC在職中にオーウェルが制作に関わったラジオ番組は文芸番組とニュース番組に大別される。

文芸番組

文芸番組は、オーウェル自身が執筆し語る文学論（バーナード・ショーやジャック・ロンドンについて、またシェイクスピア『マクベス』を論じた番組など）に加え、五名の作家がひとつの物語を語りつぐ番組（初回がオーウェルで、最終回がE・M・フォースターだった）、作家、詩人らをゲストに呼んで「私がインドから学んだもの」について討議する番組などの構成も手掛けた。文芸番組でとくにユニークだったのが『ヴォイス（声）』と題する月刊文芸誌を想定してそれをラジオで放送する試みだった（一九四二年の下半期に「月刊」のペースで六回放送）。放送内容は概して一般向きというよりもむしろ知識層向きだった。英国内の放送でも当時はこの手の知識人向けの番組は珍しく、オーウェルのこの企画は戦後の一九四六年に開始したBBCラジオ第三放送におそらく影響を与えた。のちにエッセイ「詩とマイクロフォン」（一九四五）で述べているように、これらの文芸放送の想定されたリスナーはインドの大学生、すなわち「イギリスのプロパガンダの範疇に入るものでは相手にしてくれない、敵意をもった聴取者」で、それがせいぜい二〇〇〇人から三〇〇〇人程度しか見込めないということを口実にして「ハイブラウ」向けにできた。この文芸番組の制作のためにオーウェルはE・M・フォースター、T・S・エリオット、エドマンド・ブランデンといった著名な作家、詩人らを相手に直接交渉にもあたり、原稿を書いてもらったり、あるいは出演してもらったりしている。

文芸番組でもうひとつ、「ジョナサン・スウィフトとジョージ・オーウェルの架空会見記」を紹介しておきたい。これは一九四二年一一月二日に放送された。『ガリヴァー旅行記』の作者を二〇〇年後の現代に蘇らせて、少年時代からの愛読者であるオーウェルがインタヴューをおこなうという趣向である。不機嫌な様子で現れたスウィフトは、様変わりしたロンドンを目にし、現代世界の「ヤフー」たちの行状をオーウェルから聞いて、さらに不愉快になり、「フウイヌム国」のくだりを口にしながら消えてゆく。その結びでオーウェルは言う。「彼〔スウィフト〕は偉大な人物ですが、しかし部分的にものが見えていないところがありました。〔中略〕彼はごく単純な人間にわかること、すなわち人生は生きるに値するものであり、人類は、たとえ汚らしく愚かしいのであっても、たいていはまとも《ディーセント》であるということが、わからなかったのです。でも結局のところ、彼にそれがわかっていたら、『ガリヴァー旅行記』は書けなかったでしょうね」。この架空会見記は、オーウェルが戦後に発表する「政治と文学――『ガリヴァー旅行記』論考」(『ポレミック』一九四六年九―一〇月)と併せて読んでみるとよいだろう。

戦況ニュース解説

ニュース番組は一九四一年一一月二一日の放送が最初で、二年間つづいた。もっとも多いのが毎週土曜日に放送されたインド向けの戦況ニュース解説で、さらに金曜日放送のマレーとインドネシアに向けたニュース原稿も書いた。日本軍の真珠湾攻撃の直前からスターリングラード攻防戦でのドイツ軍の敗北をへて連合軍が攻勢に転じた戦況が解説されている。インド向けの英語ニュースは大半をインド人職員が読んだが、同僚のロレンス・ブランダーの提案で(オーウェルの名前がインドで高く評価されているからという理由で)四二年一一月二一日からオーウェル自身が読むようになった。マレー向け、インドネシア向けも大半をオーウェル自身が読んだ。加えて、英語原稿は、グジャラート語、マラーティー語、ベンガル語、タミール語、ヒンドスターニー語にも訳された。これらのニュース原稿だけでも相当な分量だった。内容の重複があるが、判明しているかぎりでその数は総計一一四本にのぼる。

BBCの上層部はオーウェルの手腕を認め、もっと長く勤務をつづけさせたかったのだが、本人は嫌気がさして二年で辞めた。東洋部長のL・F・ラッシュブルック＝ウィリアムズ宛の退職の意向を伝える手紙ではこう述べている。「私が辞表を出すのは、なんの結果ももたらさないことをするのに私自身の時間と公金を浪費しているのだとここしばらく痛感しているからです。現下の政治情勢ではイギリスのプロパガンダをインドに向けて放送するのは絶望的な仕事だと考えます。(中略)著作とジャーナリズムという自分本来の仕事にもどることによって、私はいまよりも役に立てると感じているのです」(一九四三年九月二四日付)。さらに退職直後にフィリップ・ラーヴ(一九〇八―七三。『パーティザン・レヴュー』の編集長)宛の手紙で「BBCで無駄な二年間を過ごしたのちに退職しました」(一九四三年一二月九日付)とまで書いている。最初の「公式」のオーウェル伝の著者バーナード・クリックはオーウェルのBBC勤務について、「この貴重な二年間、同僚たちがのちに一致して言うには、ほとんどだれも聞かず、数少ない聴取者にも影響を与えそうにもない、インド、東南アジアの知識人向け文化番組の制作に彼の才能はもっぱら浪費されることになった」(『オーウェル』第一三章)と述べている。

BBC在職時の二年を自身でこのようにきわめて否定的にとらえていたわけだが、右で説明しているような英政府によるインド向けプロパガンダ放送の無益さという理由に加えて、官僚的な機構になじめなかったのが大きかったのだろう。おそらくいちばん耐え難かったのは検閲であった。情報省の厳しい管理下で放送前に台本は二度の念入りな検閲を受けねばならなかった。一九四三年六月には新米の検閲係がオーウェルの原稿をチェックし忘れて、そのまま放送してしまう「放送事故」が起き、陸軍省や情報省からBBC会長に苦情が寄せられた。その後はオーウェル専門の「スイッチ検閲係《センサー》」が張り付くことになった。検閲済みの台本から逸脱したらスイッチを切って生放送を中断する係である。また情報操作に不本意ながら手を染めざるをえなかった。戦略的な必要から、同僚がおこなう事実の歪曲を黙認しただけでなく、日本軍がソ連侵攻を計画中だとする情報を嘘と知りながら流すこともしている。

とはいえ、BBC勤務はオーウェルにとって無益な日々でしかなかったとは言えない。本人がどれほどいとわしいと思ったにせよ、まもなく書き出す『動物農場』、またそれにつづく『一九八四年』の世界に深く関わる経験をBBCで得たというのは決定的であろう。ドイツに対抗する情報戦に直接関与したことによって、近代戦にマスメディアが果たす重要な役割をリアルに認識したのだし、日常的に受けた検閲は出版・表現の自由をめぐる考察を深めたはずである。さらに英国の心理学者のC・K・オグデン（一八八九―一九五七）が「国際補助語」として考案し一九三〇年に発表した「ベイシック・イングリッシュ」（八五〇の語彙と簡単な文法からなる「基礎英語」）にオーウェルは戦前から関心をもっていたが、一九四三年秋にチャーチルの指示でBBCでのその導入が検討され、同僚のウィリアム・エンプソン（一九〇六―八四）がその任についた。『一九八四年』の「ニュースピーク」は、全体主義体制が自己保全のために「ベイシック・イングリッシュ」の原理を盗用した場合にどうなるか、そのネガティヴな帰結を極限まで推し進めたものと言っていいだろう。『一九八四年』の舞台装置にもBBCは生かされた。オーウェルの在職期間の前半にインド課はロンドン、メリルボン地区のポートランド・プレイス五五番地にオフィスがあり、そこで彼が出席した会議は「一〇一号室」で開かれた。捕縛されたウィンストン・スミスが最後に送られる「愛情省」内の拷問部屋とおなじ番号である。BBCの食堂も「真理省」内の寒々しい食堂の描写におそらく生かされている。さらに、当時の日記にはつぎのような記載がある。「BBCで人が歌うのを聞けるのは早朝の六時から八時だけだ。それは掃除婦の作業時間だった。大軍勢で同時にあらわれて受付ホールの椅子に座って箒《ほうき》の支給を待つあいだ、オウムの小屋のごとくにぎやかにおしゃべりをし、それからすばらしいコーラスとなる。廊下を掃きながら、いっせいに歌うのだ。一日のうちのその時間だけ、そのあととはまったく異なる雰囲気がその場所に生じる」（一九四二年六月一〇日付）。『一九八四年』のなかで「プロール」の女性が洗濯物を干しながら他愛ない流行歌を心地よく歌うのをウィンストン・スミスが聞き惚れる場面、あるいは「党が歌い、プロールが歌い、党が歌わない」というウィンストンの想念の表出とこれは響き合う。

鶴見俊輔が聴いたオーウェルのラジオ放送

以上はオーウェルが「無駄な二年間」としたBBC時代が、本人の気持ちとは別に創作に生かされたという意味で逆説的に実り豊かであったということを示している。さらに、インド向け放送が「ほとんどだれも聞かず、数少ない聴取者にも影響を与えそうにもない」とする評価も、必ずしもそうではなかったという証言がいくつか出されている。なかでも特筆すべきは鶴見俊輔(一九二二―二〇一五)がオーウェルの放送を聴いていたという証言である。

米国ハーヴァード大学に留学していた鶴見は、一九四二年八月に日米交換船で帰国後、海軍軍属に志願、四三年二月にジャワ島のバタヴィア在勤海軍武官府で連合国のラジオ短波放送を聴取して情報をまとめる任務にあたっていた。そのなかにBBCのインド向け放送がふくまれていた。当時二〇歳だった鶴見はそれを聴き、「他の放送にくらべて、平明であり、単純に世界の情勢をつたえ」ていることに印象づけられた。オーウェルがその制作者であったと知るのは戦後だいぶたってからのことだった。

ある夜、ラジオのスイッチをいれると、T・S・エリオットの特別講演がありますということで、やがてうまれてはじめてT・S・エリオットの肉声をジャワできく経験をもった。その時、エリオットはジェイムズ・ジョイスについて語ったのだが、ジョイスの『ユリシーズ』にくらべて、近作の『フィネガンズの通夜』は名作ではあるがむずかしいと思ったが、再読して、今度は声を出して読んでみると、すらすらとよくわかる。これは傑作である、ということだった。

朗読してみて、というところが、このオーウェルのプログラムの特色でもあった。（鶴見俊輔「解説——鯨の腹のなかのオーウェル」）

のちに鶴見は日本におけるオーウェルの仕事の紹介者のひとりとなった。さらに、両者の果たした仕事に共通するところも多々ある。『太夫才蔵伝』（一九七九）をはじめとする鶴見の一連の大衆文化論は、オーウェルの「少年週刊誌」や「ドナルド・マッギルの芸術」がこだましている。それを思いあわせると、ジャワでオーウェルの放送をひとり聴いていたというのは、運命的な出会いであったと言えないだろうか。

この時期のオーウェルの身辺のことで付記すべきこととして、一九四三年に母親のアイダ・ブレアが亡くなっている。アイダは夫の死後四二年に次女のアヴリルとともにロンドンに移り住んでいた。「銃後の貢献」としてアヴリルは板金工場の職に就き、アイダはといえば、六七歳で体調も万全ではなかったのだが、セルフリッジ百貨店の店員として働いていた。過労がたたったのか、四三年三月に気管支炎に肺気腫を併発しハムステッドの病院に入院、三月一九日に子どもらに看取られて心不全で息を引き取った。この母のように、リムーザン家は肺に疾患を抱える者が少なからず出た。オーウェル自身それを受け継いだように思われるが、あいかわらずヘビースモーカーで強い巻きタバコや刻みタバコをほとんど手放さず、節制する気持ちは毛頭なかったようだ。ちなみに妻のアイリーンも同様に相当なヘビースモーカーだった。

『トリビューン』と「気の向くままに」

一九四三年一一月二四日にBBCを正式に退職してすぐ、オーウェルは『トリビューン』紙の文芸担当編集長の職を得た。同紙は一九三七年に労働党の政治家ジョージ・ストラウス(一九〇一―九三)とスタフォード・クリップス(一八八九―一九五二)がそれぞれの資産をつぎ込んで、複数の左派政党の大同団結をめざす「ユニティ・キャンペーン」の一環として創刊した週刊新聞だった。オーウェル自身はのちにこれを「大まかにいえば労働党の左派を代表する、社会・政治問題を扱う週刊新聞」だと説明している(「『動物農場』ウクライナ語版への序文」)。創刊者のひとりクリップスは一九三九年に労働党から除名されたが、チャーチルを首班とする戦時連立内閣の国璽尚書《こくじしょうしょ》を一九四二年に務め、戦争協力を求めてインドとの交渉に当たり(これは不首尾に終わった)、その後四五年に労働党に復帰、クレメント・

アトリー労働党政権で蔵相(一九四七―五〇)を務めた人物である。BBC在職中の一九四二年春にオーウェルはインド情勢を話し合うために議事堂でクリップスと会っていた。当時『トリビューン』の編集主幹を務めていたのがアナイリン・ベヴァン(一八九七―一九六〇)、のちにアトリー労働党政権で保健相として国民保健サーヴィス(NHS)の導入に貢献する政治家である。ベヴァンの補佐役のひとりジョン・キムチ(一九〇九―九四)は以前ハムステッドの書店「愛書家コーナー」で同僚だった。オフィスはストランド街二二二番地の上階にあった。王立裁判所の真向かいで、通りの西側にはセント・クレメンツ・デインズ教会が見える。『一九八四年』に重要な意味合いをもって出てくる教会である。

BBCの官僚的な職場から解き放たれて、いまだ戦時中で空襲があるなかとはいえ、また、収入が大幅に減りはしたが(推定で年収は五〇〇ポンドとなった)、オーウェルは水を得た魚のように生き生きと編集者兼執筆者の仕事にのりだす。勤務開始はおそらく一一月二九日(月曜日)からだった。連載コラム欄を与えられて、「気の向くままに」と題して一二月三日号(金曜日発行)からはじめた。四五年二月一六日号まで毎週欠かさず連載をつづけ、そのあと不定期に四七年四月四日号まで書いた。総計で八〇回におよぶ。回によってはひとつの主題だけにしぼることもあったが、三つの別々の話題を取り上げることが多かった。その話題は戦争犯罪や反ユダヤ主義から、春の訪れや家の修繕といった日常茶飯事に至るまで多岐にわたる。ベヴァンはその内容に口をはさまず、まさにオーウェルの「気の向くままに」書かせた。文字どおり歯に衣着せずに書くので、反論の投書も多く届き、紙面でしばしば編集長と読者の論争が交わされた。このコラム欄以外でもエッセイや書評を多く執筆した。

編集者としては、これまでに築いた人脈を使ってE・M・フォースター、アーサー・ケストラー、ウィリアム・エンプソン、アントニー・ポウエル（一九〇五―二〇〇〇）、スティーヴン・スペンダー（一九〇九―九五）らに寄稿してもらっている。さらにジュリアン・シモンズ（一九一二―九四）、マーガレット・クロスランド（一九二〇―）、ピーター・ヴァンシッタート（一九二〇―二〇〇八）といった新進の書き手たちと知り合う機会にもなった。著者たちとの関係も概ね良好で、編集者としての手腕はかなりのものだったが、自己評価は低い。編集計画を立てるのが苦手で、事務仕事も苦手であるといった理由をあげているが、とりわけ貧乏作家の苦労を知っているがゆえに、書き手に甘くなりすぎるのがいけないと言っている。一九四七年一月三一日号の「気の向くままに」で『トリビューン』の編集の日々を回顧した回で、「お粗末すぎてとても紙面に載せられないとわかっていても原稿を受け取ってしまう、そんな致命的な性癖が私にはある」と告白して、こうつづけている。「フリーランスのジャーナリストを長く経験してきた人間が編集者になるというのは考えものだ。さながらそれは囚人を牢屋から出して看守にしてしまうようなものだ」。この「欠点」は年少の友人のポール・ポッツ（一九一一―九〇）も証言している。「あまりに出来が悪くていくら彼のような甘い編集者でも掲載できない、そんな詩の原稿を入れた返信用封筒に、彼が紙幣を押し込んでいる場面を私は二度も目撃した。〔中略〕それを私に見つけられて、彼は子どもの時分にジャムのつまみ食いを見つかったときにきっと見せたであろうような、ばつの悪そうな表情を浮かべたのだった」(『ダンテはあなたをベアトリーチェと呼んだ』)。

『動物農場』の執筆

『トリビューン』での編集と執筆の仕事のほかに、『パーティザン・レヴュー』にロンドンの状況を伝える連載をつづけた。それに加えて『オブザーヴァー』紙と『マンチェスター・イヴニング・ニューズ』紙にも定期的に書評を書きはじめていた。エッセイ集も企画している。だが作家としての自身のキャリアにとって転機となる著作を、BBCを辞めて『トリビューン』に移ったころに書きはじめた。レナード・ムーアに宛てた一九四三年一二月八日付の手紙にこうある。「ついにまた本を書いているところだとお伝えしたら喜んでいただけるかと思います。BBC勤務中は筆を執る余裕がなかったのですが、『トリビューン』では時間をやりくりして週に二日は執筆にあてられると思います。いま取りかかっているのはかなり短いものなので、邪魔が入らなければ三、四カ月で仕上げられるでしょう」。

こうして『動物農場』が四三年一一月から四四年二月までのあいだに書かれた。「おとぎばなし」(A Fairy Story)という副題が附されることになるこの物語は、動物寓話の形式を用いていて、オーウェルがこれまでに書いた小説とはまったくスタイルが異なる。直接の狙いはスターリン体制下のソヴィエトの批判であった。後年ウクライナ語版(一九四七)に寄せた序文での説明によれば、この物語の端緒はスペインで自らが所属した民兵組織POUMがソヴィエトの指令で非合法化され弾圧された現場に居合わせたことだった。捕縛をかろうじて逃れて帰国した彼は「ほとんどだれにでも理解できて、多国語に簡単に翻訳できるような物語のかたちでソヴィエト神話を暴露すること」をいろいろと模索したが、それをどう語るかがなかなか思い浮かばずにいた。そんな折、ウォリントン村で一〇歳ほどの男の子が大きな輓馬《ばんば》に激しく鞭を当てて小道を進んでいるところを目撃し、彼はふとこう思ったのだという。「このような動物が自分の力を自覚しさえすれば、私たちは彼らを思い通りに操ることなどとうていできないだろう。そして人間が動物を搾取するやりかたは、金持ちがプロレタリアートを搾取するのと似た手口なのではあるまいか」。こうして彼は「マルクス主義の理論を動物の観点から分析する作業」に取りかかった。

動物好きであったので、家畜を登場させた「おとぎばなし」を書くのは性に合っていた。「ソヴィエト神話」の暴露を狙った物語ではあっても、物語の舞台じたいは、鉄道や自動車あるいは蒸気機関など近代的なものは一切ない牧歌的な世界である。またおとぎばなしや童話にはもともと関心があった。BBCを辞める直前に彼はアンデルセンの「裸の王様」を脚色して放送している。

物語をある程度書き進めるとオーウェルはアイリーンに読み聞かせた。彼女はそれをかなり楽しんだようである。後年ドロシー・プラウマンに宛てて、「[アイリーンは]それを気にいってくれ、プランニングでも手伝ってくれた」(一九四七年二月一九日付)と述べているように、具体的な感想や助言で協力していたのがわかる。『動物農場』の執筆は順調に進み、一九四四年二月に書き終え、三月にタイプライターで完成原稿を打ち終えた(その作業でもアイリーンの協力があった)。

『動物農場』の出版社探し

だがすぐに出せなかった。なにしろ打診した出版社がことごとく断ってきたのだ。一九四四年三月に契約上オーウェルの小説の出版権を未だ有していたゴランツ社にまず原稿を見せたところ、予想どおりすぐに突き返してきた。つぎに四月にニコルソン・アンド・ワトソン社に断られ、六月にジョナサン・ケイプ社に断られた。さらにフェイバー・アンド・フェイバー社に持ちかけた。同社の重役であったT・S・エリオットに原稿を送った際の送り状にオーウェルは「この原稿は空襲《ブリッツ》を受けたばかりで、そのためにお届けするのが遅れてしまいました。少し皺《しわ》が入っているのもそのためですが、破損はしていません」(六月二八日付)と断っている。

「ブリッツ」というのはドイツ軍によるV1ロケット(Vergeltungswaffe-1 報復兵器第一号)による攻撃だった。「バズ爆弾」(buzz-bomb)あるいは「蟻地獄」(doodle-bug)とあだ名されたこの兵器は、パルスジェットエンジンで飛ぶ九〇〇キロ爆弾搭載の無人小型飛行機だった。ノルマンディ上陸作戦が始まった一週間後の六月一三日の夜から翌四五年三月末まで、「報復」のため断続的に英国南部に落とされた。これによる死者は総計約五五〇〇人、負傷者は一万六〇〇〇人を数えた。そのうちの一発がオーウェル夫妻の住むモーティマー・クレセントの家を襲ったのである。妹のアヴリルも少し前に自分のフラットが被災したため同居していたのだったが、三人とも無事だった。だがフラットの天井、窓、屋根が落ち、壁も割れて、『動物農場』のタイプ原稿が瓦礫の下に埋まった。あやうく失われるところだった。

この「ブリッツ」の形跡を残した『動物農場』がフェイバー社に送られ、検討されたものの、そこも拒否してきた。四四年七月一三日付でエリオットがオーウェルに宛てて断りの手紙を書いている。それぞれの表現は異なるが、どの出版社も断った理由は基本的におなじだった。同盟国として戦っているソヴィエトとその指導者スターリンを批判しているのが時局に合わず「不都合」とみなされたのである。ただしエリオットの場合は、独特のコメントも付け加えている。「結局のところ、貴兄の豚はほかの動物よりもはるかに知的であり、それゆえ農場を運営するのに最適なのです――じっさい、豚がいなかったら動物農場などありえなかったことでしょう。したがって、必要なのは(と主張することができるのでしょうが)、より多くの共産主義ではなくて、より公共心に富んだ豚だったのです」。エリオットがオーウェルの本の企画を断ってきたのは、『パリ・ロンドン放浪記』に次いでこれが二度目だった。

ドイツとソヴィエトは大戦が始まった一九三九年九月の時点では独ソ不可侵条約を結んでいたが(三九年八月締結)、四一年六月にドイツが条約を破ってソヴィエトに侵攻、結果としてソヴィエトはイギリスと同盟を結ぶ。四二年八月にスターリングラード攻防戦が始まり、膨大な戦死者を出しながらも四三年二月にソヴィエトの最終的勝利となる。共通の敵をもつ頼りになる同盟国として英国民は概ねソヴィエト（とその指導者スターリン）に好意を寄せていた。「ロンドン通信」の四四年四月一七日の記載でオーウェルは「ロシアへの好感情が表面上はかつてないほど強くなっている。あからさまに反ソヴィエト的なものを発表するのはいまやほとんど不可能に近い」と書いている（『パーティザン・レヴュー』一九四四年夏号）。知識層が当局の顔色をうかがって自主規制・自己検閲をしてしまっている状況は由々しきものと彼には思えた。

さらにウィリアム・コリンズ社にも断られた。同社の示した理由は「本にするには三万語の原稿では短すぎる」というものだったが、これが本当の理由だったら出版社としては後々後悔の種になったにちがいない。このようにつぎつぎと断られたので、友人のデイヴィッド・アスター（一九一二—九三。『オブザーヴァー』紙の経営者の息子でのちに社主兼編集長となる）から二〇〇ポンドを借り、ポール・ポッツに用紙の手配を頼んで二シリングのパンフレットとして自費出版する方向で動き始めてさえいた。

そこに『動物農場』の話を聞きつけたのがフレドリック・ウォーバーグで、原稿を見たいという意向を伝えてきた。一九四四年七月にタイプ原稿が送られた。これを読んだウォーバーグは翌月に出版を了承。オーウェルが当初からウォーバーグを当てにしなかったのは、上記出版社と比べると小規模であること（同社で『カタロニア讃歌』が多く売れずにいることについて、大手であればもっと多くの読者を得ただろうとオーウェルは不満をいだいていた）、それゆえに印刷用紙が配給制となっている戦時下では望ましい出版社ではなかったからであった。じっさいにセッカー・アンド・ウォーバーグ社での刊行が本決まりになってから出版までさらに一年を要した。紙不足の影響はたしかにあったのだろう。だがウォーバーグでさえも戦争終結前に同盟国ソヴィエトを叩く本を刊行するのに二の足を踏んでいたという可能性はあるし、オーウェル自身がそれを疑っていた。ようやく刊行されたのが一九四五年八月一七日、日本がポツダム宣言を受諾して降伏した三日後のことだった。

初版四五〇〇部はたちまち売り切れた。紙不足のためすぐには増刷できず、同年一一月にようやく二刷一万部が出た。米国版は四六年八月に初版五万部が刊行され、会員制のブック・クラブである「月間優良図書クラブ《ブック・オヴ・ザ・マンス》」の推薦図書に選定されて二刷五〇万部が刷られた。『一九八四年』もそうだが、少なくとも英語版だけにかぎっても、刊行以来これまで版が途切れたことがない。さらにポルトガル語、ドイツ語、オランダ語、日本語訳などオーウェルの存命中だけでも一八カ国語に翻訳された。

ディストピアの言語学

『動物農場』は、ソヴィエト批判のテーマであることが障壁となって出版まで一年半もかかり、結果としてちょうど終戦時での出版となった。これはイギリス（および西側諸国）の対ソ関係で潮目が変わる時期だった。商業的に見れば絶妙なタイミングで、出版社にとっても著者にとっても大成功ということにはなる。じっさい、一九四六年になってオーウェルは作家人生のなかで初めて金に困らない境遇となった。だが、そのタイミングは、まもなく本格化する冷戦の文脈のなかに置かれて、西側の資本主義陣営からソヴィエト共産主義を叩く「反ソ・反共」の作品というふうに読解の幅を狭めてしまうことにつながり、オーウェルのそれまでの仕事を知らない読者層から色眼鏡で見られる結果を招いた。なによりも米政府が『動物農場』と『一九八四年』を積極的に冷戦プロパガンダに利用していったのである。そのように利用されるのはオーウェルの本意ではなかった。『動物農場』の末尾には「一九四三年一一月―一九四四年二月」と執筆時期が明記されている。これはタイプ原稿には見当たらず、校正刷でオーウェルが追記したものだった。対ソ関係の潮目に乗じて書いた作品ではないという注意書きであるのと同時に、「そのころあなたはソヴィエトをどのように考えていましたか」という読者への問いかけとも取れる。

『動物農場』は風刺的な動物寓話という「おとぎばなし」の形式を用いたがゆえに、「ソヴィエト神話」の暴露というオーウェルの当初の目的を超えて、読者の身近にありうるあらゆる政治権力の腐敗、堕落を撃つものとして、さまざまな状況で思い当たる、すぐれて普遍性をもつ読み物となっている。とりわけ悪しき政治権力と言語の不正使用との相関関係を問題にしている点は重要である。この点については、一九四六年のエッセイ「政治と英語」との関連が深い。この論考でオーウェルは「婉曲法と論点回避と、もうろうたる曖昧性」からなる現代政治の言葉を批判し、政治の堕落と言語の堕落が強く結びついていると述べた。政治の革新に必要な第一歩は、直截簡明な言語によって明確に考えることだ。言語から改善すれば、政治をいくぶんかでも良くできるだろう。しかしその反対に、言語を周到に、修復不可能と見えるまでに悪化させてしまった社会はどのようなものか。この問題が『動物農場』と『一九八四年』で追究されている重要なポイントである。

『動物農場』では政治の悪化を示す言語使用の状況は二つの側面から語られる。ひとつは動物たちの憲法にあたる「七戒」の改竄。これは条文の最後に但し書きを加えることでなされる。「動物はベッドで寝るべからず」とあったのが、豚が人間のベッドを使いだすと「シーツを用いて」という句が加わる(第六章)。「酒を飲むべからず」は、豚が飲酒にふけると「過度に」が加わる(第八章)。危険分子の粛清が始まると、「ほかの動物を殺すべからず」には「理由なしには」という句がつく(第八章)。以上の三つの条文への付記は、原文では“with sheets,” “to excess,” “without cause” と、いずれも二単語からなり、これを末尾に加えるだけで、禁止事項が限定的な許可を示す条文にがらりと様変わりしてしまう。さらに物語の終盤では、第七条の「すべての動物は平等である」という条文のあとに、「しかしある動物はほかの動物よりももっと平等である」が加わり、「平等」という語がわけのわからないものにされる。こうして「七戒」という現行憲法の「改正」、いや正確には「破壊」が完了する。

さらに『動物農場』での言語の堕落を体現するのは、政府広報官たる豚スクィーラーの詭弁である。革命後の動物農場で最初に起こった不正は、動物たちで平等に分配されるべきバケツ五杯分の牛乳を豚が独占してしまったことだった。加えて、風で地面に落ちたリンゴも豚の専有物だとされる。他の動物たちが不審に思ったところでスクィーラーが詭弁を弄する(第三章)。その言い分をまとめるとつぎのようになる――

『動物農場』*Animal Farm*(一九四五年刊)あらすじ

副題に「おとぎばなし」(A Fairy Story)とある。イソップ以来の動物寓話の形式で書かれているが、人間も登場するのが異例といえる。「荘園農場《マナー・ファーム》」の経営者ジョーンズ氏(人間)が家畜たちを飢えさせて過度に酷使したため、動物革命が勃発する。農場主は追放され、動物たちの自主管理による「動物農場」が成立する。かれらのなかでもっとも知能が高くて組織力がある豚たちが指導者となって農場の運営を組織してゆく。当初は前途洋々と見えたが、まもなく豚の特権化が進行し、権力闘争の末に豚のナポレオンの独裁体制が確立する。その体制の強化のため、「粛清」のテロがあり、言論統制があり、革命歌が禁止される。動物農場の憲法にあたる「七戒」が次々と改竄される。「二本足で歩くものはすべて敵」であったはずなのに、豚たちは人間を相手に商売を始める。ついには人間と豚の見分けがつかなくなって、物語は終わる。

①われわれ豚は本当は牛乳とリンゴが嫌いであるが、健康維持のために仕方なく食べている。
②牛乳とリンゴは豚の健康維持に必須の物質を含有していることが科学的に証明されている。
③動物農場の管理運営には頭脳労働者たる豚が欠かせない。諸君のためを思って牛乳を飲み、リンゴを食べている。
④豚が農場管理の責務を果たせなくなったら（旧支配者である人間の）ジョーンズがもどってくる。だが、諸君のなかでジョーンズにもどって来てほしい者はいないはずである。

スクィーラーはこの詭弁を弄し、他の動物たちは、ジョーンズがもどるのは望まないので、豚たちに牛乳とリンゴの独占という最初の特権を許してしまう。ユートピアが達成されたと思った途端にディストピアが始まる、その転機がここに描かれている。スクィーラーの広報宣伝の特徴は「政治と英語」でオーウェルが「大げさな言葉づかい」と呼んでいるもの、つまり「単純な言明を過度に飾りたて、偏った判断を科学的に中正であるかのように感じさせるために使われる」言葉づかいである。政治の堕落と言語の堕落はこのように結びついて、動物農場はナポレオンの独裁体制が進み、ついには豚が二本足で歩きだして人間と見分けがつかなくなる。

そういうわけで、エッセイ「政治と英語」で示した言語の改善に向けての提言が、『動物農場』で転倒したかたちで描かれている。オーウェルにとってかねてからの重大関心事であった「ディストピアの言語学」の考察は、こののちさらに『一九八四年』で追究されることになる。

第 9 章

北の孤島にて

1945-1947

ジュラ島，バーンヒル遠景(2008 年，著者撮影).

アイリーンの死

『動物農場』の創作過程にかなり深く関わり、出版を心待ちにしていたアイリーンは、刊行のときまで生きながらえることができなかった。一九四五年三月二九日に急死したのである。医師である義姉のグウェン・オショーネシーの手配でなされた検診で子宮に腫瘍があると診断され、ロンドンから実家のグレイストーン（ダラム州ストックトン・オン・ティーズ、カールトン）に移って静養したあとニューカッスル・アポン・タインのファームウッド・ハウス病院に入院。子宮摘出手術のために打った麻酔が思いがけず命取りになった。四〇歳の誕生日を迎えるまであと半年という若さだった。オーウェルは大陸にいて妻の死に目に会えなかった。二月に『トリビューン』の文芸編集長の職を辞し、『オブザーヴァー』紙と『マンチェスター・イヴニング・ニューズ』紙の戦場特派員としてタイプライターを持参してフランス、ドイツを巡回していた。アイリーンが亡くなる数日前にオーウェル自身もケルンで体調を崩して入院していた（持病の気管支炎か、あるいは肺のほうか）。

アイリーンは手術の直前にオーウェルに手紙を書いている。「最愛の人へ。これから手術を受けるところです。すでに浣腸され、注射され（モルヒネを右手に打たれたので難儀です）、体を洗われ、脱脂綿と包帯で貴重な像みたいにくるまれています。済んだらつづきを書きます」と書き、さらに手術室に送られる前にもう少し時間があったようで、こう書き足している。「ここはすてきな部屋です。一階なので庭が見えます。そうたくさんは咲いていません。ラッパズイセンと、アラビスかしら、それぐらいだけど、きれいな小さな芝生の庭。私のベッドは窓側ではないのだけれど、ちょうどいい向きです。あと見えるのは暖炉、それと時計……」この手書きの手紙はこれ以上書かれることがなかった。

翌日に訃報が電信で届いた。オーウェルは心身消耗を押して三月三一日にグレイストーンに到着、葬儀には間に合い、妻はニューカッスル・アポン・タインの墓地に埋葬された。翌日、オーウェルはリディア・ジャクソンにアイリーンの死を伝えた。「ひどい衝撃で、じつに残酷なことになりました。なにしろ彼女はリチャードを溺愛し始めていて、戦争が終わり次第田舎でふつうの暮らしをするのを楽しみにしていたのです。唯一の慰めは苦しまずに逝ったらしいということです。見たところなにか悪い事態になるなどとは思いもせずに手術にむかい、そのまま意識を取りもどさなかったのですから。リチャードがそう大きくなっていないというのも救いかもしれません。彼女がいなくて寂しがっているようには見えないので。ともかくあの子は健康で元気いっぱいでいます」。

養子を迎える

ここで言及されているリチャードとは、オーウェル夫妻が前年に養子として引き取った生後一〇カ月の男の子のことである。結婚して八年を経ていたが子宝に恵まれず、オーウェルのたっての願いで、グウェン・オショーネシーに依頼して、養子を斡旋してもらった。五年前に父リチャードが死に、また母アイダを失ったところで、思うところがあったのかもしれない。戦争中の特殊な状況下で養子を見つけるのはそれほど難しいことではなかった。連合軍によるノルマンディ上陸作戦がおこなわれ、『動物農場』の出版交渉が難航していた一九四四年六月、オーウェル夫妻は男の子をもらい受けた。五月一四日にニューカッスルで婚外子として生まれた子で、リチャード・ホレイショー・ブレアと名付けられる。リチャードもホレイショーもブレア家の伝統的な名前であった。六月から四カ月ほどアイリーンの実家グレイストーンでオショーネシー家の乳母に育児をまかせた。その間アイリーンはそこを足繁く訪れている。オーウェル夫妻は六月下旬にモーティマー・クレセントのフラットから焼け出されたあと、友人の作家イーネズ・ホールデン(一九〇六―七四)の厚意で三カ月ほどベイカー街近くのジョージ街に仮住まいをしていた。それから一〇月にロンドン北東部イズリントンのキャノンベリー・スクエア二七b番地に転居。同月、オーウェルはグレイストーンに赴きリチャードを引き取ってロンドンに連れてきた。当初はオーウェルが強く望んで実現した養子縁組で、アイリーンのほうはむしろ消極的だった。もらった子を愛せるようになるかどう

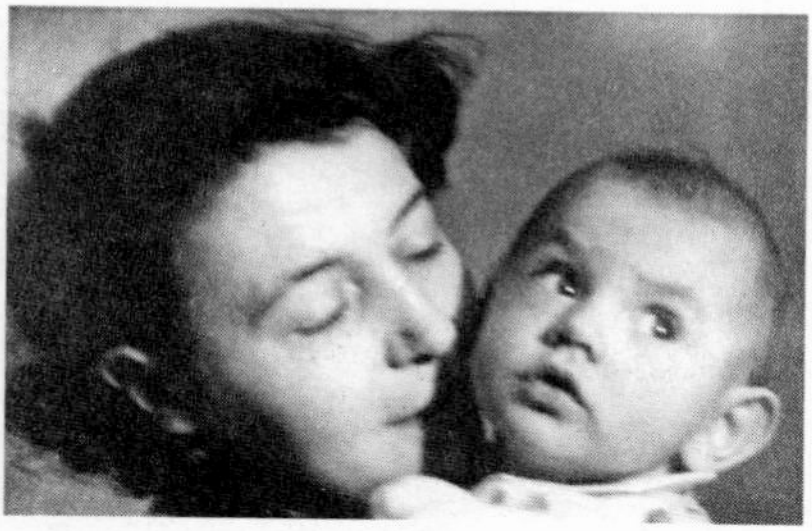

図 9–1　アイリーンとリチャード，1944 年.

か不安だと彼女は友人に語っていたのだが、それは杞憂だった。二年前から就いていた食糧省での仕事を辞めて育児に専念したアイリーンは、程なくしてリチャードに夢中になる。オーウェルも夜中のおむつ替えなど熱心につとめた。

このころの友人たちの回想を見ると、オーウェルはいちどきに子煩悩の家庭人になったような印象を受ける。アントニー・ポウエルの妻ヴァイオレットの回想によると、ポウエル家のディナーに招待されたオーウェル夫妻は、リチャードを携帯用ゆりかご《キャリーコット》に寝かせてあらわれた。「ジョージは良い子守女《ナースメイド》なのよ」とアイリーンは彼らに言った〔テイラー『オーウェル』第一五章〕。

家庭生活

キャノンベリー・スクエアのフラットでのオーウェル家の「ハイ・ティー」の情景をポール・ポッツが伝えている。アイリーンがまだ元気だった一九四四年から四五年にかけての冬の夕刻のことだ。

とても大きな炉火、テーブルにはジェントルマンズ・レリッシュ〔塩漬けアンチョビのペースト〕、いろいろなジャム、キッパーズ〔燻製ニシン〕、クランペット、それにトーストがぎっしりと並んでいた。独特な平べったい容器でラベルにラテン語の銘が入ったジェントルマンズ・レリッシュはいつもあった。そのつぎにたいてい置かれていたのがクーパー社のオクスフォード・マーマレードの瓶だった。彼は良質の紅茶《ヴィンテージ・ティー》を基準にものを考え、バブル・アンド・スクイーク(牛肉野菜炒め。庶民的な英国料理)への彼のこだわりようといったら、フランス人のカマンベールチーズへのこだわりに匹敵した。断言するが、彼は紅茶とローストビーフにメリット勲章やノーベル賞以上の価値を置いていた。

そしてそこで集まった人たちの語らいがあった。彼の妻、夫妻のどちらかの親族、急進派の亡命者、英国の作家といった面々だった。(『ダンテはあなたをベアトリーチェと呼んだ』)

このあとでエッセイ「イギリス料理の弁護」や「一杯のおいしい紅茶」を書くオーウェルの一面がここに活写されている。紅茶を淹《い》れるのにオーウェルが使ったのはお湯が一ガロン(約一・五リットル)は入りそうな大きな金属製のティーポットで、茶葉を多く入れて念入りに濃くして注いだのだった。

友人知人を招いてのこうした社交もあったが、いまや幼子の養育が家庭生活の中心となっていた。家族を増やす相談も夫婦でしていた——リチャードがもう少し大きくなったらもうひとり養子をもらおう、つぎは女の子にしよう。そしてロンドンは環境が悪いので、どこか田舎に移り住もう。

田舎暮らしについては、イーネズ・ホールデンがハンプシャーのアンドーヴァーに借りていた家を共同で借りる案があった。さらに候補地のひとつとして浮かび上がったのが(それは当初夏の避暑地として考えたのだったが)、ジュラ島だった。スコットランドの西、ヘブリディーズ諸島の本土寄りの比較的小さな島である。そこを訪れてみるようにオーウェルに勧めたのはデイヴィッド・アスターだった。アスター家はその島に土地を所有していて、以前から休暇で訪れていた。過労のうえ空襲に遭い疲弊しているオーウェルの姿を見かねて、骨休めをする場所として「ジュラ島のことを、とりわけその北の果てにあるいちばん辺鄙なところを訪ねてみたらよいと紹介した」とアスターは回想している（『思い出のオーウェル』）。一九四四年九月にオーウェルは二週間の休暇を取って旅行をしている。おそらくこのときに初めてジュラ島を訪れたのだと思われる。ロンドンにもどった彼は、翌年夏にその島のどこかにコテージか、あるいは農場住宅《ファームハウス》を賃借する計画を口にしはじめた。じつにアクセスの悪い場所だが、ヘブリディーズ諸島にはかねがね憧れていた。魚釣りにも格好の島だ。

ジュラ島の家を借りる計画はアイリーンも賛同した。最有力の家が農場住宅「バーンヒル」で、これはアスターが紹介した知人の農場主の住む場所よりもさらに北にあり、当時空き家になっていた。賃借契約の交渉と、かなり傷んでいる家の修復の手配を進めた。一九四五年二月半ばにオーウェルが戦場特派員として大陸に赴いた際には、ロンドンに残ったアイリーンがバーンヒルの件で交渉を進めた。亡くなる八日前に夫に宛てた長文の手紙のなかにも、バーンヒルの修理の見積書の件や賃借料の交渉のことが書かれている。「二〇〇ポンド〔の賃料〕はかなり引いてもらえるでしょうが、家はかなり広いのです——寝室が五部屋、浴室、トイレ、給湯と給水の設備、広い居間、キッチン、いろいろな食糧貯蔵室、搾乳室等々——〔中略〕じっさい私たちが一年の一二カ月ずっと住んでいたいような家なのです」(四五年三月二一日付)。

おなじ手紙でアイリーンは「肝心なのはあなたがまた本を書くことです」と述べて、「編集の仕事」をすぐに辞めるように勧めている。書評の仕事も「特別な本以外」は辞めたほうがよいという。「私に言わせると、たくさん稼いでロンドンで暮らすよりも二〇〇ポンドで田舎で暮らすほうがずっとよいのです、ロンドンでの暮らしが私にとってどれほどの悪夢か、あなたには理解できないでしょう。〔中略〕私はあなたが文筆業〔ジャーナリズムの仕事〕をやめて、また〔小説を〕書きはじめるのを見たいのです。それはリチャードにとってもずっと良いことでしょう」。夫は本来小説家であり、長編小説の構想をもっているのに、ジャーナリズムの過重な仕事に妨げられて進められていない、ロンドンから離れてそれらを断ち切って小説に専念してもらいたい――死の数日前にアイリーンは遺言状を作成し、自分の亡きあと自身の財産のすべてを夫に遺贈する旨を定めているが、この手紙の助言のほうが夫へのより実質的な遺言であったといえる。じっさい、オーウェルはその後『トリビューン』の編集部に復帰することはなかったし、小説執筆のためにジャーナリズムの世界から距離を置くことを考え、すぐには果たせなかったものの、一年後にそれを実行したからである。

ふたたび大陸へ

話を一九四五年四月の時点にもどす。妻の葬儀を終えて、オーウェルはリチャードを連れてひとまずロンドンにもどる。四月四日にドワイト・マクドナルド（一九〇六―八二。ジャーナリストで『ポレミック』の編集長）に宛てた手紙で、さらにもう一、二カ月大陸で過ごす意向を伝えている。「私事であなたをわずらわせたくないのですが、妻が急死したばかりなのです。（中略）とても落胆しており、しばらくなにも手がつきません。息子の仮住まいが確保でき次第（大陸に）もどって報道の仕事をします。数週間ジープに揺すられたりして過ごせば気が紛れることでしょう」。こうして、キャノンベリー・スクエア近くに住んでいたジョルジュ・コップとその妻ドリーン（グウェン・オショーネシーの妹）にリチャードの世話を頼み、四月八日に戦場特派員として大戦末期の大陸にふたたび赴いた。

一週間パリに滞在し、そのあと二週間ドイツ南部のニュルンベルクを拠点として取材し、それからシュトゥットガルトに入った。このころすでにドイツ南部は連合軍の支配下にあった。この滞在中の四月三〇日にヒトラーがベルリンで自殺し、五月八日にドイツが全面降伏してヨーロッパでの戦争が連合軍の勝利で終結、オーウェルはパリ、ドイツ、オーストリアを取材した。『オブザーヴァー』と『マンチェスター・イヴニング・ニューズ』に十数本の記事を書いた。連合軍の攻撃で家を焼け出された大勢のドイツ国民が陥っている飢餓、ドイツ人労働者たちの境遇などを伝えているが、『カタロニア讃歌』のようなオーウェルならではの筆致というものはあまり感じられず、どちらかといえば生気がない。明らかに妻の死の痛手を引きずっている。

この現地取材の産物としては、半年後に『トリビューン』に発表したエッセイ「復讐は苦し」がいちばん光っている。これはドイツ南部の捕虜収容所で目撃した出来事について書いている。オーウェルの案内人を務めてくれたウィーン出身のユダヤ人が、いまや囚人となったナチス親衛隊員を見つける。連合軍が解放するまで強制収容所の責任者として拷問や処刑に関与していたと思われる男で、案内人は「この豚野郎」と男を罵り、さんざん蹴り飛ばす。案内人やその家族を迫害した責任者であり、「過去五年間われわれが戦ってきたすべてを体現している」のだから、その復讐行為（といってもナチスの残虐行為に比べればじつに小さな行為）も無理からぬことではある、そうオーウェルは思いつつも、蹴られている男の様子を見ると、挙動不審で明らかに精神を病んでいる。ナチの拷問者として怪物だったのが、縮んで哀れな姿になり、いま必要なのは処罰というよりも、なんらかの精神的治療であるのは明らかだ。そういう相手に復讐行為をしても本当は愉快ではないだろうとオーウェルは内心で思う。

「復讐というのは人が無力であるときに、無力であるからこそ果たしたいと思う行為である。無力感が取り除かれるやいなや、そうした欲求も雲散霧消してしまう。〔中略〕怪物の処罰はそれが可能になったときにはもうそうする魅力がなくなってしまうようだ。じっさい、閉じ込めて鍵を掛けてしまえば、怪物はほぼ怪物でなくなる」。

もうひとつの思い出としてオーウェルはベルギー人の記者とともに、連合軍によって破壊されたシュトゥットガルトの町中に入っていったときのことをおなじエッセイで語っている。市中の橋はほとんど爆破され、かろうじて残っていた人道橋を渡ったところ、階段の下にひとりのドイツ兵の死体が仰向けに転がっているのを目撃する。その胸にライラックの花束が供えられている。このとき至るところに咲いていた花だ。連れのベルギー人記者は死体を見るのはこれが初めてだとオーウェルに打ち明ける。そしてそれまで「ドイツ野郎」に過酷であったのに、そこで「哀れな死骸」を見たあとはドイツ人に対する記者の態度は軟化する。「とはいえ、たまたまわれわれが別ルートで町に入っていたら、戦争がもたらしたおそらく二〇〇〇万人にもおよぶ死体のうち、一体を目撃するという経験さえ彼はしないままで終わったのかもしれない」とこのエッセイは結ばれている。タイトル「復讐は苦し」(Revenge Is Sour)は、「復讐は楽し」(Revenge is sweet)という諺をもじっている。これを発表した頃、イギリス国内の世論はドイツに対する過酷な講和条件を支持しており、多くの国民がいわば復讐に燃えていた。そうした読者に対して復讐の「苦さ」を強調する、味わい深いエッセイである。

リチャードの養育と「新しい小説」

一九四五年五月二四日に帰国した。妻を亡くして、友人たちのなかには、男やもめひとりでの世話は大変だろうからオーウェルは養子を手放すのではないかとささやく者もいたが、それはしなかった。だが一歳児の面倒を見ながら作家生活をつづけるのは無理がある。そこでリチャードの世話を任せられる住み込みの家政婦を探した。人手不足の時期であったが、スーザン・ワトソンという名の女性を雇い入れることができた。父親は労働組合の活動家で、ケンブリッジ大学の数学者と結婚して子ども

図9-2　オーウェルとリチャード．ロンドン，イズリントン，キャノンベリー・スクエアにて，1945年秋．ヴァーノン・リチャーズ撮影．

をもうけたが、このとき離婚調停をしていた。保育所の仕事をしていたので子どもの養育に経験があった。一九四五年夏から住み込むことになった。

オーウェルの日常生活についてワトソンは生き生きとした回想を残している――午前八時半頃から仕事(執筆)を開始。昼食はパブに行くか、あるいは友人に会いに出かけてとった。彼にとって「一日の節目」にあたるのが夕方のハイ・ティーで、その時間には必ず帰宅。むろんこれはトーストやスコーン、あるいは好物のキッパーズやブラックプディングなどの食事をともなう。お茶が終わると仕事部屋にもどる。夜一〇時になると、ワトソンはマグカップ(ヴィクトリア女王が描かれているピンクのカップだったという)にホットチョコレートを入れて彼にもっていく。「夜中の三時までタイプを打ちつづけていることもしばしばでした。私はタイプライターの音にすっかり慣れてしまったものですから、音がやむとかえって目が覚めてしまうほどでした」とワトソンは回想している(『思い出のオーウェル』)。

一九四五年六月二五日にオーウェルはウォーバーグと会い、「新しい小説の最初の一二ページを書いたところ」だと述べた(ウォーバーグ『作者はみな平等』第七章)。また七月三日にはレナード・ムーアに宛てて「最近小説を書き出しましたが、他に果たす仕事が多くあるのを考えると、書き終えるのは一九四七年にずれこむでしょう」と書いている。この新作が『一九八四年』であることは疑いない。

この時点で国内外がどういう状況であったかを押さえておこう。五月、ヨーロッパでの戦争が終結してチャーチル戦時挙国内閣が解消され、チャーチル保守党選挙管理内閣に、そして七月五日にはイギリスの総選挙が実施され(開票終了は二六日)、事前の予想に反して労働党が地滑り的な大勝利を収めた。戦時の指導者であったチャーチルが退陣し、労働党党首のクレメント・アトリー(一八八三―一九六七)が首相に就任、福祉国家体制の建設に向けて社会主義的な政策を進めてゆく。米軍が八月六日に広島、九日に長崎に原爆を投下、一四日に日本はポツダム宣言を受諾、第二次世界大戦が事実上終結した。その三日後に『動物農場』が刊行されたことは前述したとおり。

右の引用で「他に果たす仕事」というのは、引きつづき手がけていたエッセイや書評記事の執筆を指す。アイリーンが懸念したように、たしかにそれは小説の執筆時間に食い込むという面がある。だが『トリビューン』の文芸編集長の職を退いていた彼にとって、息子の養育費もふくめ、生計を立てるには原稿料によるしかない。『動物農場』が八月に出たが、当初は初版四五〇〇部の印税収入で、大評判になったものの紙不足ですぐには増刷できない。一九三八年にモロッコでの療養のために受け取った「借金」三〇〇ポンドを返済しはじめたのは一九四六年二月になってのことだった(本書一四〇頁参照)。まだフリーランスの物書きとして新聞雑誌への寄稿は食うためにせざるをえなかった。

だがそれらの執筆は生計を立てる必要だけにとどまるものではなかった。大戦末期から戦後にかけて書かれた一連の論考はエッセイストとしてのオーウェルの才を十分に示すもので、このジャンルでの彼の代表作の多くがこの期間に書かれている。一九四五年から四七年にかけて発表したものから主たるものを列挙すると、「P・G・ウッドハウス弁護」(四五年七月)、「ナショナリズム覚書」、「あなたと原爆」、「科学とはなにか」(一〇月)、「よい悪書」、「復讐は苦し」(一一月)、「スポーツ精神」、「イギリス料理の弁護」、「ノンセンス詩」(一二月)、「文学の禁圧」、「一杯のおいしい紅茶」(四六年一月)、「英国風殺人の衰退」、「水月亭」(二月)、「政治と英語」(四月)、「ジェイムズ・バーナム再考」(五月)、「なぜ書くか」(夏)、「政治対文学——『ガリヴァー旅行記』論考」(九—一〇月)、「リア王・トルストイ・道化」(四七年三月)といったエッセイである。その多くは『一九八四年』のテーマに密接に関わる。

いくつか例を挙げるなら、「あなたと原爆」は米軍による広島、長崎への原爆投下から二カ月後に『トリビューン』に発表したエッセイで、原爆が「大規模な戦争を終わらせることになりそうだが、それは「平和ならざる平和」が無期限に引き延ばされるのを代償にしてのことである」と述べている。そこでも言及されているジェイムズ・バーナム(一九〇五—八七)の『経営者革命』(一九四一年)については、「ジェイムズ・バーナム再考」(『ポレミック』一九四六年五月)で、この米国の政治学者が予言した近未来世界の勢力図を検討している。日本とドイツの敗北を読めていなかったものの、寡頭政治による三つの超大国によって地表が分割されていくというのがバーナムの予想図だった。これは、オセアニア、ユーラシア、イースタシアによって分割され、それぞれの体制の維持のために「平和ならざる平和」状態が恒久的につづく『一九八四年』の世界図につながる。

「文学の禁圧」(『ポレミック』一九四六年一月)は、全体主義体制のなかで文学的営為は可能か否かという問題を扱っている。「社会の支配層が全体主義化するのは、その構造がはなはだしく人為的になるとき、すなわち支配階級がその機能を失いながらも武力や欺瞞によってまんまと権力にしがみつくとき」であるとオーウェルは指摘する。「そのような社会は、どれだけ長続きしようとも、寛容な社会にも知的安定を得た社会にもなれない。事実を忠実に記録し、感情を誠実に述べることが文学創作には求められるのであるが、全体主義社会はそのいずれも許容できない」。じっさい、全体主義は「過去のたえざる改変」を、ひいては「客観的事実の存在そのものへの不信」を要求するだろう。『一九八四年』の重要な主題がここに論述されている。

　おなじ論考で著者は大衆を馴致して政治刷新への芽を摘む仕掛けとしての文化産業にも言及している。全体主義体制では「低級な扇情的小説のたぐいは残るかもしれない。人間の積極的《イニシアティヴ》な精神を極力削減した一種の流れ作業方式でそれは生産される」のではないか。「機械に本を書かせることも工夫次第では不可能ではないだろう。一種の機械的工程が映画やラジオ、広告や宣伝、また低級なジャーナリズムで使われているのがすでに見てとれる」。その究極のかたちとして、『一九八四年』の真理省内部の虚構局という「プロール向けの文学、音楽、演劇、娯楽全般」を扱う部局において、「スポーツと犯罪と星占いの記事ばかりのくだらない新聞、扇情的な五セント小説、セックスばかりの映画、そして作詞機《ヴァーシフィケイター》という名の万華鏡のような特殊な機械でひたすら自動的につくられるセンチメンタルな歌謡曲」が恒常的に製造・散布されるさまをオーウェルは描きだすことになる。

さらに「政治と英語」(『ホライズン』一九四六年四月)は、前述したように、言語の堕落と政治の堕落が密接に関わることを当時流布していた政治的な文章を具体的に検討することで明らかにし、「政治の革新の一歩」として、明確に考えるために、不誠実かつ不正確な言葉づかいを改めるようにと提言する。悪しき言語使用が悪しき政治の道具になる——これはすでに『動物農場』で宣伝係の豚スクィーラーの詭弁や、動物農場の憲法として制定した「七戒」が次々に改竄されてゆくエピソードで問題化されていた。『一九八四年』では「ニュースピーク」および「二重思考《ダブルシンク》」によって政治と言語の関連がさらに掘り下げられる。

『批評論集』と(民衆)文化研究

一九四六年二月には『批評論集』をセッカー・アンド・ウォーバーグ社から刊行した。一九四〇年にゴランツ社から出した『鯨の腹のなかで』に次いで、これが二冊目の(そして生前の著作としては最後の)評論集であった。収録エッセイは一〇点、『鯨の腹のなかで』に収めた三点のうち表題作をのぞいて「チャールズ・ディケンズ」と「少年週刊誌」を再録し、「ウェルズ・ヒトラー・世界国家」、「ドナルド・マッギルの芸術」、「ラドヤード・キプリング」、「W・B・イェイツ」、「聖職者の特権——サルバドール・ダリについての覚書」、「アーサー・ケストラー」、「ラフルズとミス・ブランディッシュ」、「P・G・ウッドハウス弁護」を収録した。同時期に同内容で米国版がレイナル・アンド・ヒッチコック社から『ディケンズ、ダリ、その他』の表題で刊行されている。後者は以前『動物農場』の出版を断った会社のひとつであったが、いまや出版社にとってオーウェルは積極的に企画を通すべき「売れる」作家となっていた。じっさい、この評論集もすぐに増刷となった。

『批評論集』収録の右の一〇点は、いずれも著者の没後からこれまでに刊行されたさまざまな選集に頻繁に再録されてきた代表的な論考である。『批評論集』の刊行は英米の批評家・文人たちから高く評価された。アメリカの批評家エドマンド・ウィルソン(一八九五—一九七二)が『ニューヨーカー』誌の書評でこの論集を称賛し、イギリスでは批評家V・S・プリチェット(一九〇〇—九七)がこれを「順応に抗う精神の持ち主による、政治的人類学の文学への応用の見事な模範例」と評価した。さらに小説家のイーヴリン・ウォーも書評を寄せ、サルバドール・ダリ論に見られるオーウェルのカトリシズム批判に対して異論を唱えつつも、文学評論では通常扱わない「低俗」な文化事象をあえて論じてみせた本書での題材選択の斬新さを好意的に評価し、これらの論考が「最良の部分での庶民のヒューマニズムを表現している」と称えた。海水浴場での男性向けの定番商品である艶笑漫画絵葉書を扱った「ドナルド・マッギルの芸術」を「本書の傑作」と呼び、探偵推理小説の時代的変質（また英米の同ジャンルの質的相違）を論じた「ラフルズとミス・ブランディッシュ」と併せて、これらが「新しい批評の流派」が最大の効果を発揮する論考であると評した。オーウェルは後日ウォーに宛てた手紙で、「たいへんけっこうで好意的な書評」に感謝の意を伝えている（一九四八年五月一六日付）。

プリチェットが「政治的人類学の文学への応用」と評し、ウォーが「新しい批評の流派」と呼んだオーウェルの一連の評論は、オーウェルの没後の二〇世紀後半にレイモンド・ウィリアムズ（一九二一—八八）やリチャード・ホガート（一九一八—二〇一四）らが発展させて広く浸透した文化研究（カルチュラル・スタディーズ）に相当する。いや、むしろオーウェルが後続の文化研究のフィールドの鍬入れをしたと言ってかまわないだろう。「文化《カルチャー》」をエリートの専有物でなく万人の「生のありようの総体」（ウィリアムズ『文化と社会』結論）ととらえる視点を手放さず、それを政治や社会と関連づけて論じる領域横断的な研究アプローチをオーウェルはすでに一九四〇年発表の「少年週刊誌」で採り入れていた（本書第7章参照）。そしてこれらの一連の（民衆）文化論には「ふつうの人びと《コモン・ピープル》」（その主体は下層中流階級および労働者階級からなる）の伝統的な生活文化に見られる品位《ディーセンシー》への希望があり、それが彼の批評エッセイに生気を与えている。『一九八四年』での主人公ウィンストン・スミスの「もし希望があるとすれば、それはプロールのなかにこそある」という述懐は、『批評論集』ほかの一連の評論に込められたオーウェル自身の希望とつながる。だが同時に(民衆)文化のこうした肯定的な側面は、オセアニア国における支配層による権力維持の一手段としての「文化産業」の抑圧的機能という負の側面と併せて考える必要があるだろう。

図9-3　ロンドン，キャノンベリー・スクエアの自室でタイプライターを叩くオーウェル，1945年秋．ヴァーノン・リチャーズ撮影．

アーサー・ケストラー論と「宗教的な態度」

『批評論集』所収の一〇本のエッセイでもうひとつ取り上げておきたいのが「アーサー・ケストラー」である。これは一九四四年九月に書かれた。

アーサー・ケストラー(一九〇五―八三)はブダペストのユダヤ人家庭に生まれ、一九三二年頃に共産党に入党、スペイン内戦の際にフランコ側に捕えられ死刑を宣告されたがあやうく難を逃れた。その経験を『スペインの遺書』(一九三七)に書いた。一九三八年に共産党を離党。一九四〇年にイギリスに亡命、同年、ソヴィエトの暗黒政治を暴露した小説『真昼の暗黒』を発表した。オーウェルとの初対面は四〇年から四一年の冬のことで、出会う前にケストラーは『カタロニア讃歌』を読んで感銘を受け、オーウェルも『スペインの遺書』の書評を書いていた。スペインで似たような経験をしてそれを問う著作を発表しているということで、出会って以後両者は親しく交際した。

オーウェルによればケストラーは相矛盾するふたつの未来像をもっている。過去の多くの革命家が夢見てきた「地上の楽園」の実現する遠い未来、そしてそれとは逆に「血塗られた暴政と搾取」が迫る近未来である。ロシア革命が起きた当初は理想社会の到来が期待されたが、もはやその夢は潰《つい》えた。だがケストラーには当初の革命の目的が忘れられない。大粛清や大量追放の現実を直に知っているのでいる「短期的悲観論者」と自称せざるをえない。根が快楽主義者なので地上の楽園を依然として夢見ているのでが、その実現はありえない。「人が迫られている選択はつねに複数の悪からどれかを選ぶということなのではないか」とオーウェルは問う。「社会主義の目標でさえ、世界を完璧にすることではなく、ましなものにすることなのではないか、革命というものはおしなべて失敗であるにしても、全部がおなじ失敗というわけではない」。これを認められないためにケストラーは精神的な袋小路に陥り、最新作『到着と出発』(一九四三)が以前の作品よりも浅薄になっているという結びは、オーウェル自身の現実的な政治観の表明ともなっている。

この論考に「信仰」をめぐるオーウェルの独特なコメントが出てくる。「一九三〇年頃から世界には楽観論を信じる理由はまったく失せてしまった。目に見えるものは嘘と憎悪、残虐と無知のごたまぜでしかなく、現在の苦難の先に姿を見せているのはさらに大きなさまざまの苦難であって、それをヨーロッパ人はようやく自覚しはじめた」。この苦境から抜け出す「唯一の簡単な道」は、「この世を来世のための準備でしかないとみなす、宗教の信者の道」である。「だが、現在ものを考える人間のなかで来世を信じるものはほとんどおらず、今後ますます減るだろう、キリスト教会はその経済的基盤が崩れたら自力で生き延びることはできないだろう」――そうオーウェルは言い、それからこう書く。「真の問題は、死が最終的《ファイナル》なものである〔来世はない〕ということを受け入れつつも、いかにして宗教的な態度を取りもどすかということにある」。

「二百年前であったなら／私は幸福な牧師でいられたろうに」と、オーウェルはスペイン行きの直前に発表した詩(『アデルフィ』一九三六年一二月号)で書いていた。じっさい、父方の祖父は牧師であった。実生活では一九三六年の結婚式は教会で執りおこなったし、自身の葬儀も遺言により教会でなされた。そうした点では彼の教会への対し方は伝統的な流儀を遵守していた。だが著作では話が別で、『牧師の娘』は信仰の喪失を問題化しているし、その後左傾化してからは、既存のキリスト教会と護教論については概ね辛口の評言を加えた。とりわけカトリック教会に対しては、スペイン内戦でフランコ陣営と親和的だったこともあり、手厳しい。プロテスタント系に対しても戦時中BBCの宗教番組で影響力をもったC・S・ルイス(一八九八―一九六三)の政治姿勢を「反動的」として批判する一文を書いている。それを考え合わせると、近代科学の発展に伴って、人びとの昔ながらの「魂の不滅《イモータリティ》」の観念が衰退し、そこにぽっかりと大きな穴が残されていることを由々しき事態であると指摘しているのは意味深長である(「気の向くままに」『トリビューン』一九四四年三月三日号でも彼はこの問題にふれている)。

オーウェルの言う「宗教的な態度」は、個人が自己の存在を没入させられる国家への信仰というかたちで、ナショナリズムのイデオロギーの補完装置ともなりうる。『一九八四年』の第三部、愛情省内でウィンストンを責め苛み洗脳するオブライエンは、「権力の司祭」を自称し、党のスローガンのひとつ「自由は隷属なり」を解説するかたちでこう述べる。「ひとりでいる——自由でいる——そんな人間はつねに打ち負かされる。それは当然だ。人はだれもが死ぬ運命なのだからね。死はあらゆる失敗のなかで最大の失敗なのだ。だがもし完璧で絶対的な服従ができれば、自分のアイデンティティから脱却できれば、党に没入して自ら党となることができれば、彼は全能で不滅の存在となる」(第三部第三章。強調は原文)。ここで極端な論理展開で示されている「自由は隷属なり」の教義にからめとられずに、死後の生を断念したうえで「宗教的な態度」をどう回復するか——オーウェルはそんな難題を読者に突きつけている。

島に住む

以上述べたように、ロンドンに住みながらのジャーナリズムの仕事は新たな小説の主題と密接に関わるものが多々あったという点で意義深いものであったが、小説執筆に専念するために新聞・雑誌からの執筆依頼を当面断ることにした。一九四六年に入って『動物農場』の印税収入が増大して、経済的に余裕が出てきたというのも大きかったのだろう。

一九四六年五月二三日にジュラ島の農場住宅バーンヒルに到着した。いまでもアクセスの悪さはそう変わりないが、オーウェルが友人に説明した経路のひとつを紹介すると、スコットランドのグラスゴーまで行き(ロンドンから鉄道だとこれで半日かかる)一泊し、翌朝八時に鉄道でグラスゴーからグーロックへ、そこから船に乗り正午頃東ターバートに到着、バスで西ターバートに移動し、そこからふたたび船に乗り、午後三時頃にジュラ島の南端にある港に到着。だが島の北端にあるバーンヒルまで行くのに車で一時間ほど北上し、車道が途切れたところから四マイル(約六・四キロ)でこぼこ道を二時間近く歩き、ようやく目的地に到着する。ロンドンからまる二日かかる旅程である(ジュラ島の隣のアイラ島までグラスゴーから空路で行けば時間短縮になったが、それでも当日には着けなかった)。オーウェルはまず単独でここに入り、リチャードはロンドンに残した。バーンヒルの賃借は地主のロビン・フレッチャーとのあいだで話がまとまっていた。ただし長年空き家となっていて住めるようにするために数百ポンドの修復費がかかった。そもそもガスも電気も水道もない。到着してから最初の二カ月は家を整えるのに精一杯で執筆はほとんど進まなかった。五月末には妹のアヴリルが家事手伝いのため到着した。

七月初めにオーウェルはリチャードを連れてくるためにロンドンに行った。その際に家政婦のスーザン・ワトソンにもバーンヒルに同行して引きつづき子どもの世話をしてくれるように頼み、彼女はそれに応じた。スーザンは片足が不自由な身であったので（脳性小児麻痺にかかったことによる）、バーンヒルまでの道のりは（とくに最後の数マイルは）さぞや難儀であったろう。ところがすでに滞在していたアヴリルは寡夫となった兄オーウェルの面倒を見る役目に生きがいを見出していて、リチャードの世話も自分でする気満々だった。だからそこに現れたスーザンは邪魔者でしかなかった。アヴリルがスーザンを邪険に扱ったために、家のなかは険悪な雰囲気となった。

さらに雰囲気を悪くしたのは、スーザンが当時の恋人であったデイヴィッド・ホルブルック（一九二三―二〇一一）をバーンヒルに招いたことだった。当時二三歳のこの青年は戦時中陸軍で兵役に就き、除隊後ケンブリッジ大学に復学していた。後に作家となるホルブルックはこの時点ではオーウェルの愛読者で、オーウェルと文学談義をすることを楽しみにしていたのだが、それは失望に変わる。共産党員であることを聞きつけたオーウェルは彼を疑心暗鬼の目で見て警戒の念を隠さなかった。共産党のスパイではないかと疑ったのである。あるいはスターリンから送り込まれた刺客ではないかという怖れさえいだいたのかもしれない。

これは必ずしもオーウェルの神経症的な被害妄想とは言い切れない。なにしろ「ソヴィエト神話を暴露する」ために書いた『動物農場』が世界的に大評判となっており、命を狙われてもおかしくなかった。後年判明することだが、すでにスペイン内戦時の一九三七年にＰＯＵＭの同志たちとともに「トロツキスト」としてブラックリストに挙がっていた。そしてトロツキー自身は一九四〇年八月二一日にメキシコの地でスターリンの刺客の手にかかって殺されていた。戦争末期の一九四五年二月、特派員として大陸に赴いたオーウェルはパリのホテルに滞在中のヘミングウェイを訪ねた。その際に相手を認めて即座にウィスキーを奨めたヘミングウェイらしいぶっきらぼうな応対――「エリック・ブレアといいます」「で、なんの用だ」「ジョージ・オーウェルです」「なんで最初からそう言わないんだ。〔ボトルを取り出して〕一杯やれ。ダブルにしろ。ストレートか水で割るか。ソーダ水はない」――は、オーウェルがポール・ポッツに語り、それをポッツが回想記に書き残している忘れがたい（だがその信憑性が疑われてもいる）エピソードだが（『ダンテはあなたをベアトリーチェと呼んだ』）、それより知られていないのは、オーウェルがヘミングウェイに請うてコルト三二口径のピストルを借りたことである。「共産主義者に暗殺される恐れがあるので」という理由だったとのちにヘミングウェイは詩人のハーヴェイ・ブライト（一九〇九―六八）への手紙で伝えている（バウカー『オーウェル』第一六章）。その後『ポレミック』誌の社主であったオーストラリア人の富豪ロドニー・フィリップスに頼んでドイツ製の自動拳銃ルーガーを譲り受けている。バーンヒルにもそれを持参した。暗殺の恐怖がリアルにあり、その気分が当時の執筆のトーンの一部をなしていたといえる。

疑惑の目で見られたホルブルックはオーウェルとアヴリルの冷淡な態度に失望し、ある日スーザンとともにバーンヒルから逃げ出した。オーウェルへの悪感情を自身作家になって以後もずっともちつづけ、自作の小説のなかでオーウェルを戯画化した人物を登場させたり、あるいはジュラ島での思い出を悪意を込めて回想したりしている。その回想記のなかに、バーンヒルでオーウェルの留守中にスーザンと二階のオーウェルの書斎に忍び込み、書きかけの原稿を見たことが記されている。「かなり気の滅入る代物。ウィンストンという男が出てきて(中略)あの陰鬱なセックスの挿話があった。まさに気が滅入るほど希望がないように思えた」(ウォダムズ編『オーウェルを思い出す』)。こうした回想に後年得た情報がどれほど紛れ込んでいるのか不明だが、『一九八四年』の初期草稿の数少ない目撃者のひとりであったのはまちがいないだろう。

ロンドンの辛い冬

九月に入ると天候が悪化し、一〇月半ばにロンドンのキャノンベリー・スクエアのフラットにもどってそこで冬を過ごした。ジュラでは暮らしを整えるのに精一杯で、小説執筆のほうはあまり進展しなかった。ハンフリー・スレイター(一九〇五—五八。当時『ポレミック』誌の編集者)に宛てた九月二六日付の手紙で「この夏はじっさいにはろくに仕事もしませんでした。じつは未来についての新しい小説をついに書きだしたのですが、まだ五〇ページほどしか進めておらず、いつ終わるか見当がつきません。もっとも、書きだしたということは大きなことではありません」と『一九八四年』の進捗状況を伝えている。

『動物農場』の成功によって作家としての評価が上がったタイミングで、セッカー・アンド・ウォーバーグ社はオーウェルの著作集の企画を提案し、オーウェルは喜んでそれに同意した。ただしその際には『牧師の娘』、『葉蘭をそよがせよ』、『ライオンと一角獣』の収録は断っている。ゴランツ社との契約は解除する方向で交渉を進めた。ゴランツはかつて『カタロニア讃歌』と『動物農場』の出版を拒んだのに対して、ウォーバーグはそれらを引き受けたわけであり、選択の余地はなかった。翌年春に正式にゴランツ社はオーウェルとの契約の解除を承認した。

一九四七年の新年早々にオーウェルは数日間ジュラ島を訪れている。スコットランドの本島から出る船に乗り遅れたり、また海が荒れて船酔いに苦しんだりもしたが、ジュラ島では好天に恵まれ、ウサギに荒らされた菜園の修復や、果樹の苗木を植えるなどの作業をし、一週間後に帰京した。一月一四日にはBBCラジオ第三放送で『動物農場』の朗読劇が放送された。オーウェル自身の脚色で旧友のレイナー・ヘプンストールがプロデューサーを務めた。このときオーウェルは自宅にトスコ・ファイヴェルやソニア・ブラウネルら数人の友人たちを招いてともに放送を聞いた。番組の出来にオーウエルは満足していたという。

一九四六年から四七年にかけてのイギリスの冬は過酷だった。とりわけ四七年一月下旬には大雪で交通網が麻痺したために火力発電所への石炭の供給に支障をきたし、家庭での一日五時間の計画停電がなされた。各家庭でも当時の主要燃料であった石炭が欠乏した。おなじ戦勝国の米国と対照的に終戦後しばらくイギリスの国家財政は逼迫し、配給制が戦時中よりも強化されるなど大半の国民の暮らしは困窮を極めた。イギリス史で「窮乏の時代」(the Age of Austerity)と呼ばれる一九四〇年代後半のなかでも、この二月、三月はとりわけ我慢を強いられる時期であった。おまけに三月下旬に冬の寒さが緩むと、雪解け水によって多くの河川が氾濫し、一〇万戸以上の家屋が浸水被害に見舞われた。

ロンドンで冬を越したオーウェルにもこれは大きく災いした。燃料の石炭が底をつき、リチャードのために作った木製のおもちゃを燃料代わりにすることもあった。結果的にはジュラ島で冬越しをしたほうが燃料不足に苦しまないで済んだという点でずっとましだった。石炭が欠乏してもジュラ島なら泥炭がたっぷり採れたのである。ロンドンの霧(スモッグ)も例年になく濃かった。こうした状況でオーウェルは体調を崩した。肺結核の徴候がこのころ顕著になっている。一年後に年少の友人で作家のジュリアン・シモンズに宛ててオーウェルは自分の病気はこの冬に端を発すると述べている。ただしもっと早くから罹患していた可能性もある。一九四六年二月に彼が自宅で喀血したことは当時家政婦を務めていたスーザン・ワトソンが目撃し、医者を呼んでいる。あるいはもっと早く、一九三七年にサナトリウムで長期療養をしていたときにすでに罹《かか》っていたのかもしれない。いずれにせよ、四七年二月以降、病状は一進一退というよりは、多少の改善をはさみながらも着実に悪化していく。だがこの時点で本人は医者にかかるつもりは毛頭ない。ロンドンにもどって以来滞っている小説を再度進めるのが最優先であり、入院などしたらそれが果たせなくなる。以後、一年半あまり、文字どおり命をすり減らしながら、オーウェルは結局最後の小説となる『一九八四年』を書き進めた。

第10章
『一九八四年』と早すぎた晩年

1947-1949

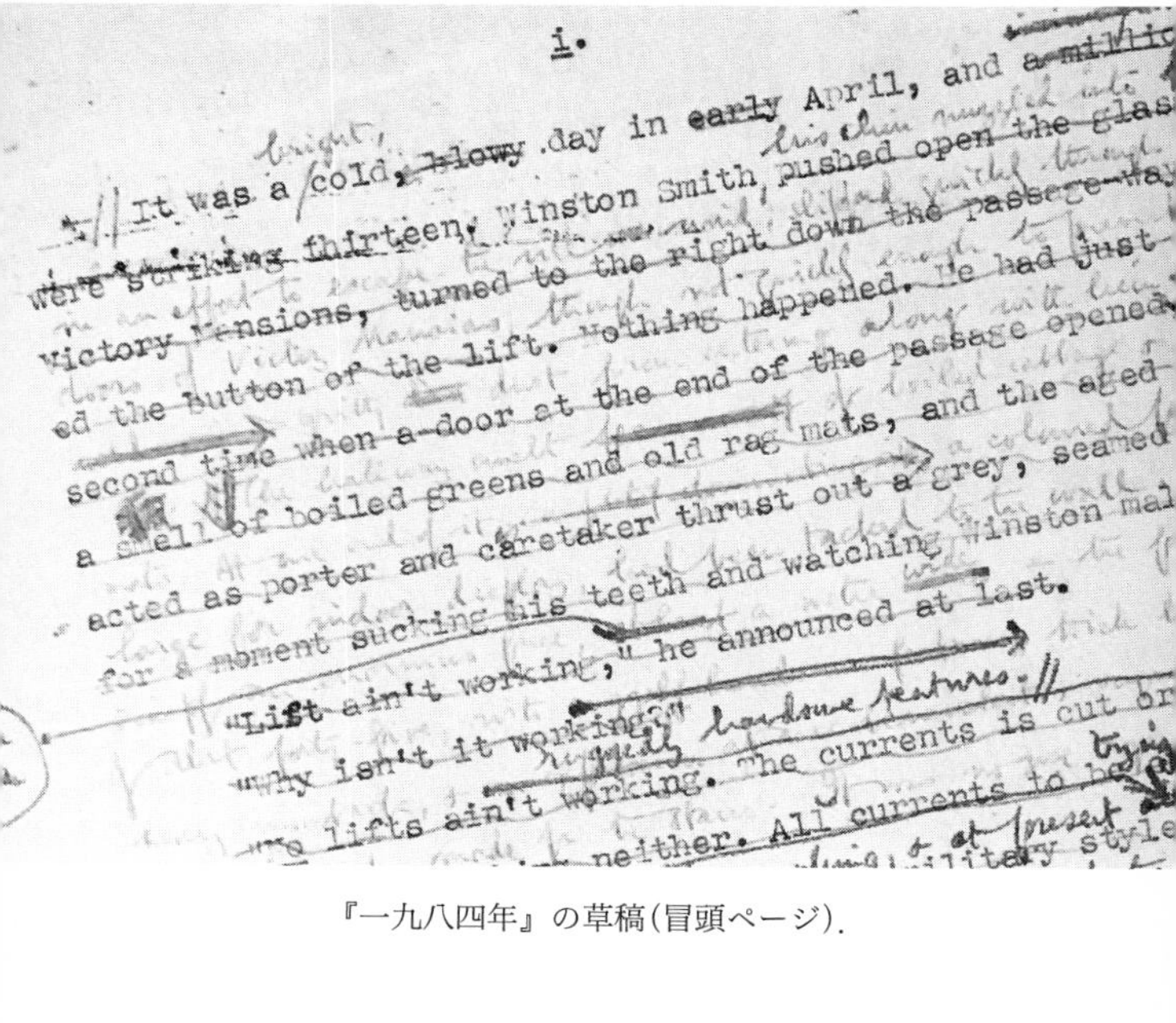
i.

It was a cold, blowy day in early April, and a milli
were striking thirteen. Winston Smith pushed open the glas
Victory Mansions, turned to the right down the passage-way
ed the button of the lift. Nothing happened. He had just
second time when a door at the end of the passage opened
a smell of boiled greens and old rag mats, and the aged
acted as porter and caretaker thrust out a grey, seamed
for a moment sucking his teeth and watching Winston mal
"Lift ain't working," he announced at last.
"Why isn't it working?"
"The lifts ain't working. The currents is cut or
neither. All currents to be

『一九八四年』の草稿(冒頭ページ).

バーンヒルにもどる

一九四七年四月一一日夜にオーウェルは妹のアヴリル、息子リチャードとともにジュラ島のバーンヒルに到着した。この年の一月頃から体調がすぐれず、出発前の一週間も具合が悪かった。到着後、ロビン・フレッチャーら島民の目には病身に見えたが、それにもかかわらず戸外での作業にかかっている。畑を掘り起こして野菜の種を蒔いたり球根を植えたり、鶏舎を整備したりした。再開した「家事日記」にはそうした畑仕事の詳細に加えて、天候、鳥獣類、草花などの話題が主で、あいかわらず作家としての仕事のことはなにも書かれていない。生き生きとした自然観察を見ると彼がいかにこの島に魅せられていたかがわかる。「終日美しい一日、午後五時ぐらいから冷え込む。雨風から守られた場所で桜草が一輪咲いていたが、それ以外は野花は咲いていない。万年草が芽を吹いた。野生のアイリスとブルーベルも出てきた。芝はまだすっかり冬模様。兎を数匹見た。鳩が大きな羽音をたてて舞い上がった――求愛行為かと思う。海は凪いでいる。アザラシは見えない」(四月一二日付)。

体調不良ながら畑仕事や大工仕事といった生活基盤を整える作業に多くの時間を費やしていて、到着してしばらくは小説執筆に集中できなかったようだ。五月末にウォーバーグに宛てて、「草稿のほぼ三分の一が書けたはずですが、現時点では考えていたほどまでは進めていません」と伝え、内容についてもふれている。「それは未来についての小説です――つまり、ある意味でファンタジーなのですが、自然主義小説の形式によるものです。そのために執筆が厄介なのです――もちろん、未来を予想するだけの本であったら書くのはわりあい簡単なのでしょうが」(一九四七年五月三一日付)。おなじ手紙のあとのほうで、「別便で貴兄に長い自伝的スケッチをお送りします」と告げている。これは本書の第1章で紹介したセント・シプリアン校時代の思い出「あの楽しかりし日々」のタイプ原稿を指す。

コリーヴレッカンの大渦巻

一九四七年のジュラ島滞在中で重大な事件として、夏の海難事故があった。これは書き留めておこう。

八月一九日のことで、その日の日記にオーウェルは「帰りに渦潮に巻き込まれ、みんなあやうく溺れ死ぬところだった」と記している。その二日前に島の裏側の湾に行ってキャンプをした。ほかに参加したのは息子リチャード(このとき三歳一カ月)、妹アヴリル、それに前年に亡くなった姉マージョリー・デイキンの三人の子ども、ヘンリー、ジェイン、ルーシーで、休暇でジュラ島に訪れていた。つまりはブレア家の親族でキャンプをおこなったわけである。オーウェルの所有する舟でバーンヒルから島の北端を回ってグレンギャリスデイル湾まで行き、島内の湖で鱒《ます》釣りをしたり海岸でアザラシの観察をしたりしながらキャンプを楽しみ、二泊して帰途についた。アヴリルとジェインは徒歩でバーンヒルにもどり、他の一行が舟に乗った。途中島の最北端部と対岸の小島スカーバのあいだにあるコリーヴレッカン海峡の渦潮は世界有数のものとして知られる。往路はとくに問題なく通過できたが、帰路でオーウェルはどうやら潮汐表を読み違えたらしく、舟は迂回し損ねていくつかの小渦に巻き込まれて翻弄され、船外モーターが外れて海に落ちた。小さな岩の島に近づいたときに甥のヘンリー(二〇歳で英国陸軍将校になりたてだった)がもやい綱を手にして岩場に飛び移り、舟を渦から引きだしかけたところで転覆、船内の三人が海に投げだされた。まずルーシーが這いあがってきた。それからオーウェルがリチャードをつかんで泳いで島にたどり着いた。小さな岩の島に人影はなく、火を起こして服を乾かし、そこで野宿するのを覚悟したが、幸い九〇分後に漁船が通りかかって救助してくれた。

ブレンダ・ソルケルドに宛てた九月一日付の手紙でオーウェルはこの事件を伝え、「私たちのボートはエンジンを失った以外は幸い壊れていませんが、もっと大きいのを入手するつもりです。小型の手漕ぎボートでこうした航行をするのはじっさいちょっと安全でなさすぎますから」と書いている。溺れ死にかけたばかりだというのに、まったく懲りていない口ぶりで、こういう少年のような無謀さがオーウェルの性格の一面としてあった。

一一月に講演の約束があってロンドンに行く予定を入れていた。セッカー・アンド・ウォーバーグ社の重役ロジャー・センハウス(一九〇〇―六五)に宛てた一〇月二二日付の手紙では、ロンドンに行く前に小説の草稿を終えるつもりで、いま最後の部分に来ていると伝えている。「ですがそれはひどく雑然としていて、三分の一ほどは通常の加筆修正でなくすっかり書き直す必要があるでしょう。それがどのくらいかかるかわかりません――できれば四、五カ月、もっとかかることも考えられます。今年は体調がひどいものでしたから、余力が残っていないようです」。このあとさらに体調が悪化して結局ロンドン行きはキャンセルとなった。家事日記は一〇月二九日の記載を最後に中断した。ベッドに臥せって執筆し、一一月七日になんとか小説の第一草稿を書き終えた。このころ、激しい咳の発作があり、血痰を吐いた。結核が着実に進行していた。一二月にグラスゴーからはるばる医師がバーンヒルに往診に来て、初めて肺結核の診断をくだした。

結核治療と『一九八四年』の完成

一九四七年一二月二〇日にグラスゴー近郊のイースト・キルブライドにある肺疾患専門のヘアマイアーズ病院に運ばれた。精密検査の結果、病巣は両肺の上部にあり、左肺のほうが悪化していた。左肺の活動を半年止める、かなりの苦痛を伴う治療を受けた。さらに新しい治療法として、結核の特効薬ストレプトマイシンが使われた。これはデイヴィッド・アスターが彼のために自費でアメリカから輸入し投薬されたのだった。一九四四年にアメリカの細菌学者ワクスマンらが開発したこの画期的な薬は、当時まだ珍しく、専門医でもこれを正しく処方するのは難しかった。長身とはいえ痩せこけたオーウェルに対して、おそらく投与量が多かったせいであろう、最初の治療で湿疹が出て、皮膚が剝けだし、頭髪が抜ける、喉が腫れて食事に支障を来すなどの副作用があった。これに懲りて投与を控えることになったが(余った薬は他の入院患者にあげた。クリックによればふたりの患者がこれで快癒した)、薬の効果が出て病状がある程度改善した。五月には一日に数時間起きることができるようになり、ベッドで『一九八四年』の推敲作業に着手した。

七カ月の入院生活を経て一九四八年七月に退院、ジュラ島のバーンヒルにもどり、推敲作業を継続した。菜園や家畜のことが気になるが、野良仕事は同居している妹のアヴリルやビル・ダンに任せて小説に集中する(ダンは一九四八年八月からバーンヒルに住み、オーウェルの没後にアヴリルと結婚する)。同年一一月初めに加筆修正の作業を終えた。ただしその原稿は主に最初のタイプ原稿に手書きで大幅な加除訂正を施したものであり、入稿前にタイプライターで清書する必要がある。それでウォーバーグに宛ててタイピストの斡旋依頼をした。その手紙のなかで小説の表題についてもふれている。「この本に満足しているわけではありませんが、まったく不満足というわけでもありません。最初に着想を得たのは一九四三年でした。いいアイデアだと思うのですが、結核にやられて書いたのでなかったら、もっとよい出来になったことでしょう。タイトルはまだはっきり決めていませんが、『一九八四年』と『ヨーロッパで最後の人間』のどちらにしようかと迷っているところです」(一九四八年一〇月二二日付)。

だがいろいろと手を回したものの、僻地に来てくれるタイピストは確保できなかった。戦後の復興期にあたり、イギリス全体が労働力不足の時代であった。ウォーバーグ以外の関係者に依頼してみたが埒《らち》が明《あ》かない。それで待ちきれずオーウェルは一一月初旬から自ら机にむかい、体調が悪くて起きていられないときはベッドのなかで、清書のために数週間にわたってタイプライターを叩いた。ロンドンにいたらたぶん秘書なり口述筆記係なりを確保できたであろう。孤島での執筆作業、とくに最終段階のそれは、文字どおり命を削る営為だった。一二月四日、推敲した原稿をタイプし終わり、ロジャー・センハウスに郵送した。喀血がひどくなり、年明けに島を出て療養生活をする準備を進めた。

『一九八四年』の刊行

版元のウォーバーグは送られてきた『一九八四年』のタイプ原稿を読み、これを気に入った旨を手紙で伝えた。彼の回想によればその原稿は「彼の他の作品と同様にほとんど完全な原稿」であり、「コンマのひとつのミスも見当たらないほど」であったという。「タイプ原稿にはそれを打ったオーウェル自身の苦悶の徴候などまったく見られなかった」(ウォーバーグ『作者はみな平等』第七章)。オーウェルは一二月二一日付の返信で「大きな売り上げが得られる本ではありませんが、まあ一万部は見込めるでしょう」と書いた。これはまったくの過小の見込み違いであったことが刊行後すぐに判明する。

原稿の仕上げの作業で体力をほとんど使い果たしたオーウェルは、一九四九年一月二日頃にジュラ島を去り、英国コッツウォルズ地方、グロースター州のクラナムにあるサナトリウムで療養生活に入った。島にはまたもどるつもりでいたのだが、結局それはかなわなかった。その期間に出版に向けての工程が進められ、著者校正もサナトリウムでなされた。

タイトルについては、ウォーバーグが一九四九年一月二一日にクラナムで療養中のオーウェルを訪ね、当初の『ヨーロッパで最後の人間』でなく『一九八四年』の方向で行くことを確認した。ジュリアン・シモンズに宛てた二月四日付の手紙では、「まだ正式決定ではありませんが、表題は『一九八四年』になると思います」と知らせている。

この命名については、小説が仕上がった年である一九四八年の下二桁を逆にしたものという説が流布している。シモンズはオーウェルから直接そう聞いたと証言している（エヴリマン叢書版『一九八四年』序文）。だがこれには疑義も出されている。小説のはじめのほうでウィンストン・スミスは禁断の日記を「一九八四年四月四日」という記載で始めるのだが、初期草稿（タイプ原稿）ではその年号は一九八〇年となっていた。亡き妻アイリーンが一九三四年に母校（サンダーランド教会高等女学校）の学校誌に「世紀の終わり――一九八四年」と題するある種の暗い未来を予示した詩を寄稿しており、オーウェルはこれを踏まえているという論者もいる。また作家G・K・チェスタトンの小説『ノッティング・ヒルのナポレオン』（一九〇四）で描かれる未来のロンドンが一九八四年という設定なのを意識しているという説もある。いずれも無関係とまでは断言できないが、確証はない。「彼〔ウィンストン〕は自分の年齢が三九歳であることにはかなりの確信があったし、一九四四年か一九四五年の生まれであることを信じていた。だが近頃では一、二年の範囲で年代を特定するのは不可能なのだった」（第一部第一章）と小説のはじめのほうにある。一九四四年生まれの息子リチャードを念頭に置いていたことは十分に考えられる。

米国版については、『動物農場』の版元のハーコート・ブレイス社が強い興味を示してきた。同社は出版交渉の際に、踏み込んだ修正案を出してきた。米国の「月間優良図書クラブ」の推薦書の一冊として出版する条件として、本文中にエマニュエル・ゴールドスタインの論文として挟み込まれた「寡頭制集産主義の理論と実践」、それに巻末に附された「ニュースピークの諸原理」の削除を求めてきたのである。同図書クラブは米国で一九二六年の創設で、毎月五冊の新刊書を選定して会員に頒布した。過去にはヘミングウェイの『日はまた昇る』(一九二六)やマーガレット・ミッチェルの『風と共に去りぬ』(一九三六)が選定されていた。一九四六年に『動物農場』も選定されたことは前述のとおり。有料会員は発足時に四〇〇〇〇人であったのが、二〇年後の一九四六年には五五万人を超えるほどにまで増えていた。その選定委員が『一九八四年』を候補作とするのに際して、右の削除案を版元と代理人を介して示唆してきたのである。

選定されると桁違いに売れる。逃すと当時の貨幣価値で少なくとも四万ポンドの印税収入がふいになる。だが

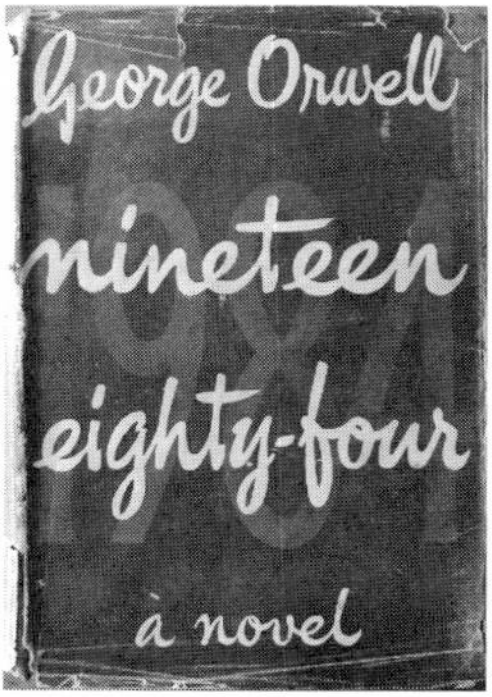

図 10-1　『一九八四年』英国初版ジャケット，1949 年(著者撮影).

オーウェルはこれを峻拒した。三月一七日にレナード・ムーアに宛ててこう書いている。

そこで提案されているような変更と省略には応じられません。それをしたらあの本の色合いがすっかり変わってしまうし、肝心なところのかなりの部分が削られてしまいます。私見ではそんなことをしたら物語がわけのわからぬものになってしまいます――選定委員は削るほうがよいという個所を読んでいるわけなので、これが理解できないのでしょうが。五分の一、あるいは四分の一が削られて、切り詰めた幹に最後の章を接ぎ木したりしたら、本の構成が変であることが歴然とするでしょう。〔中略〕私がこの提案を断ればハーコート・ブレイス社は失望するでしょう。貴兄も多額の手数料を失うのでしょう。ですが、長い目で見れば結局それは経済的にも損になるのではないでしょうか。私の意向を先方にはっきりとお伝えいただけましたら幸甚です。

このように、削除案の申し出を拒絶したのであったが、結果としては、削除しない完全版で刊行するという条件で「月間優良図書」に選定されたことを伝える電報が四月八日に届いた。

版元による前宣伝も精力的になされ、『一九八四年』は一九四九年六月にようやく刊行に至った。英国版は六月八日にセッカー・アンド・ウォーバーグ社より、米国版は五日後の六月一三日にハーコート・ブレイス社より刊行された。発行部数は英国版が初版初刷二万五五七五部、一九五〇年三月に二刷五五七〇部、同年四月に三刷五一五〇部、米国版は初版初刷二万部、翌年の六月までに五刷となり、一年間で合わせておよそ五万部出た。さらに「月間優良図書クラブ」の選書として一九四九年七

『一九八四年』*Nineteen Eighty-Four*（一九四九年刊）あらすじ

はじめ『ヨーロッパで最後の人間』という題で構想。一九八四年、世界は三つの超大国オセアニア、ユーラシア、イースタシアによって分割され、いずれも核武装し、恒久的に戦争状態にあるが、勝負はつかない。おそらくつける気もない。主な舞台はオセアニア国に属するロンドン。神格化された指導者ビッグ・ブラザーを頂点とする党の支配が貫徹している。「テレスクリーン」による私生活の監視、友人や家族の密告、マスメディアの操作、言語の改造によって思想統制が徹底されている。主人公ウィンストン・スミスは「真理省」の職員として歴史の改竄の作業にあたっていたが、党支配に疑問をいだくようになり、ひそかに日記を書き、恋人ジュリアと密会して禁断の自由恋愛を実行する。伝承童謡や古いガラスの文鎮などを手がかりに過去を想起し、民衆の潜在的な力に期待し、現体制の転覆を夢想するが、思想警察に捕縛され、「愛情省」内で党幹部のオブライエンの手で拷問を受けて洗脳され、ついには破滅させられる。

月に出され、一九五二年三月までの二年八カ月のあいだに併せて一九万部出た。ほかにカナダ版が米国版とほぼおなじ体裁で一九四九年に一万五〇〇〇部刷られた。一九五〇年には独語版、仏語版、日本語版など、翻訳も出始めている。ここで数多の刊本を列挙する余裕はないが、英語版と各国語版とを併せてオーウェルの著作でもっとも多くの部数が発行されてきた作品であることは論を俟《ま》たない。

「隠れ共産党員・同調者リスト」の問題

『一九八四年』が未だ校正段階にあった一九四九年三月二九日に、クラナムのサナトリウムで療養中だったオーウェルをシーリア・カーワン(一九一六—二〇〇二)が訪ねた。カーワンは、アーサー・ケストラーの最初の妻マメーヌと双子の姉妹という間柄で、一九四五年のクリスマスにオーウェルが息子リチャードを連れてロンドンから北ウェールズのケストラー宅に赴いた際に同行して以来交際があった。このときイギリス外務省の情報調査局に勤務していた。

情報調査局は前年にアトリー労働党内閣の肝煎りで設置された。「首相と閣僚たちへの直接の個人攻撃や政府の政策への分断狙いの批判をふくむ、ソヴィエトの意を受けた執拗なキャンペーン」に反撃することが喫緊の課題とされた(「外務省情報調査局の起源と設立」オーウェル全集第二〇巻に収録)。

シーリア・カーワンの訪問は知己のオーウェルの見舞いと業務を兼ねていたようである。彼女が執筆した面談報告書(三月三〇日付)は四七年後の一九九六年に初めて英国公文書館によって公開された。

それによれば情報調査局の活動のいくつかの面を「極秘」で教えたところオーウェルは「喜び」、同局の狙いに「心底から熱烈に賛同」した。三月末の訪問のあとカーワンからの礼状にオーウェルは返事を書いた。そのなかで「リスト」に言及している。「なんらかの価値があるのなら、ジャーナリストや作家のなかで私見では隠れ共産党員、同調者、あるいはその傾向があって、プロパガンダ要員として信用してはならないと思える人のリストをお渡しすることもできます。しかしそのためには家に置いてあるノートブックを取り寄せなければなりませんし、またそんなリストをお渡しする場合は極秘ということになります。人を同調者と呼ぶのは名誉毀損になると思いますので」(一九四九年四月六日付)。

そのリストの作成はおそらく前年の一九四八年の夏、退院してジュラ島にもどってからで、滞在中のリチャード・リースがこれに協力している。ジュラ島に置いてあったノートブック(一三〇名がリストアップされている)をリースに送ってもらい、それをもとに三八名の名前を選び、職業等の注記をし、カーワン宛の五月二日付の手紙に同封した。「これはさほどセンセーショナルなものではなくて、おそらく仲間たちがご存知でない人の名前はないのではないかと思います。同時に、信頼できないと思える連中のリストを作るのは悪い考えではありません。もっと早くこれをしておけば、重要なプロパガンダの仕事にピーター・スモレットのような連中を忍び込ませるのを阻止できたことでしょう。現状のものであってもこのリストは名誉毀損、あるいは誹謗、あるいはどう呼ぼうが、訴えられる恐れが高いと思います。ですから必ずご返却願います」。
同封の三八名のリストはおそらく手書きのもので、それを情報調査局はタイプライターで清書した。このリストの存在は長らく一般には知られていなかったが、一九九六年七月に『ガーディアン』紙がスクープ記事としてこれを報じ、他紙もそれを追って、イギリスを中心にちょっとした論争が沸き起こった。言論の自由を擁護したオーウェルらしからぬ行為であるとして失望の意を述べる者、あるいは非難する者(主に左派、リベラルから)が多く、そうした論調の記事には「外務省のビッグ・ブラザー」、「社会主義のアイコン、内通者に変貌」といったスキャンダラスな見出しが躍った。

オーウェルがカーワンに渡したリストは政治家、作家、ジャーナリストなど多方面の職種から挙げ、それぞれにコメントを加えている。キングズリー・マーティン(『ニュー・ステイツマン』の編集長で、オーウェルのスペイン内戦の記事を没にしたことは前にふれた)については所見欄で疑問符をふたつ付けて「あまりにも不誠実なのであからさまな「隠れ党員」や同調者ではありえないが、あらゆる主要な論点について親ロシア派なのはたしかである」としている。他に労働党国会議員トム・ドライバーグ(一九〇五—七六)、歴史家のE・H・カー(一八九二—一九八二)、作家のJ・B・プリーストリー、また俳優のマイケル・レッドグレイヴ(一九〇八—八五)の名もある(この名優は一九五六年に『一九八四年』の最初の映画版に出演している)。さらにはチャップリンの名前まで挙がっている(所見欄に疑問符を付けてはいるが)。リチャード・リースはバーンヒルで名前をリストアップする作業を手伝った。後年その真意を問われてリースは、「一種のゲームを私たちはしていたのです——だれがスパイでどこから金を貰っているか論じあったり、私たちのお気に入りの黒い獣《ベット・ノワール》〔嫌われ者〕たちが裏切り行為をどこまでする覚悟があるかを値踏みしたりしたのです」(イアン・アンガス宛、一九六七年六月一〇日付)と回想している。遊び半分の面はオーウェルにもたしかにあったのだろう。なにしろノートには彼の所得税を徴収する調査官と思しき名前も記されているからである。

だがスターリンからの刺客を怖れていたオーウェルにしてみれば、シリアスな推測という面もあったにちがいない。護身用に銃を所持していたことは前にふれた。先ほど引いたカーワン宛の手紙のなかで彼はピーター・スモレット(一九一二—八〇)を特筆していた。カーワンに渡したリストの記載では氏名の下に括弧で「本名はスモルカ?」とし、職業の欄は「『D〔デイリー〕・エクスプレス』等の特派員、大戦中は情報省ロシア課」、さらに所見欄には「C・パースに言わせれば単なる出世至上主義者だが、なんらかのロシアの諜報員《エージェント》だという強い印象を与える。じつに下劣な輩」と評している。当該の人物はウィーン出身で本名はハンス・ペーテル・スモルカ、一九三三年にソ連の諜報員としてイギリスに送り込まれた(コードネームはABO)。第二次大戦中に情報省のロシア課長として親ソ宣伝に従事した。オーウェルとの関わりでさらに言うなら、一九四四年に『動物農場』の出版企画を打診した四社が次々に断ってきたなかで、ジョナサン・ケイプ社は当初出版に乗り気だったのに、「情報省の高官」から助言を受けて翻意し断り状を送ってきた。これをオーウェルは『動物農場』の序文用として書いた「出版の自由」で紹介している。おそらくその「高官」とはスモレット自身であり、それをオーウェルは摑んでいたと思われる。この人物についてはオーウェルの推測が当たっていたわけであるが、スモレットは生前にその正体が割れることはなく、一九四四年に受章したOBE(イギリス帝国四等勲士)の勲章を生涯剝奪されることなく六八年の生涯を終えた。ソ連のスパイであったことが判明するのは没後のことで、ソ連崩壊後の一九九二年、元ソ連国家保安委員会(KGB)職員であったワシリー・ミトロヒンがロシアからイギリスに亡命した際に持ち出した膨大な機密文書(ミトロヒン文書)で証明された。キム・フィルビー(「ケンブリッジ五人組《ファイヴ》」のひとり、MI6の高官で一九六三年にソ連に亡命)に重用され、イギリス政府の中枢に食い込んでいたのである。

オーウェルの「リスト」は一九九六年にその存在が各紙でセンセーショナルに書き立てられ、「ブラックリスト」を英政府当局に売った「内通者」などと難じる論者が少なからずいたが、そうした非難には「聖人《セイント》」オーウェルという理想像を抱いていたことによる幻滅という要素も部分的にあったようである。複数の政治勢力が対峙しあう世界のなかで、「鯨の腹」のなかにいるごとく「中立的」な傍観者であろうとしても、それじたいが政治的な選択なのであり、オーウェル自身はその立場を採らず、旗幟を鮮明にする。場合によっては、(彼がたびたび用いた表現を借りれば)「レッサー・イーヴィル」(lesser evil)すなわち「悪の度合いの低いほう」に付く。彼がアトリー労働党政権に幻滅し、日増しに批判的になっていったのはたしかである。しかし、冷戦初期においてオーウェルがソヴィエトの反英宣伝工作に対する労働党政府のカウンターに協力姿勢を見せたことが、彼の思想信条に反するものであったとは受け取れない。この行為をもって彼を一九五〇年代前半に米国で起きたマッカーシズム＝「赤狩り」の密告者と同列に扱うのは作為的で不当である。彼がリストを作ってカーワンに渡したのは、情報調査局による宣伝活動のための書き手として使うべきでない人を示すという目的を超えるものではなかった。じっさい、スモレットの例を見ても、それを超えて使われたことはなかったようである。当時労働党の国会議員であったトム・ドライバーグもオーウェルのリストに挙がっている。晩年に一代貴族の爵位を与えられてブラドウェル卿となって生涯を終えたが、この人物もまた没後に「ミトロヒン文書」でＫＧＢに雇われたスパイであったことが証された。

『一九八四年』出版直後の評価——冷戦初期の受容

『動物農場』の刊行ですでに著名な作家となっていたオーウェルであったので、『一九八四年』も刊行直後に多くの新聞雑誌で書評として取り上げられた。英国ではまず『タイムズ文芸附録』（一九四九年六月一〇日号）に書評が載った。主人公のウィンストン・スミスが拷問を受ける場面などに見られる「男子生徒風のセンセーショナリズム」が作品をいささか損なっていると指摘しながらも、「権力の本質と恐怖について真剣にかつ独創的なかたちで語った」作者に賛意を述べている。これは匿名書評であったが、オーウェルはこれがジュリアン・シモンズの執筆であることをすぐに見抜き、感謝（と批判部分への弁明)の手紙を送っている。『ニュー・ステイツマン・アンド・ネイション』はオーウェルとは思想的に折り合いの悪い雑誌であったが、同誌に『一九八四年』の書評を書いたV・S・プリチェットは、「これほど戦慄させ、また気を滅入らせる小説を読んだことがないが、独創的でサスペンスとスピード感にあふれる文章、また破壊的な憤怒の情をもたらすものなので、本を措《お》くことができないほどである」と小説の力を認めている。

米国ではライオネル・トリリングやフィリップ・ラーヴら「ニューヨーク知識人」が書評を寄せた。それらは文学的価値に一定の留保をしつつも、政治的な著作としての意義を評価するものであった。左派でありながらソ連のスターリン体制に批判的である点でバランスの取れた評であったといえる。

しかしソヴィエト体制に同調する共産党系のメディアの大方は、英米いずれにおいても『一九八四年』に見られる「反ソ」的メッセージに強く反撥した。『プラウダ』(ソ連共産党中央委員会機関紙)でI・アニシモフは「明らかにオーウェルの不潔な本は、これを(要約で)出した『リーダーズ・ダイジェスト』や、多くのイラストをつけてこれを紹介した『ライフ』のような主要な米国宣伝機関の精神に連なっている」と断じている(マイヤーズ編『オーウェル——批評の遺産』)。

第二次世界大戦終結後、米ソ二大国を中心としたブロック化が急速に進み、両者が対峙しあう冷戦体制が加速する。一九四八年六月にはソ連によるベルリン封鎖があった。四九年四月には米国主導で西側諸国の軍事同盟として北大西洋条約機構(NATO)が結成される。同年八月にソ連は原爆実験に成功。米ソの核兵器増強競争が以後進む。『一九八四年』がこうした冷戦体制初期の(少なくともベルリン封鎖までの)世界情勢にある程度反応して書かれたのと同時に、読者もこの状況を踏まえて小説を読んだのだといえる。もっとも、共産圏では公衆が『一九八四年』を読む機会はほとんどなかった。実質上禁書となっていたからである。一九五九年にソヴィエト共産党の思想部門がロシア語版を作らせたが、これは情報収集の一環として関係者だけが見る資料であり、この小説がソ連で解禁となるのはペレストロイカが進行した一九八〇年代末、一九九一年にソ連が解体する直前のことだった。

逆に、冷戦のもう一方の陣営、とりわけ米政府は、『一九八四年』を前作の『動物農場』と併せて反共宣伝の材料として利用しはじめた。先ほど見た『プラウダ』の『一九八四年』批判は小説の完全版を踏まえたものではなく、『ライフ』の内容紹介と『リーダーズ・ダイジェスト』の要約に反応した評であった。いずれも、小説をまとめる際の作品の切り取り方は「反ソ・反共小説」としての単線的な小説解釈であった。『ライフ』によれば、オーウェルはスペイン内戦に参加して「共産主義者たちの目論見を直に目撃し、それ以来、自由主義と統制を混同してしまうならいかなる運命が待ち構えているかを世界に警告するために彼の才能のすべてを捧げている」(一九四九年七月四日号)。『エコノミスト』誌や『ウォール・ストリート・ジャーナル』紙などでも『一九八四年』の単純な解釈は同工異曲である。その要約に乗って『プラウダ』も反撥しているわけである。

小説中の「イングソック」(Ingsoc)という語の使用について、これはイギリス労働党および社会主義全般を攻撃したものだとする解釈をニューヨークの『デイリー・ニューズ』紙が示したことに対して、それを否認する作者の声明文が『ライフ』(一九四九年七月二五日号)と書評紙『ニューヨーク・タイムズ・ブック・レヴュー』(同年七月三一日号)に発表された。いずれも全米自動車労働組合幹部のフランシス・A・ヘンソンに送った声明文をアレンジしたものである。その声明文でオーウェルはこう述べている。

私の最近作の小説は社会主義やイギリス労働党の攻撃を図ったものではなく(私は同党の支持者です)、中央集権的経済が陥りやすい誤謬、すでに共産主義やファシズムにおいて部分的に実現している誤謬を暴露しようとしたものです。私が描いたたぐいの社会がかならず現れるだろうとは思いませんが、(もちろんあの本が風刺であるという事実を考慮してのことですが)あれに似たようなものが出現しうると私は確信しています。私はまた、全体主義的な思想がすでにどこでも知識人の頭のなかに根を張っていると確信しており、こういう思想が論理的帰結としてどうなるかを見ようとしたのです。本の舞台をイギリスに置いたのは、英語を話す種族といえども生来他の人間よりまさっているというわけではなく、全体主義というものは、それに対抗して戦わないでおけば、どこででも勝利を収めることがある、という点を強調したかったからなのです。(強調は原文)

労働党の話が出たのでここで附言しておくべきこととして、『一九八四年』の執筆期間はイギリスでは労働党が政権を握っていた。前章でふれたように、第二次世界大戦末期の一九四五年七月の総選挙で労働党は地滑り的大勝利を収め、党首クレメント・アトリーが首相に就いた。労働党政権は一九五一年暮れの総選挙でチャーチル率いる保守党が政権を奪還するまでつづく。その間、一九四六年から四七年にかけてイングランド銀行、石炭産業、通信、鉄道、電力などの国有化を実現し、さらに国民保健サーヴィス(NHS)制度を発足させ、福祉国家の体制を整備した。このように労働党の掲げた政策の実現に向けて成果を上げた一方で、アメリカへの巨額の債務もあり、「窮乏の時代」と称されるように、第二次世界大戦直後のイギリスは食料や衣料等の生活必需品の配給制がつづき(むしろ配給制は戦後になって強化された)、一般庶民の生活は困窮を極めた。さらに国家・官僚主導の社会のなかでの情報操作、正統的教義《オーソドクシー》への知識人の隷従、自己検閲の傾向は強まっているように思われた。冷戦初期の状況下でイギリスは一九四九年四月の北大西洋条約に調印した一二カ国のうちに入っている。原爆の開発についても、イギリスはすでに一九四六年に原子力研究所を設立し、開発を進めていた(イギリスによる最初の原爆実験は一九五二年)。

オーウェルが『一九八四年』について、社会主義やイギリス労働党への「攻撃を図ったもの」ではないという声明を発したのは、同作品が狙う批判の標的が狭く限定されることを望まなかったためであろうということはよく理解できる。「私は同党の支持者です」という括弧書きも、オーウェルが一九四三年一一月から労働党系新聞『トリビューン』の文芸編集長を務め、アナイリン・ベヴァンら労働党左派の政策に賛同していたのだから、額面どおりに受け取ってよい。ただし、右で見た戦後イギリスでの労働党政権の進めた国家主導型社会主義政策に対してオーウェルが懸念を抱いていたこと、そこに萌芽としてある全体主義的思想が最悪のかたちに至れば、イギリスでも自分の描いた悪夢の世界が出来することを警告しているということはいえるだろう。

「ニュースピーク」の実現(不)可能性

『一九八四年』でオーウェルが『動物農場』からさらに発展させた「ディストピアの言語学」の思考についてふれておく。

オセアニア国では、ビッグ・ブラザー体制の永続化の重要な一手段として、「ニュースピーク」の原理に基づく言語政策が採られている。それは使用語彙を削減し、統語法を組織的に操作することによって、オセアニア国の構成員が反体制思想をいだけぬようにする戦略と言ってよい。これによって「イングソック」の思想(オセアニア国の正統思想)以外は発想しえなくなると見込まれる。物語中、真理省でウィンストンと同僚の言語学者サイムは言う。「ニュースピークの目的はひとえに思考の幅を狭めることであるのはわかるよね? 最終的には思想犯罪《ソートクライム》を文字どおり不可能にしてしまう。それを表現する語がなくなるのだからね。必要な概念があればすべて一語だけで表現される。その単語の意味は厳密に定義され、それに附随していたいろいろな意味はすべて消し去られ忘れられる。〔中略〕この言語が完全なものになったときこそ革命の完成だ」（第一部第五章。強調は原文）。作中では過去の文学作品も——シェイクスピアもミルトンも——この方針で書き換えが進められる。

これは言語が人の思考法や現実世界の認識方法を規定するとする「言語決定論」をグロテスクなまでに押し進めたものといえる。「ニュースピーク」の原理からすると、「現実」とみなされるものは、現実についての潜在的な概念と信念が体系的に作られたものにすぎない。そしてオセアニア国の党にとっての「現実」とは、つねに党の支配体制の永続化に資するものでなければならない。このディストピア世界は、あらゆる手段をつくして言語を権威的に支配し、異端思想につながるような言語使用を阻止しようとする。ひいては言語統制こそが現実世界の認識方法を支配する方途としてもくろまれている。

この特殊な言語の特徴を説明するために、小説の巻末に「ニュースピークの諸原理」が附されている。研究書や評論集ならいざ知らず、小説ジャンルでこのような附録が添えられているのは珍しい。オーウェル本人にとってこの附録が小説に不可欠のものであったことは、先に見たように、米国版初版を出す際に出版社側から削除を打診されたが断固として拒否したことに示されている。オセアニア国の支配原理のうちの重要な部分を占める言語政策とその基礎をなす言語観の詳細な説明として意義深いものであるからだ。のみならず、そこにはディストピア世界に潜む亀裂も書き込まれている。

この附録の書き出しでは、「ニュースピークが最終的にオールドスピーク（すなわちわれわれの言う標準英語）に取って代わるのは二〇五〇年ぐらいのことだと見込まれた」と記されている。物語世界の一九八四年の時点では、ニュースピークはいまだに「道半ば」であることが告白されているのである。しかも二〇五〇年に完成するのかどうかさえじつは怪しいのだ。許容可能な観念の幅を正統イデオロギーの枠内に限定する、このようなディストピア的言語の構築ははたして実現可能か。じつはオーウェルはこの小説の独特な語り口によって、その不可能性を証している。イングソックの言語観は対象を完璧に指示する「単声的」言語が存在するという仮定に立つが、体制に疑問をいだく主人公ウィンストン・スミスに寄り添う小説の声は、きわめて多声的《ポリフォニック》で対話的《ダイアロジック》な性質をもっている。権威主義的言語がいかに「単声」たることをめざしても、それがこの小説のかたちによって権威をはぎとられる。

じっさい、ディストピアという文学ジャンルの約束事に従って主人公のウィンストン・スミスは破滅させられるのであっても、彼は物語中で伝承童謡の復元を図り、百年前のガラスの文鎮（ピンクの珊瑚が埋め込まれている）を「歴史のひとかけ」ととらえ、そこに過去からのメッセージを——未知の声を秘めた祖先の声を——読み取ろうとする。「その読み方さえわかったら」（第二部第四章）と念じながら。ディストピア世界を描きながら、その裂け目を広げる道を示唆している。ディストピア世界に潜むユートピア的モメントとでも形容するべきか。『一九八四年』に込めたオーウェルのメッセージがそこにあるように私は思う。

終章

1949-1950

オーウェルの墓．サットン・コートニー，オール・セインツ教会(2016年，著者撮影)．

「ガンディーを想う」

オーウェルは、一九四九年の年明けにジュラ島を発ってクラナムのサナトリウムでの療養生活を余儀なくされた。『一九八四年』の校正作業のほか、友人に手紙を書いたり、小説や評論の覚書をノートに記したりはしたが、まとまった文章として書けたのは数本の書評、それに若干のコラム記事やアンケート回答ぐらいのものだった。『パーティザン・レヴュー』からイーヴリン・ウォー論を依頼され引き受けたのだったが、ある程度書き進めたものの、完成には至らなかった。ジョーゼフ・コンラッド論の計画もあったが、これも覚書にとどまった。

短い書評をのぞけば、四九年発表の唯一の、そして最後の評論は、「ガンディーを想う」だった。彼が生涯に書いた評論のなかで代表的な一篇でもある。『パーティザン・レヴュー』の四九年一月号に掲載されたもので、執筆は前年秋、バーンヒルで、『一九八四年』の仕上げにかかっていた時期と重なる。ガンディー(一八六九―一九四八)の自伝『真理についての私の実験談』(一九二七―二九)の英訳版(一九四八)の長文の書評エッセイとして書かれた。このインド独立運動の指導者への彼のそれまでの論評は概ね辛口で、とりわけ第二次世界大戦中に連合国と日本のあいだで中立的な立場を取った際には強く非難していた。このエッセイでも「聖者たちは潔白が証明されるまではつねに有罪と宣告されるべきである」と、意地悪な一文から書き出しているのだが、結論としては積極的な評価を与えている。

オーウェルにはガンディーと決定的に相容れない部分が依然としてある。それはガンディーの「反人間主義《アンティヒューマニズム》」である。オーウェルによれば、この当時、西側の左派の人びと、とくにアナキストや平和主義者たちはガンディーが中央集権制や国家の暴力に反対した点のみをとらえて自分たちの同志であるとみなしているが、彼の教義のもつ「来世的、反人間主義《アンティヒューマニズム》的な傾向」を見逃している。そう指摘したうえで、こうつづける。「人間こそが万物の尺度であるという信念、われわれにはこの世しかないので、われわれの務めはこの世での人生を生きるに値するものにすることなのだという信念――これとガンディーの教えは両立しえぬものであることを認識すべきだと私は思う」。本書第9章で取り上げたアーサー・ケストラー論での「真の問題」の議論の変奏がここでもなされている。オーウェルが前者の「人間主義《ヒューマニズム》」に立脚しているのは言うまでもない。とはいえ、オーウェルは、核兵器の使用が確実な、迫り来る第三次世界大戦を文明が抑えられるかどうかについて、悲観的な見方をしているものの、ガンディーが採った大衆的非暴力抵抗運動（サティヤグラハ）の手法こそが解決の道であろうと言う。「私のように一種の美的趣味からガンディーを嫌悪する者もいるだろう。〔中略〕聖者を理想とすることを拒むがゆえに、ガンディーの根本目標が非人間的で反動的なものだと感じる者がいるだろう。だが彼を単にひとりの政治家ととらえ、現代の他の主導的な政治家たちの姿と比べるならば、なんと清々《すがすが》しい匂いを彼はあとに残しえたことであろう」と結び、兇弾に倒れたガンディーの没後一年を記念しての、立場を異にする「人間主義者《ヒューマニスト》」からの弔詞としている。「匂い《スメル》」の語を最後の一文にふくめているのはオーウェルらしい。

チャーチル『最良の時』

クラナムのサナトリウムの入院中に書いたほぼ最後の原稿は、ウィンストン・チャーチルの回想録『最良の時』の書評(『ニュー・リーダー』一九四九年五月一四日)とヘスケス・ピアソンのディケンズ伝について(『ニューヨーク・タイムズ・ブック・レヴュー』同年五月一五日)だった。発表の日時でいうとディケンズ伝が一日後だが、オーウェル全集の編者デイヴィソンは『最良の時』のほうをオーウェルが生涯で最後に書いた書評としている(ニューヨークの雑誌『ニュー・リーダー』に原稿を発送したのは四月九日だった)。この書評は、戦時の苦難の時代における英国民の指導者としてチャーチルの業績を称えており、オーウェルの数ある書評のなかでも珠玉の一篇に数えられる。チャーチルと「いかに意見が異なろうと、また彼の率いる(保守)党が一九四五年の選挙で勝利しなかったことを僥倖と思おうとも、彼のなかにある勇気のみならず、度量の広さと人間的な豊かさは称えなければならない」。イギリス国民はチャーチルの政策については概ね拒んできたが、彼本人にはつねに好意をいだいてきた、それは彼に関する尾ひれのついた数多の逸話にあらわれている、とオーウェルは指摘する。そうした逸話は「一般民衆がタフでユーモラスな老人に捧げたひとつの格好の讃辞だった。民衆はこの老人を平時の指導者としては認めないのだろうが、災厄の際には自分たちの代表者だと感じていたのだから」。

『一九八四年』の主人公ウィンストン・スミスが一九四四年か四五年の生まれという設定からして、ファーストネームがチャーチルのそれにちなんでいるとする見方は、右の評言を見ても信憑性があると思える。ちなみにチャーチル自身『一九八四年』の一読者であったことが彼の主治医であったモーラン卿（チャールズ・ワトソン）の日記で証言されている。首相に返り咲いていた晩年、一九五三年二月一九日付の記載にこうある。「首相はジョージ・オーウェルの本『1984』を読み耽っていらした。「これを読んだかね、チャールズ。おや、読むべきだよ。わしは二度目だ。じつに驚くべき本だ」（モーラン卿『チャーチル』）。

サナトリウムの見舞客

クラナムのサナトリウムはコッツウォルズ地方のなかでも辺鄙な場所にあったが、それでもジュラ島に比べればロンドンからはずっと近い。友人、知人たちが見舞いに訪れた。オーウェルの日記によれば、彼はガラスのドア付の木造の小屋（「いわゆる山荘《シャレー》」）が並んでいるひとつに入っていた。どのシャレーも一五フィート（約四・五メートル）×一二フィート（約三・六メートル）ほどの広さで、外側にガラス屋根のベランダがあった（「最後の文学ノート」一九四九年三月二一日付）。

マルコム・マガリッジはアントニー・ポウエルと連れだって一九四九年二月一八日にここを訪れている。マガリッジの残した日記および回想によると、オーウェルは意気軒昂で、「やりたいことがたくさんあるから自分はもう一〇年生きたい、養子の息子もそのころには一五歳になっているだろうし」と語ったという。三人で三時間話し、オーウェルは愛読するギッシングやキプリングについて大いに語った。「彼はTB(結核)にかかっているのに煙草を吸いつづけている。それにベッドの下からラム酒のボトルを取り出して、三人でそれを空けてしまった」とは、ひどい不摂生ぶりである。以上はマガリッジの日記抄の記載からだが、マガリッジの回想文「憂い顔の騎士」のおなじ見舞いのくだりではもっと痛々しい記述が出てくる。「オーウェルはひどくやつれ、やせこけていた。彼は死ぬのだろうな、とそのとき見てとれたように思う。結核患者を見舞うのは私には子ども時代の経験の一部だった。父方の親族がこの病にむしばまれていて、私自身も七歳のときにその徴候が出てしまい、田舎での養生を余儀なくされた。だからあの独特の、柔らかい、猫が喉を鳴らすような咳は私にはなじみのものだった。あのほとんど謎めいた透きとおった肌は、さながら繊維ガラスの薄板で、向こう側に燃えさかるかまどがあるような感じだった」(グロス編『ジョージ・オーウェルの世界』)。

イーヴリン・ウォーの邸宅が近辺(グロースター州スティンチコムのピアス・コート)にあるのを知っていたマガリッジは、ウォーにオーウェルの見舞いに行くように勧めた。それでウォーは数度オーウェルを見舞いにクラナムに訪れた。政治観も宗教観も正反対のふたりだが、同年生まれで、互いの著作に関心をもち、双方の書評を書き、手紙も交わしていたので、P・G・ウッドハウスのジーヴズものや少年週刊誌など、会えば話題は尽きなかったことだろう。

こうした友人、知人らの来訪をオーウェルは歓迎したが、他の患者の見舞客についてはむしろ不快感をいだいていたようだ。復活祭の日曜日にあたる一九四九年四月一七日の日記には、彼の耳に入ってくる「声」についてのコメントが記されている。

> 復活祭の日曜日、このサナトリウムで、「シャレー」の並ぶこの(いちばん高価な)区画の患者の大半に見舞客がやって来て、たくさんの上流階級英語の声を聞くときに受ける奇妙な印象。二年間、そうした声からほとんど遠ざかっていた。〔中略〕なんたる声か！　一種の過食、愚かなうぬぼれ、つまらぬことにたえず発するふふんというせせら笑い。とりわけ一種の鈍重さと金満に心底からの悪意が結びついている――姿が見えなくても、どういう連中か本能的に感じられる。およそ知的なもの、繊細なもの、美しいものの敵なのだ。だれもがかくもわれわれを憎むというのもなんの不思議もない。（「最後の文学ノート」）

その見舞客たちの声を「上流階級英語《アッパー・クラス・イングリッシュ》の」と書いているが、貴族層にかぎらず、富裕な上層中流階級の上流気取り《スノッブ》の声もふくめているのだろう。引用の最後で「彼らを憎む」でなく「われわれを憎む」と書き、嫌悪感を記している自分本人をも嫌悪される人びとのなかにふくめていることに注意したい。自分が生まれ育った階級をこのように嫌悪し、その世界からの一種の亡命者《エグザイル》となることを図って生きてきたオーウェルの痛切な思いがここに垣間見られる。彼は匂いだけでなく声にも鋭敏であった。自分の話し方が「パブリック・スクール調」とみなされないように、意識的に工夫したいささか変わった発音で、そのため「妙に耳障りな響き」があったことが彼についてのアントニー・ポウエルの印象のひとつだった(『春の幼子』第一〇章)。

ロンドン大学病院への転院

ポウエルに対してオーウェルは「もうひとつ書く本があるかぎり人は死なないと思う。で、私にはある」と語った(『春の幼子』第一〇章)。これは一九二〇年代のビルマを舞台とした中編小説『喫煙室物語』を指しているのか、あるいは時代を一九四五年に設定した長編小説のことか。前者は梗概といくらかの草稿が残されているが、後者はほとんど着手されずに終わった。マガリッジの予想は当たり、オーウェルの病状は徐々に悪化した。一九四九年九月三日に彼はクラナムのサナトリウムからロンドン大学病院(ガウアー街にあるユニヴァーシティ・コレッジ附属病院)に移された。「クルーシフォーム・ビルディング」(十字型棟)と名付けられた一九世紀末建造の赤レンガ造りの建物の六五号室(個室)で、ここが彼の終焉の地となる。看護師長だったオードリー・ドーソンは以下のような回想を残している。

あの方の部屋はかなり小さく、窓はひとつだけ、設備も標準的なものでした。傾けられる背の高いベッド、サイドテーブルの上に電話機、鏡台と衣裳戸棚、縦長の椅子が一、二脚、もちろん移動式便器《コモード》もありました。喀痰《かくたん》検査が陽性の、重症の結核患者なので、特別な白い茶碗をお持ちでした。毎回煮沸するので重い陶器でした。お使いになるものはすべて煮沸する必要がありました。

思い返すと、あの方はいつも着古したラクダ色のカーディガンを羽織ってベッドで起き上がっておられました。いつも丁重でしたが、口数は少なかったです。不平を多く唱えたりはしませんでした。もっとも、憤りとまでは申しませんが、病気でベッドに縛りつけられている身を呪っているような気配が感じられはしました。御手をよく覚えています。指が長くて、すてきな手でした――顔色と同様に血色は悪かったのですが。

お子さんが来たときは大喜びでした。これから来ると考えるだけで興奮しているご様子です。でもなにぶんあの病状でしたから、いつもあの子を入れてあげるわけにはいきません。入室は特別許可を得てのことで、子どもにキスをするのも禁止されていました。喀痰で感染しますから。ベッドに座らせるのも、近づきすぎるのも禁物でした。

ドアには「オーウェル」でなく「ミスター・ブレア」と記されました。見舞客が「オーウェルさんの部屋は」と迷われることがよくあり、紛らわしいことでした。（ウォダムズ編『オーウェルを思い出す』）

ソニア・ブラウネルとの再婚

ロンドンに転院した翌月の一九四九年一〇月一三日、オーウェルはソニア・ブラウネル（一九一八―八〇）と再婚した。外に出られる状態ではなかったので特別許可を得て病室で式を挙げた。オーウェルよりも一五歳若いこの女性との出会いは一九四〇年か四一年、ロンドンでシリル・コナリーとのディナーで同席したのが最初だった。コナリーを編集長とする文芸誌『ホライズン』が一九三九年暮れに創刊され、フランス語に堪能なソニアは編集助手となっていた。妻のアイリーンが一九四五年春に急死したあと、オーウェルは、前述のシーリア・カーワン、また当時キャノンベリー・スクエアの彼のフラットの階下に住んでいたアン・ポパム（一九一六―二〇一八。のちに美術史家のクエンティン・ベルと結婚）ら、何人かの女性に立て続けに求婚しており、ソニアもそのひとりであったが、他の女性たちと同様にそのときは断った。だがこれがオーウェルらしいところだが、カーワンと同様に、（彼の病状もあって繁く会う間柄ではなかったものの）ソニアとの一定の交際はつづいていた。この若く潑溂《はつらつ》とした女性が、『一九八四年』で主人公ウィンストン・スミスと禁断の密会をする恋人ジュリア（真理省の虚構局に勤務）のモデルであるとする説は、トスコ・ファイヴェルほか多くの論者が出している。

一九四九年六月二五日にソニアはコッツウォルズまで足を運び、クラナムのサナトリウムにオーウェルを見舞った。おそらくそのときにオーウェルはそれこそ駄目元で再度求婚した。ソニアは今度は承諾した。

ソニアはこれが初婚だったが、何人かの年長の男性との交際の経験があった。二〇歳のころには中世英文学者のユージン・ヴィナヴァー（一八九九―一九七九）がウィンチェスター版『アーサー王の死』の出版を準備していた際に写本をタイプする手伝いをした。そのあと画家のウィリアム・コールドストリーム（一九〇八―八七）と、さらにフランスの哲学者モーリス・メルロ＝ポンティ（一九〇八―六一）との交際があった。彼女の伝記『虚構局から来た娘』を書いたヒラリー・スパーリングによれば、「（ソニアの）生涯で繰り返されたパターンのひとつは、大きな魅力と生来の威厳を備えた男性と強く親密な関係を結ぶことだった。相手の男性は概ね年上で、その卓越した知性を彼女は崇め、男性のほうも彼女の虜になってしまうのだった」（第一部）。

図 E–1　ソニア・ブラウネル．『ホライズン』編集部にて．1948 年 10 月．

ソニアはなぜオーウェルの求婚を承諾したか。死の間際の有名作家との結婚ということで、名声と遺産目当ての動機に帰す人はもちろんいるが、関係者の証言とその後の彼女の生き方からしてその見方は不当であろう。少なくともオーウェルは明らかにソニアとの結婚を幸福に思い、じっさい、わずかではあるが容態が改善した。一〇月二五日に見舞いに訪れたマルコム・マガリッジは「オーウェルはたしかに前よりよくなったように見える。結婚式用に買った鮮紅色のビロードのジャケットを着てベッドに起き上がり、すこぶる機嫌がよかった」と日記に書いている。ソニアは時間の許すかぎりオーウェルの病室にいて見舞客の対応など甲斐甲斐しく世話を焼いた。頻繁に見舞いに行っていたトスコ・ファイヴェルはオーウェルがソニアと結婚したことを「たいへん謎めいている」と述べているが、「私が見舞いに来ているあいだに、彼女が文壇のゴシップをもってやって来るときはいつでも、彼女の快活さと笑いのおかげでオーウェルの臥せっている病室がぱっと明るくなったように思えた」と回想している。「オーウェルは彼女の来るのをただ無性に待ち望んでいる、と私は思った。オーウェルによると、結婚を決意したのは、結婚することでもう少し命が持ちこたえられる、と思ったからだという」(ファイヴェル『オーウェル』序)。

死と葬儀

ファイヴェルは生前のオーウェルと会ったほぼ最後の人だった。その回想を聞いてみよう。

最後に私がオーウェルと会ったとき、彼は格別に陽気であるように見えた。たしか金曜日だった。

翌週の火曜日に彼はソニアと、若い友人で画家のルシアン・フロイドとともにスイスのサナトリウムに出発することになっていた〔じっさいには一月二五日の水曜日に出発予定だった〕。特別のチャーター便で行く予定なんだ。いまは印税収入がどんどん入ってくるから、飛行機代はまったく問題ない。準備万端整った。スイスの当局筋も手続きをすべて簡略化するのに同意してくれた。アルプスの高みで一日に一、二時間、仕事をするのを許してもらえたらいいなあ。そう彼は言った。

いくばくかの希望が本当にあったのではあるまいか。私たちは小学校時代の思い出話をした。エドワード朝時代に彼が行った、階級に縛られた私立小学校《プレップ・スクール》について。〔中略〕イートン校についてもおもしろい出来事をまじえながら多少話してくれた。去り際にアルプスのサナトリウムに来るようにと誘ってくれた。できれば行きたいと私は答えた。私が友人のなかで彼に会った最後の人間だった――あるいは最後から二番目だった〔ポール・ポッツがその晩もっとあとで病室を覗いたが、彼が眠っているのを見て、病室には入らなかったのだ〕。翌朝訃報が届いた。彼が夜中に喀血したあと、一分かそこらのうちに急死したというのである。（『オーウェル』序）

一九五〇年一月二一日、土曜日の深更〔午前二時半頃〕に、肺動脈が破裂して、大量の血を吐き、数分のうちにオーウェルは死去した。四六歳の若さだった。病室にはスイスに持参するための釣り道具が置かれていた。

彼の遺書には「イングランド国教会の儀式に従って」埋葬してもらいたいという意向が書かれていた。マルコム・マガリッジとアントニー・ポウエルの手配で、一月二六日の午前中にロンドン、オールバニー街のクライスト・チャーチで葬儀が執りおこなわれた。雨模様の寒い日だった。マガリッジの日記にはこうある。「かなり憂鬱で寒々しい行事。参列者のかなりの部分がユダヤ人で、ほぼ全員が無信仰者。最前列にフレッド・ウォーバーグ夫妻。次列にジョージの最初の妻のみすぼらしいなりの親族――彼らの悲しみがその行事全体のなかでほとんど唯一の真実の要素であるように見えた」。この「親族」にはグウェン・オショーネシーらだけでなく、妹のアヴリルや伯母のネリーらブレア家の親族もいた。ポウエルの印象はそれと異なり、「私が参列したなかでもっとも胸をえぐられる」式だったと回想している(『わが生涯の顔ぶれ』第一〇章)。「伝道者の書」の最終章から「塵はもとのごとく土に帰り、霊魂《たましい》はこれを授けし神に帰るべし」という句をふくむお祈りの言葉、また「われらを導く御霊の神よ」などの賛美歌を選んだのはポウエルだった。

同日午後、テムズ川上流、サットン・コートニー村まで棺が運ばれ、オール・セインツ教会の墓地に埋葬された。これはデイヴィッド・アスターの尽力によるものだった。墓石には、彼の遺言にしたがって、ジョージ・オーウェルの名前はなく、簡潔に「ここに眠る/エリック・アーサー・ブレア/一九〇三年六月二五日生、一九五〇年一月二一日没」と刻まれている。

ジョージ・オーウェル略年譜

一九〇三年　六月二五日　エリック・アーサー・ブレア(オーウェルの本名)、英領インド、ベンガルのモティハリで生まれる。父親リチャード・ウォームズリー・ブレアは英領インド帝国政府の阿片局の官吏。母アイダ(旧姓リムーザン)と一八九七年に結婚。姉マージョリー・ブレアは一八九八年生まれでエリックより五歳年長。

一九〇四年(一歳)　母アイダ、マージョリーとエリックを連れて帰英。オクスフォード州ヘンリー・オン・テムズに住む。父リチャードはインドに単身で残る。

一九〇七年(四歳)　夏に父リチャードが一時帰国。

一九〇八年(五歳)　妹アヴリル・ブレア誕生。

一九一一年(八歳)　九月、英国南部イーストボーンにある私立小学校(プレパラトリー・スクール)であるセント・シプリアン校に入学、寮生活に入る。

一九一二年(九歳)　父リチャード・ブレア、インドでの官吏勤めを定年で退職し帰国。秋にオクスフォード州テムズ河畔の村シップレイクに転居。

一九一四年(一一歳)　夏休み中、シップレイクでバディコム一家と親しくなる。七月二八日、第一次世界大戦勃発。一〇月二日、自作の詩「目覚めよ、英国の若者よ」が地元紙に掲載される。

一九一五年(一二歳)　九月、ブレア家はヘンリー・オン・テムズに転居。

一九一六年(一三歳)　七月、ソンムの戦い。一二月、セント・シプリアン校卒業。

一九一七年(一四歳)　一月、パブリック・スクールのウェリントン校に奨学生として入学。一学期過ごして退学。

一九一八年(一五歳)
五月、イートン校に奨学生として入学。
一一月一一日、第一次世界大戦終結。

一九二一年(一八歳)
一二月、イートン校卒業。ブレア家はサフォーク州の海岸町サウスウォルドに転居。

一九二二年(一九歳)
一月、インド帝国警察官任用試験準備のためサウスウォルドの塾に通いだす。六月末から七月初頭にかけて任用試験受験。一〇月二七日、英領インド帝国警察官としてビルマに向け出発。一一月下旬マンダレー着、同地の警察訓練学校に入る。

一九二三年(二〇歳)
一一月三〇日、実地訓練のためメイミョーの英陸軍連隊に配属される(一二月一七日まで)。

一九二四年(二一歳)
一月二五日、警察訓練学校での研修終了。一月二六日、ミャウンミャに配属される。五月三一日、トゥワンテに転勤。一二月一六日、シリアムに転勤、地区警視補となる(見習い期間終了)。

一九二五年(二二歳)
九月二六日、インセインに転勤(分署本部の補佐)。

一九二六年(二三歳)
四月一九日、モールメインに転勤。部下約三〇〇名を指揮する。一二月二三日、カターに転勤(本部詰めの補佐)。

一九二七年(二四歳)
七月一四日、八カ月の休暇を得てラングーンから英国に向け出港。八月下旬、マルセイユ、パリを経由して帰国。九月、辞職の決意を親に伝える。作家としての修業を開始。秋にロンドン、ノッティング・ヒル、ポートベロー通り二二番地のフラットに住む(翌年春まで)。ロンドンのイースト・エンドの貧民地区を初めて訪ねる。

一九二八年(二五歳)
春に浮浪者の暮らしをする。同年春から翌二九年末までパリで暮らす。パリ五区のポ・ド・フェール通り六番地の安価なホテルに住む。

一九二九年(二六歳)
三月、風邪をこじらせて重篤になり、コシャン病院に二週間入院。一〇月から一二月にかけて、厨房のポーターや皿洗いとしてホテルで働く。一〇月二九日、ニューヨーク株式市場が大暴落となり、世界大恐慌が始まる。ソ連は一月にトロツキーを国外追放、年内にスターリンの独裁体制が進む。クリスマス前に帰国。

一九三〇年(二七歳)

サウスウォルドの実家で暮らす。その間、町の南にあるウォルバースウィック村で知的障害をもつ少年の家庭教師を務める。貧民、失業者たちにまじってロンドンで放浪生活をする。『パリ・ロンドン放浪記』の初期草稿を書き出す。

一九三一年(二八歳)

「木賃宿」、「絞首刑」などを『アデルフィ』に寄稿。晩夏にケント州でホップ摘みの仕事をする。『ビルマの日々』を書き出す。一〇月から一一月にかけてパディントン、ウィンザー街二番地に住む。

一九三二年(二九歳)

四月、ミドルセックス州ヘイズにある私立の男子校ホーソーンズ校で住み込みの非常勤講師となる(三三年七月まで)。一一月、ジョージ・オーウェルの名前を使い出す(一九三六年一二月までは本名のエリック・ブレアと併用)。

一九三三年(三〇歳)

一月、ジョージ・オーウェルの筆名で『パリ・ロンドン放浪記』をヴィクター・ゴランツ社から出版。一月、ヒトラーがドイツの首相となる。秋、『ビルマの日々』脱稿。アクスブリッジにある共学の私立学校フレイズ・コレッジでフランス語を教える。一二月、肺炎で入院、教職を辞す。

一九三四年(三一歳)

一月~一〇月　サウスウォルドの両親のもとで暮らす。『牧師の娘』を執筆。一〇月、ロンドン北部ハムステッド、ポンド街、ウォリック・マンションズ三の貸本屋兼古書店「愛書家コーナー」で書店員のアルバイトを始める。その上階のフラットに転居。一〇月二五日、『ビルマの日々』を米国のニューヨークのハーパー・アンド・ブラザーズ社から出版。

一九三五年(三二歳)　三月から七月まで、ハムステッド、パーラメント・ヒル七七番地のフラットに住む。三月、アイリーン・オショーネシーと初めて会い、交際を始める。三月三一日、『牧師の娘』をヴィクター・ゴランツ社より刊行。六月二四日、『ビルマの日々』の本文を修正したうえでロンドンのヴィクター・ゴランツ社から出版。八月、ロンドンのケンティッシュ・タウン、ローフォード通り五〇番地に転居。

一九三六年(三三歳)　一月三一日〜三月三〇日、『ウィガン波止場への道』を書くためにイングランド北部で炭鉱労働者や失業者の実地調査。四月、ハーフォード州、ウォリントンのザ・ストアズ(お店)に転居。四月二〇日、『葉蘭をそよがせよ』をヴィクター・ゴランツ社から出版。五月、『ウィガン波止場への道』を書き出す。六月九日、ウォリントンのセント・メアリー教会にてアイリーン・オショーネシーと挙式。七月一八日、スペイン内戦勃発。秋、「象を撃つ」を『ニュー・ライティング』に寄稿。一二月一五日、『ウィガン波止場への道』を脱稿し、原稿をゴランツに渡す。一二月二三日、出国、パリへ。二四日、パリでヘンリー・ミラーと会う。二六日、内戦下のスペイン、バルセロナに入る。

一九三七年(三四歳)　一月〜六月、共和国政府側のPOUM(マルクス主義統一労働者党)の民兵隊に参加し、アラゴン戦線で戦う。三月八日、『ウィガン波止場への道』をゴランツ社から刊行(一般図書およびレフト・ブック・クラブ選定書)。四月末〜五月上旬、休暇でバルセロナに滞在中に共産党主流派によるPOUMその他の弾圧の現場に居合わせる。五月、英国でチェンバレン挙国一致内閣成立。五月二〇日、ウェスカの前線でファシスト兵の狙撃で頸部の貫通銃創を受ける。六月二三日、妻アイリーン、ジョン・マクネア、スタフォード・コットマンらとスペインを脱出。七月初め、ウォリントンにもどり、『カタロニア讃歌』執筆開始。

一九三八年（三五歳）　三月、片肺の結核性病変に罹り、ケント州エイルズフォードのプレストン・ホール・サナトリウムに入所。四月二五日、『カタロニア讃歌』をセッカー・アンド・ウォーバーグ社より刊行。六月、独立労働党に入党。九月二日、療養のため、妻アイリーンとともにモロッコに向けて出発。主にマラケシュ近郊に滞在。九月三〇日、ミュンヘン協定調印。『空気をもとめて』を執筆。

一九三九年（三六歳）　三月三〇日、帰国。サウスウォルドの実家に父を見舞ったあと、四月一一日ウォリントンにもどる。六月一二日、『空気をもとめて』をゴランツ社より刊行。六月二八日、父リチャード死去（享年八二）。八月二三日、独ソ不可侵条約締結。九月一日、ドイツ軍、ポーランドに侵攻。九月三日、英仏はドイツに宣戦布告。一二月、「マラケシュ」を『ニューライティング』に寄稿。

一九四〇年（三七歳）　三月一日、『鯨の腹のなかで』をゴランツ社より刊行。三月、「少年週刊誌」を『ホライズン』に寄稿。五月、地域防衛義勇軍に入隊、軍曹を務める。五月、ロンドンの住居として、リージェント・パークに近いチャグフォード街ドーセット・チェンバーズ一八番地のフラットを賃借（翌年三月まで）。五月一〇日、チャーチルを首班とする挙国一致内閣成立。五月一八日、『タイム・アンド・タイド』に劇評の寄稿を開始（一九四一年八月九日まで計二五回）。五月二九日より六月五日まで英軍のダンケルク撤退作戦。妻アイリーンの兄ロレンス・エリック・オショーネシーがフランドルで戦死。八月、「右であれ左であれ、わが祖国」を『フォリオズ・オヴ・ニュー・ライティング』に寄稿。九月、ドイツ空軍のロンドン空襲始まる。一〇月五日、『タイム・アンド・タイド』に映画評の寄稿を開始（一九四一年八月二三日まで計二七回）。

一九四一年(三八歳) 二月一九日、パンフレット『ライオンと一角獣』をセッカー・アンド・ウォーバーグ社から刊行。四月初め、ロンドン北西部セント・ジョンズ・ウッド、アビー・ロード、ラングフォード・コート一一一に転居(四二年夏まで)。六月、ドイツ軍、対ソ攻撃開始。八月、「ウェルズ・ヒトラー・世界国家」を『ホライズン』に寄稿。八月一八日、BBC東洋部インド課にトーク・アシスタントとして入局。九月、「ドナルド・マッギルの芸術」を『ホライズン』に寄稿。一一月二一日、インドと東南アジア向けのニュース解説を初めて放送。

一九四二年(三九歳) 夏、ロンドン北西部メイダ・ヴェイル、モーティマー・クレセント一〇a番地に転居(四四年六月まで)。八月末、スターリングラード攻防戦開始(四三年二月初頭まで)。

一九四三年(四〇歳) 三月一九日、母アイダ・ブレア死去。一一月二四日、BBC退職。一一月末、労働党左派の週刊新聞『トリビューン』の文芸担当編集長に就任。一一月、『動物農場』執筆開始。

一九四四年(四一歳) 一二月三日、『トリビューン』の連載コラム「気の向くままに」開始。二月、『動物農場』脱稿。出版社捜しが難航する。五月、コリンズ社から依頼されていた『英国人』を脱稿(刊行は一九四七年)。六月、オーウェル夫妻は新生児の男の子(五月一四日生まれ)を養子にし、リチャード・ホレイショー・ブレアと命名。六月二八日、オーウェル夫妻の住むメイダ・ヴェイルのフラットがドイツ軍の爆撃で破壊される。ベイカー街近くのジョージ街一〇六番地に仮住まいする。一〇月初旬、ロンドン、イズリントン、キャノンベリー・スクエア二七bに転居。

一九四五年(四二歳) 二月、ヤルタ会談。二月一五日、『オブザーヴァー』と『マンチェスター・イヴニング・ニューズ』の戦場特派員として大陸(フランス、ドイツ、オーストリア)に赴く。三月二九日、妻アイリーン急死。オーウェルは三月三一日に帰国、葬式を済ませ、四月八日に戦場特派員として大陸にもどり、五月二四日帰国。四月三〇日、ヒトラー自殺。七月二六日、英総選挙で労働党が勝利、アトリー労働党政権誕生。ポツダム会談。米国で初の原子核爆発実験に成功。八月、自由擁護委員会の副委員長に選出。八月六日、米軍は広島に原爆投下。八月九日、長崎に原爆投下。八月一四日、日本はポツダム宣言を受諾、第二次世界大戦終結。八月一七日、『動物農場』をセッカー・アンド・ウォーバーグ社より刊行。九月一〇日～二二日、ジュラ島のコテージに宿泊。一〇月、「ナショナリズム覚書」を『ポレミック』に寄稿。一〇月一九日「あなたと原爆」、一一月二日「よい悪書」、一一月九日「復讐は苦し」、一二月一四日「スポーツ精神」を『トリビューン』に寄稿。一二月一五日、「イギリス料理の弁護」を『イヴニング・スタンダード』に寄稿。

一九四六年（四三歳）

一月一二日、「一杯のおいしい紅茶」を『イヴニング・スタンダード』に寄稿。二月一四日、『批評論集』をセッカー・アンド・ウォーバーグ社より出版（米国版は四月二九日に『ディケンズ、ダリ、その他』というタイトルでニューヨークのレイナル・アンド・ヒッチコック社より刊行）。三月、「イギリス料理」をブリティッシュ・カウンシル依頼で執筆するも出版されず。三月五日、ウィンストン・チャーチル、米国で「鉄のカーテン」演説。四月、「政治と英語」を『ホライズン』に寄稿。、五月二三日、ジュラ島のバーンヒルを借りる（一〇月一三日まで滞在）。夏、『ギャングレル』誌の特集「なぜ書くか」に寄稿。一〇月一四日、ロンドン、キャノンベリー・スクエアのフラットにもどる。

一九四七年（四四歳）

一月一四日、『動物農場』を自ら脚色した放送劇をBBCで放送。三月、「リア王・トルストイ・道化」を『ポレミック』に寄稿。四月一一日から一二月二〇日まで、ジュラ島のバーンヒルに滞在。『一九八四年』を執筆。五月三一日、「あの楽しかりし日々」のタイプ原稿をウォーバーグに送る。八月、『英国人』を図説英国叢書の一冊としてコリンズ社から刊行。一一月七日、『一九八四年』の第一草稿完成。一二月二四日、結核のためグラスゴー、イースト・キルブライド、ヘアマイアーズ病院に長期入院。

一九四八年（四五歳）

七月二八日、ヘアマイアーズ病院を退院、ジュラ島のバーンヒルにもどる。一一月一五日、レジナルド・レノルズとの共編で『イギリスのパンフレット作者たち』第一巻をアラン・ウィンゲイト社より刊行。同書に序文を寄稿。秋、「ガンディーを想う」を執筆（『パーティザン・レヴュー』四九年一月号に掲載）。一二月四日、『一九八四年』の入稿用原稿のタイプ打ちの作業を終えて郵送。病状悪化。

一九四九年（四六歳）

一月二日頃、ジュラ島を去る。一月六日、グロースター州、クラナムのコッツウォルド療養所に入る。三月、『一九八四年』の校正作業にあたる。六月八日『一九八四年』をセッカー・アンド・ウォーバーグ社より刊行。米国版は六月一三日、ニューヨークのハーコート・ブレイス社から刊行。九月三日、ロンドン、ユニヴァーシティ・コレッジ附属病院に転院。一〇月一三日、病院内でソニア・ブラウネルと結婚。

一九五〇年

一月二一日未明に大量に喀血し死亡。一月二六日、ロンドン、オールバニー街、クライスト・チャーチで葬儀ミサ。同日にバークシャー、サットン・コートニーのオール・セインツ教会で埋葬式。

あとがき

同世代の仲間たち、作家、批評家の多くは、オーウェルが死んだ一九五〇年はキャリアの半ばで、二〇世紀後半にさらに仕事をつづけた。シリル・コナリーは七一歳で急逝する一九七四年まで批評家として文壇の第一線で活躍した。イーヴリン・ウォーは自身の従軍体験にもとづく『名誉の剣』三部作を一九六一年に完結させた。アントニー・ポウエルは代表作『時の舞曲に合わせて踊る』全一二巻を一九五一年から七五年にかけて刊行した。オーウェルもべつだん『一九八四年』を最後の小説とするつもりはなく、少なくとも二本の小説を構想していたし、書きたいことがあるのでまだ死ねない、死なないと断言していた。

だが『一九八四年』を刊行してから七カ月後、冷戦体制が緊迫の度を高めてゆくなかで、この小説がセンセーションを巻き起こしている最中に世を去った。そのためオーウェルの名は『一九八四年』と強く結びつくかたちで人びとの脳裏に焼き付いた。そして本人がエリック・アーサー・ブレアとジョージ・オーウェルの二重のアイデンティティを有したように、オーウェルの名前そのものも、生身の作家としての存在と、それを超えるアイコンとしての「オーウェル」との二重性を帯びるに至った。

没後七〇年にわたって、微妙にトーンを変えつつ、このアイコンは世界規模で増殖してきた。

じっさい、「オーウェリアン」(Orwellian)という語はたいていの英語辞書に見出し語として収録されている。『オクスフォード英語辞典』(OED)の最新版(オンライン版)でこの語を確認すると、「A、形容詞」として、「ジョージ・オーウェルの著作、とくに彼が未来についてディストピア的に語った『一九八四年』(一九四九)で描かれた全体主義国家の特徴をもつ、あるいはそれを示唆する」(Characteristic or suggestive of the writings of George Orwell, esp. of the totalitarian state depicted in his dystopian account of the future, *Nineteen Eighty-Four* [1949])と定義され、一九四九年の初出例が挙げられている。さらに、「B、名詞」として「オーウェルの作品と思想の称賛者」(An admirer of the works and ideas of Orwell)という定義も加えられている。その初出として一九七一年の用例が挙げられている。

ここで示されている「オーウェリアン」の形容詞と名詞は意味合いがかなり異なる。というか、対照的でさえある。Aの「オーウェル的」は、とくに『一九八四年』に描かれた全体主義体制と結びつくネガティヴな語義であるが、Bの「オーウェル主義者」は、そうした体制を描き警告を発した作者オーウェルの「作品と思想」に賛同する人びとということだからだ。私の感触では「オーウェリアン」の語義はAのほうが一般に広まっていて根強い。じっさい、これまで私が目にしてきたものではAの形容詞の用例のほうが圧倒的に多い。読者諸賢もそうだろうと思う。

「オーウェル」そのものがそちらの意味合いで使われる頻度も増したように思われる。一例を挙げるなら、二〇一六年の米大統領選挙のキャンペーン期間ではドナルド・トランプ陣営が“Make America Great Again”(アメリカをふたたび偉大にせよ)のスローガンを再利用し、それを記した赤い野球帽とともに選挙報道でおなじみのものとなったが、これをパロディにした“Make Orwell Fiction Again”というフレーズがその後どこからか出回り、SNSで紹介され、帽子やTシャツなど、これを記したグッズがいまも売られている。「オーウェルをふたたび虚構(小説)にせよ」とは、つまりトランプ大統領就任後、米国では(あるいは世界で)「オーウェル」すなわち『一九八四年』的ディストピア世界が実現しつつある、もしくは実現してしまった、これは由々しき事態なので「オーウェル」はもとの小説世界《フィクション》の話だけにして現実世界を正常にもどせ、というメッセージと解せる。生身の作家オーウェルは『一九八四年』の物語世界を、それに対抗して戦わないでおけば生じうる全体主義体制の極北として、警告の意図を込めて描きつつ、その抑圧的で不自由な世界に亀裂を生じさせる可能性を書き込んだのだったが、アイコンとしての「オーウェル」は、描き出されたディストピア世界そのものとほとんど等価の、負の意味合いを帯びてしまっている。このようなオーウェル没後の「オーウェル」の生成・発展・変容の問題は一巻の書物になりうるもので、じっさいこれを扱った研究書が複数出ている。

だが私が本書でおこなったのは、これとちがう方向で、生身のオーウェルに力点を置き、『一九八四年』が強い影響を世界におよぼした著作であることを認めつつも、これを他と切り離して見るのではなく、彼の生涯の軌跡と著作全般を突きあわせて、彼がなにに怒り、喜び、またなにを守ろうとしたか、そしてその行動原理、思想がいかなるものであったかを立体的に浮かび上がらせることだった。

すべてではないにせよ、オーウェルの著作の原動力に怒りがあった。見たように、『カタロニア讃歌』はスペインで同志らが不当に弾圧された事実に怒ったからこそ書いたのだと本人は語っていた。他の著作でも許しがたいものへの怒りの強度は並大抵ではない。帝国主義、階級差別、弱者への抑圧、為政者や知識人の不誠実な言動、体制順応主義、権力者への忖度、阿諛追従、(自己)検閲、人間の精神を狭めようとするあらゆる「正統的教義《オーソドクシー》」——怒らずにはいられないものがたしかに多くあった。

そうであっても怒りだけでは彼の著作がこれほど長く読み継がれることはなかっただろう。ディケンズの顔について述べたようにオーウェル自身も「寛大さをもって怒っている」顔をもっている。『カタロニア讃歌』にしても、粛清の陰鬱な雰囲気を描き、弾圧に怒る一方で、「革命的雰囲気」に満ちていたバルセロナ、そして民兵部隊に属しての前線での従軍の記録には、笑いをともなう独特な明るさがある。私が大昔これを初めて読んだとき、怒りの告発文と併存するこうした明るさに強く心を打たれ、これは何に由来するのであろうかという問いをもった。それがこの作家に深入りするきっかけであったとさえ言える。彼が独特な思いを込めて「ディーセンシー」と呼ぶ、ふつうの人びとがもつ「人間らしさ」への信がある。希望がある。明るさはそこに由来するというのが私の見方である。

作家の生涯と、発表時の政治、社会、文化の文脈に置いての著作の評価と——新書のスペースにはいささか盛りだくさんのきらいがあり、伝記面でも著作でも、重要だが取り上げきれず割愛したものも少なくないが、小著のかぎられた範囲のなかでできるかぎり、「ディストピア」と同義と化した「オーウェル」とは異なる、ふつうの人びとの「人間らしさ《ディーセンシー》」を追求したオーウェルの全体像を描き出せるように図った。どの程度それを描きえているか、それは読者の判定にゆだねるしかない。

本書を書きながら、オーウェル研究の先人たちへの学恩を感じることが多々あった。とりわけ、『オーウェル全集』の編者ピーター・デイヴィソン博士から受けた恩恵は計り知れない。附録に掲げた参考文献表は本書執筆で援用した文献に限った。研究の進展はめざましく、網羅的なリストにしたら膨大なものになるだろう。日本でのオーウェル関連文献も豊富にある。なかでも四〇年以上にわたって活動している日本オーウェル協会（旧名はオーウェル会）による基本文献の翻訳紹介や伝記的な調査等の成果から益するところが多かった。また現会長の佐藤義夫先生からは本書の原稿を読んでくださったうえで貴重なご助言をたまわった。記して感謝申し上げる。オーウェル・アーカイヴ（ロンドン大学ユニヴァーシティ・コレッジ附属図書館）には資料調査などでお世話になった。最後になるが、岩波書店編集部の石橋聖名さんには本書の企画段階から最後まで忍耐強くお付き合いいただき、多くの貴重な助言と力強い激励をたまわった。そのご尽力にお礼申し上げる。

二〇二〇年五月

川端康雄

人名索引

(GO はジョージ・オーウェルを指す)

ア　行

カ　行

サ　行

タ　行

ナ　行

ハ　行

マ　行

ラ　行

ワ　行

主要文献

【オーウェル主要著作】

全集・選集など

Davison, Peter, ed. *The Complete Works of George Orwell*, 20 vols., London: Secker & Warburg, 1998.

本書でのオーウェルの著作(刊行物，手紙，日記，メモ)からの引用は，本全集に基づいている．第1巻から第9巻までは小説とルポルタージュ(1『パリ・ロンドン放浪記』，2『ビルマの日々』，3『牧師の娘』，4『葉蘭をそよがせよ』，5『ウィガン波止場への道』，6『カタロニア讃歌』，7『空気をもとめて』，8『動物農場』，9『一九八四年』)で，この9巻が先行して1986年から87年にかけて全集版として刊行された．第10巻以降はそれ以外のオーウェルのすべての著作，および関連資料を編年体で収録している．第1〜9巻の改訂版と併せて，全20巻として一括して1998年に刊行された．

Davison, Peter, ed. *The Lost Orwell*, London: Timewell Press, 2006.

上記全集の補遺1巻．全集刊行後(あるいは校了後)に見出されたオーウェルの著作および関係者の手紙などを収録している．

Davison, Peter, ed. *George Orwell Diaries*, London: Harvill Secker, 2009; London: Penguin, 2010.(『ジョージ・オーウェル日記』ピーター・デイヴィソン編，高儀進訳，白水社，2010年)

Davison, Peter, ed. *George Orwell: A Life in Letters*, London: Harvill Secker, 2010; London: Penguin, 2011.(『ジョージ・オーウェル書簡集』ピーター・デイヴィソン編，高儀進訳，白水社，2011年)

全集のなかから編者ピーター・デイヴィソンが日記および手紙を抜粋した2冊(それぞれ日本語版がある)．

Davison, Peter, ed. *Nineteen Eighty-Four: The Facsimile of the Extant Manuscript*, London: Secker & Warburg, 1984.

『一九八四年』の現存する草稿(タイプ原稿と手書きの加筆修正)のファクシミリ.

Orwell, Sonia, and Ian Angus, eds. *The Collected Essays, Journalism and Letters of George Orwell*, 4 vols., London: Secker & Warburg, 1968; Harmondsworth: Penguin, 1970.(『オーウェル著作集』全4巻, 鶴見俊輔ほか訳, 平凡社, 1970年)

デイヴィソン編の『全集』刊行以前は, オーウェルの主要なエッセイ, ジャーナリズム, 手紙などの著作は上記4巻本が基礎文献であった. 日本語版がある.

『オーウェル評論集』全4巻, 川端康雄編, 平凡社ライブラリー, 1995年. 新装版, 2009年.

上記著作集から主要エッセイを再編し改訳した選集.

『オーウェル評論集』小野寺健編訳, 岩波文庫, 1982年.
『一杯のおいしい紅茶』小野寺健編訳, 朔北社, 1995年. 中公文庫, 2020年.
『あなたと原爆――オーウェル評論集』秋元孝文訳, 光文社(古典新訳文庫), 2019年.

エッセイ集の他の翻訳で, 現在比較的入手しやすいものとしては上記3冊がある.

West, W. J., ed. *Orwell: The War Commentaries* and *Orwell: The War Broadcasts*, London: Duckworth & BBC, 1985.(W・J・ウェスト編『戦争とラジオ――BBC時代』甲斐弦, 三澤佳子, 奥山康治訳, 晶文社, 1994年)

オーウェルが1941年から1943年まで勤務したBBC放送でのニュース原稿, 番組台本を収録した本(とその日本語版).

ジョージ・オーウェル『気の向くままに――同時代批評 1943–1947』小野協一監訳, オーウェル会訳, 彩流社, 1997年.

『トリビューン』の連載コラム 'As I Please' の日本語訳.

主要作品(単行本)

オーウェルの主要作品はすべて日本語訳がある. なかには『動物農場』のように1949年以来翻訳が10種を超えるものもある. すべてを挙げるのは煩瑣であるので, 複数出ている作品については, 初訳版／比較的新しく入手しやすい版を以下に挙げる.

『パリ・ロンドンどん底生活』小林歳雄訳, 朝日新聞社, 1969年／『パリ・ロンドン放浪記』小野寺健訳, 岩波文庫, 1989年.

『ビルマの日日』宮本靖介, 土井一宏訳, 音羽書房, 1980年／『ビルマの日々〔新装版〕』大石健太郎訳, 彩流社, 1997年.

『牧師の娘』三沢佳子訳, 御茶の水書房, 1979年／『牧師の娘』(オーウェル小説コレクション3)三澤佳子訳, 晶文社, 1984年.

『葉蘭をそよがせよ』(オーウェル小説コレクション4)高山誠太郎訳, 晶文社, 1984年／『葉蘭を窓辺に飾れ』大石健太郎, 田口昌志訳, 彩流社, 2009年.

『ウィガン波止場への道――イギリスの労働者階級と社会主義運動』高木郁朗, 土屋宏之訳, ありえす書房, 1978年／『ウィガン波止場への道』土屋宏之, 上野勇訳, ちくま学芸文庫, 1996年.

『カタロニア讃歌』鈴木隆, 山内明訳, 現代思潮社, 1966年／『カタロニア讃歌』都築忠七訳, 岩波文庫, 1992年.

『どん亀人生』小林歳雄訳, 流動, 1972年／『空気をもとめて』大石健太郎訳, 彩流社, 1995年.

『アニマル・ファーム――動物農場』永島啓輔訳, 大阪教育図書, 1949年／『動物農場――おとぎばなし』川端康雄訳, 岩波文庫, 2009年.

『一九八四年』吉田健一, 龍口直太郎訳, 文藝春秋新社, 1950年／『一九八四年』高橋和久訳, ハヤカワepi文庫, 2009年.

【参考文献】

Acton, Harold. *More Memoirs of an Aesthete*, London: Methuen,

1970.
Andrew, Christopher, and Vasili Mitrokhin. *The Mitrokhin Archive: The KGB in Europe and the West*, London: Allen Lane, 1999.
Ash, Timothy Garton. 'Orwell's List', *New York Review of Books*, 25 Sept. 2003.
Bowker, Gordon. *George Orwell*, London: Little, Brown, 2003.
Brander, Laurence. *George Orwell*, London: Longmans, Green, 1954.
Buddicom, Jacintha. *Eric & Us: A Remembrance of George Orwell*, London: Leslie Frewin, 1974; 2nd ed. with a Postscript by Dione Venables, Chichester: Finlay, 2006.
Connolly, Cyril. *Enemies of Promise*, London: Routledge & Sons, 1938.
Coppard, Audrey, and Bernard Crick, eds. *Orwell Remembered*, London: Ariel Books/BBC, 1984.（オードリィ・コパード，バーナード・クリック編『思い出のオーウェル』オーウェル会訳，晶文社，1986 年）
Crick, Bernard. *George Orwell: A Life*, London: Secker & Warburg, 1980; New ed. London: Penguin, 1992.（バーナード・クリック『ジョージ・オーウェル――ひとつの生き方』全 2 巻，河合秀和訳，岩波書店，1983 年）
Davison, Peter. *George Orwell: A Literary Life*, London: Macmillan, 1996.
Eagleton, Terry. *Exiles and Émigrés: Studies in Modern Literature*, London: Chatto & Windus, 1970.
Fen, Elisaveta. *A Russian's England: Reminiscences of Years 1926–1940*, Warwick: Paul Gordon, 1976.
Fenwick, Gillian. *George Orwell: A Bibliography*, Winchester: St Paul's Bibliographies, 1998.
Fyvel, T. R. *George Orwell: A Personal Memoir*, London: Hutchinson, 1982.（T・R・ファイヴェル『ジョージ・オーウェル――ユダヤ人から見た作家の素顔』佐藤義夫訳，八潮出版社，1992 年）
Gross, Miriam, ed. *The World of George Orwell*, London: Weiden-

feld and Nicolson, 1971.（ミリアム・グロス編『ジョージ・オーウェルの世界』大石健太郎翻訳監修，音羽書房鶴見書店，2009 年）

Hammond, J. R. *A George Orwell Chronology*, Basingstoke, Hampshire: Palgrave, 2000.

Hodges, Sheila. *Gollancz: The Story of a Publishing House 1928–1978*, London: Victor Gollancz, 1978.（シーラ・ホッジズ『ゴランツ書店——ある出版社の物語 1928–1978』奥山康治，三澤佳子訳，晶文社，1985 年）

Hollis, Christopher. *Eton: A History*, London: Hollis and Carter, 1960.

Hollis, Christopher. *A Study of George Orwell: The Man and His Works*, London: Hollis and Carter, 1956.

Hopkinson, Tom. *George Orwell*, London: Longmans, Green, 1953.（T・ホプキンソン『オーウェル』〈英文学ハンドブック「作家と作品」No. 23〉平野敬一訳，研究社，1956 年）

Larkin, Emma. *Secret Histories: Finding George Orwell in a Burmese Teashop*, London: John Murray, 2004.（エマ・ラーキン『ミャンマーという国への旅』大石健太郎訳，晶文社，2005 年）

Lewis, John. *The Left Book Club: An Historical Record*, London: Victor Gollancz, 1970.（ジョン・ルイス『出版と読書——レフト・ブック・クラブの歴史』鈴木建三訳，晶文社，1991 年）

Lewis, Peter. *George Orwell: The Road to 1984*, London: Heinemann, 1981.（ピーター・ルイス『ジョージ・オーウェル——1984 年への道』筒井正明，岡本昌雄訳，平凡社，1983 年）

Meyers, Jeffrey. *Orwell: Life and Art*, Urbana, Illinois: University of Illinois Press, 2010.

Meyers, Jeffrey. *Orwell: Wintry Conscience of a Generation*, New York: W. W. Norton, 2000.

Meyers, Jeffrey. *A Reader's Guide to George Orwell*, London: Thames and Hudson, 1984.（ジェフリー・メイヤーズ『オーウェル入門』大石健太郎，本多英明，吉岡栄一訳，彩流社，1987 年）

Meyers, Jeffrey, ed. *George Orwell: The Critical Heritage*, London: Routledge & Kegan Paul, 1975.

Mitchell, B. R. *British Historical Statistics*, Cambridge: Cambridge University Press, 1988.（B・R・ミッチェル編『イギリス歴史統計』犬井正監訳，中村壽男訳，原書房，1995年）

Moran, Lord. *Churchill: The Struggle for Survival, 1940–1965*, London: Constable, 1966.

Muggeridge, Malcolm. *Like It Was: The Diaries of Malcolm Muggeridge*, Selected and Edited by John Bright-Holmes, London: Collins, 1981.

Palmowski, Jan. *A Dictionary of Twentieth Century World History*, Oxford: Oxford University Press, 1998.

Potts, Paul. *Dante Called You Beatrice*, London: Readers Union/Eyre & Spottiswoode, 1961.

Powell, Anthony. *Faces in My Time*, Vol. 3 of *To Keep the Ball Rolling: The Memoirs of Anthony Powell*, London: Heinemann, 1980.

Powell, Anthony. *Infants of the Spring*, Vol. 1 of *To Keep the Ball Rolling: The Memoirs of Anthony Powell*, London: Heinemann, 1976.

Quinn, Edward. *Critical Companion to George Orwell: A Literary Reference to His Life and Work*, New York: Facts On File, 2009.

Rees, Richard. *Fugitive from the Camp of Victory*, London: Secker & Warburg, 1961.（リチャード・リース『ジョージ・オーウェル――勝利の陣営からの亡命者』戸田仁訳，旺史社，1990年）

Rodden, John. *Becoming George Orwell: Life and Letters, Legend and Legacy*, Princeton: Princeton University Press, 2020.

Rodden, John. *The Politics of Literary Reputation: The Making and Claiming of 'St. George' Orwell*, Oxford: Oxford University Press, 1989.

Shelden, Michael. *Orwell: The Authorized Biography*, New York: HarperCollins, 1991.（マイクル・シェルダン『人間ジョージ・

オーウェル』全2巻，新庄哲夫訳，河出書房新社，1997年)
Spender, Stephen. *Journals, 1939–1983*. Ed. John Goldsmith, London: Faber & Faber, 1985.(『スティーヴン・スペンダー日記 1939–1983』ジョン・ゴールドスミス編，徳永暢三訳，彩流社，2002年)
Spurling, Hilary. *The Girl from the Fiction Department: A Portrait of Sonia Orwell*, London: Hamish Hamilton, 2002.
Stansky, Peter, and William Abrahams. *The Unknown Orwell*, New York: Alfred Knopf, 1972.(P・スタンスキィ，W・エイブラハム『作家以前のオーウェル』浅川淳訳，中央大学出版部，1977年)
Stevenson, John. *British Society 1914–45*[The Penguin Social History of Britain], London: Penguin, 1990.
Symons, Julian. 'Introduction', George Orwell, *Nineteen Eighty-Four*, London: Everyman's Library, 1992, v–xix.
Taylor, D. J. *Orwell: The Life*, London: Chatto & Windus, 2003.
Topp, Sylvia. *Eileen: The Making of George Orwell*, London: Unbound, 2020.
Wadhams, Stephen, ed. *Remembering Orwell*, Introduction by George Woodcock, Harmondsworth: Penguin, 1984.
Warburg, Fredric. *All Authors Are Equal: The Publishing Life of Fredric Warburg 1936–1971*, London: Hutchinson, 1973.
Warburg, Fredric. *An Occupation for Gentlemen*, London: Hutchinson, 1959.
Williams, Raymond. *Culture and Society: 1780–1950*, London: Chatto and Windus, 1958.(レイモンド・ウィリアムズ『文化と社会——1780–1950』若松繁信，長谷川光昭訳，ミネルヴァ書房，2008年)
Williams, Raymond. *Orwell*, London: Fontana, 1971; 3rd ed. 1991.
Woodcock, George. *The Crystal Spirit: A Study of George Orwell*, Boston: Little, Brown, 1966.(ジョージ・ウドコック『オーウェルの全体像——水晶の精神』奥山康治訳，晶文社，1972年)
石川達三「世界は変った——ソ連・中国から帰って②」『朝日新

聞』1956年7月12日，夕刊一面.
大井靖夫『ビルマのエグザイル――オーウェルと高見順の場合』近代文芸社，1996年.
大石健太郎『「荒ぶる魂」の遍歴――ジョージ・オーウェルの生涯』日外アソシエーツ，1994年.
大石健太郎『オーウェル暦年事典』彩流社，1995年.
大石健太郎，相良英明編著『ジョージ・オーウェル』〈人物書誌大系32〉日外アソシエーツ，1995年.
奥山康治『ジョージ・オーウェル』早稲田大学出版部，1983年.
小野協一『G・オーウェル』研究社，1970年.
小野二郎『紅茶を受皿で――イギリス民衆芸術覚書』晶文社，1981年.
川端康雄『オーウェルのマザー・グース――歌の力，語りの力』平凡社，1998年.
川端康雄「ディストピアの言語学――ジョージ・オーウェル『動物農場』『一九八四年』」『週刊朝日百科　世界の文学72』朝日新聞社，2000年12月3日，36–39頁.
川端康雄『葉蘭をめぐる冒険――イギリス文化・文学論』みすず書房，2013年.
小松左京「わが青春の『一九八四年』――ジョージ・オーウェル回想」『正論』第131号，1984年2月，104–116頁.
佐藤義夫『オーウェル研究――ディーセンシィを求めて』彩流社，2003年.
関曠野「一九八四年のオーウェル」『資本主義――その過去・現在・未来』影書房，1985年，131–157頁.
鶴見俊輔「解説――鯨の腹のなかのオーウェル」ジョージ・オーウェル『鯨の腹のなかで――オーウェル評論集3』川端康雄編，平凡社，1995年，299–320頁.
鶴見俊輔「編者あとがき」G・オーウェル『右であれ左であれ，わが祖国』鶴見俊輔編，平凡社，1971年，298–302頁.
見市雅俊「二つのイギリス――三〇年代イギリス社会経済史の再検討」河野健二編『ヨーロッパ――1930年代』岩波書店，1980年，178–212頁.
三沢佳子『ジョージ・オーウェル研究』御茶の水書房，1977年.

図版出典一覧

（：の後ろの数字は出典元の頁および整理番号を示す）

第 1 章扉，**第 7 章扉**：372–373 の挿図（Michael Shelden, *Orwell: The Authorized Biography*, New York: HarperCollins, 1991）／**第 2 章扉**：146–147 の挿図，**第 6 章扉**：306–307 の挿図（D. J. Taylor, *Orwell: The Life*, London: Chatto & Windus, 2003）／**第 5 章扉**：106, Plate 2（George Orwell, *The Road to Wigan Pier*, Left Book Club Edition, Victor Gollancz, 1937）／**第 8 章扉**（'A season of George Orwell on BBC Radio 4', *BBC Blogs*, Thursday 24 January 2013. https://www.bbc.co.uk/blogs/radio/entries/d939eb15-6e39-345d-b139-8e515a2e4585）／**第 10 章扉**：1（Peter Davison, ed., *Nineteen Eighty-Four: The Facsimile of the Extant Manuscript*, London: Secker & Warburg, 1984）.

図 1–1：2A2，**図 1–2**：2B1，**図 4–1**：3B3，**図 6–2**：2D4，**図 6–3**：2D7，**図 7–2**：2D18，**図 9–1**：3B14，**図 9–3**：2E4，**図 E–1**：3B18（Orwell Archive, University College Library, London）／**図 2–1**，**図 7–1**（Wikimedia Commons），**図 6–1**（Wikipedia）／**図 3–1**：64–65 の挿図（Sheila Hodges, *Gollancz: The Story of a Publishing House 1928–1978*, Victor Gollancz, 1978）／**図 9–2**（'George Orwell: the father I knew', Saturday 17 April 2010, *The Times*. https://www.thetimes.co.uk/article/george-orwell-the-father-i-knew-8j8jgrb2qtr）

川端康雄

1955年，神奈川県横浜市生まれ．
明治大学大学院文学研究科博士後期課程中退．
専攻―近現代のイギリス文化，文学．
現在―日本女子大学名誉教授．
著書―『増補　オーウェルのマザー・グース――歌の力，語りの力』(岩波現代文庫)，『『動物農場』ことば・政治・歌』(みすず書房)，『ジョージ・ベストがいた――マンチェスター・ユナイテッドの伝説』(平凡社新書)，『葉蘭をめぐる冒険――イギリス文化・文学論』(みすず書房)，『ウィリアム・モリスの遺したもの――デザイン・社会主義・手しごと・文学』(岩波書店)，『オーウェル『一九八四年』――ディストピアを生き抜くために』(慶應義塾大学出版会)ほか．
訳書―オーウェル『動物農場――おとぎばなし』(岩波文庫)，『オーウェル評論集』全4巻(編・共訳，平凡社ライブラリー)，モリス『ユートピアだより』(岩波文庫)，ラスキン『ゴシックの本質』(みすず書房)ほか．

ジョージ・オーウェル
―「人間らしさ」への讃歌　　岩波新書(新赤版)1837

2020年7月17日　第1刷発行
2024年10月4日　第4刷発行

著　者　川端康雄《かわばたやすお》

発行者　坂本政謙

発行所　株式会社　岩波書店
〒101-8002 東京都千代田区一ツ橋2-5-5
案内 03-5210-4000　営業部 03-5210-4111
https://www.iwanami.co.jp/

新書編集部 03-5210-4054
https://www.iwanami.co.jp/sin/

印刷・三陽社　カバー・半七印刷　製本・中永製本

ISBN 978-4-00-431837-8　　Printed in Japan

岩波新書新赤版一〇〇〇点に際して

ひとつの時代が終わったと言われて久しい。だが、その先にいかなる時代を展望するのか、私たちはその輪郭すら描きえていない。二〇世紀から持ち越した課題の多くは、未だ解決の緒を見つけることのできないままであり、二一世紀が新たに招きよせた問題も少なくない。グローバル資本主義の浸透、憎悪の連鎖、暴力の応酬――世界は混沌として深い不安の只中にある。

現代社会においては変化が常態となり、速さと新しさに絶対的な価値が与えられた。消費社会の深化と情報技術の革命は、種々の境界を無くし、人々の生活やコミュニケーションの様式を根底から変容させてきた。ライフスタイルは多様化し、一面では個人の生き方をそれぞれが選びとる時代が始まっている。同時に、新たな格差が生まれ、様々な次元での亀裂や分断が深まっている。社会や歴史に対する意識が揺らぎ、普遍的な理念に対する根本的な懐疑や、現実を変えることへの無力感がひそかに根を張りつつある。そして生きることに誰もが困難を覚える時代が到来している。

しかし、日常生活のそれぞれの場で、自由と民主主義を獲得し実践することを通じて、私たち自身がそうした閉塞を乗り超え、希望の時代の幕開けを告げてゆくことは不可能ではあるまい。そのために、いま求められていること――それは、個と個の間で開かれた対話を積み重ねながら、人間らしく生きることの条件について一人ひとりが粘り強く思考することではないか。その営みの糧となるものが、教養に外ならないと私たちは考える。歴史とは何か、よく生きるとはいかなることか、世界そして人間はどこへ向かうべきなのか――こうした根源的な問いとの格闘が、文化と知の厚みを作り出し、個人と社会を支える基盤としての教養となった。まさにそのような教養への道案内こそ、岩波新書が創刊以来、追求してきたことである。

岩波新書は、日中戦争下の一九三八年一一月に赤版として創刊された。創刊の辞は、道義の精神に則らない日本の行動を憂慮し、批判的精神と良心的行動の欠如を戒めつつ、現代人の現代的教養を刊行の目的とする、と謳っている。以後、青版、黄版、新赤版と装いを改めながら、合計二五〇〇点余りを世に問うてきた。そして、いままた新赤版が一〇〇〇点を迎えたのを機に、人間の理性と良心への信頼を再確認し、それに裏打ちされた文化を培っていく決意を込めて、新しい装丁のもとに再出発したいと思う。一冊一冊から吹き出す新風が一人でも多くの読者の許に届くこと、そして希望ある時代への想像力を豊かにかき立てることを切に願う。

（二〇〇六年四月）